타르튀프

타르튀프
Le Tartuffe

몰리에르 희곡선집 신은영 옮김

**LE TARTUFFE(1664),
DOM JUAN(1665), LE MISANTHROPE(1666)
by MOLIÈRE**

이 책은 실로 꿰매어 제본하는 정통적인 사철 방식으로 만들어졌습니다.
사철 방식으로 제본된 책은 오랫동안 보관해도 손상되지 않습니다.

타르튀프 혹은 위선자
7

동 쥐앙 혹은 석상의 잔치
169

인간 혐오자
251

역자 해설
몰리에르의 작품 세계
377
몰리에르 연보
401

타르튀프 혹은 위선자

머리말[1]

 이 희극은 세간을 떠들썩하게 하고 오랫동안 박해받아 온 작품이다. 이 작품에서 웃음거리가 된 인물들은 내가 지금껏 그려 왔던 그 어떤 인물들보다 자신들이 이 나라의 강력한 권력자임을 여실히 보여 주었다. 후작들, 프레시외즈,[2] 오쟁이 진 사내들, 그리고 의사들은 자신들이 극에 등장하는 것을 묵묵히 참아 냈고, 심지어는 자신들이 묘사되는 모습을 모두와 함께 즐기는 시늉까지 했다. 하지만 위선자들은 조롱을 받아 주지 않았다. 그들은 즉시로 크게 화를 냈다. 그리고 내가 감히 그들의 위선을 조롱하고 또 고귀하신 분들이 다수 연관되어 있는 그 직업을 비난하려 한 것을 파렴치한 짓이라 여겼다. 그들로서는 도저히 용서할 수 없는 죄악이었기에 분

---

 1 1664년 5월에 초연된 「타르튀프」는 성체회La Compagnie du Saint-Sacrement의 반발과 조직적인 방해 공작으로 공연 금지를 당했고 5년 동안의 소송과 수정 작업을 거친 후 1669년 2월에 공연 허가를 얻게 된다. 그해 3월에는 국왕의 출판 허가를 얻어 출간되지만 여전히 신자들의 반발이 완전히 가시지 않은 상태였다. 몰리에르가 쓴 머리말이 다소 호전적인 것은 그 때문이다.
 2 *précieuses*. 17세기 프랑스 사교계에서 재치를 뽐내려 들던, 젠체하고 겉멋 든 일군의 여인들을 지칭한다.

노에 휩싸여 내 희극에 맞서 일어섰다. 그들은 자신들에게 불리한 부분은 조심스레 피해 가면서 내 작품을 공격했다. 그 정도로 정치적인 이들이었고, 절대로 속내를 드러내지 않을 만큼 처세술에 뛰어났다. 그 찬양하지 않을 수 없는 관습에 따라, 그들은 자신들의 이해관계에 신의 뜻을 덮어씌웠다. 그들 말에 따르면 「타르튀프」는 신성을 모독하는 작품이고, 처음부터 끝까지 불경한 언동으로 가득 차 있으며, 화형을 면할 만한 점은 찾아볼 수 없다는 것이었다. 음절 하나하나가 모두 불경하고 몸짓들까지도 사악해서 사소한 시선, 고갯짓, 좌우로 내딛는 발걸음 하나하나에도 무언가 숨겨진 의미가 있다며 그것을 어떻게든 내게 불리한 식으로 설명했다. 내 지인들이 아무리 설명을 해도, 모든 사람들이 검증을 해도, 내가 수정을 해도 소용이 없었다. 작품을 보신 국왕 폐하와 왕비마마의 판단, 영광스럽게도 공연을 관람하신 대귀족들과 대신들의 칭찬, 이 작품이 유익하다고 느끼신 선량한 이들의 증언 또한 무용지물이었다. 그들은 한번 입에 문 것을 놓으려 하지 않았으며, 그래서 매일 경솔한 열성 신도들을 동원하여 소란을 떨었다. 그 신도들은 나를 향해 경건한 태도로 욕설을 퍼부었고, 자비로운 마음으로 저주를 해댔다.

  그들이 내게 무슨 말을 하건 별반 괘념치 않을 수도 있었을 것이다. 하지만 그들은 간교하게도 내가 존경하는 이들을 나의 적으로 만들었으며, 진실로 훌륭한 분들의 선의를 흔들어 자기네 편으로 끌어들였다. 이분들은 하늘의 뜻을 따르고자 하는 열의로 말미암아, 그자들이 내 연극에 대해 심어 주려 한 인상을 쉽게 받아들였던 것이다. 바로 이런 이유 때문에 나는 스스로를 방어하지 않을 수가 없게 되었다. 무엇보다 나는 진정한 독신자(篤信者)들에게 내 작품의 구성에 대해 변론하고 싶다. 내가 진심으로 간청하는 것은 극을 보기도 전에 비난하지 마시라는 것, 모든 선입견을 버리시라는 것, 그리고 위선적인 표정으로 진정한 독신자들의 명예에 누를 끼칠 수 있는 자들의 열정에 봉사하지 마시라는 것이다.

만일 여러분이 선의를 가지고 내 작품을 살펴본다면 내 의도가 순수하며 우리가 공경해야 할 것을 조롱하려는 생각이 내게는 없다는 것, 이렇게 예민한 주제를 다룰 때 필요한 모든 주의를 기울여서 이 문제를 다뤘다는 것, 그리고 진정한 독신자와 위선자라는 등장인물을 구분하기 위해 가능한 모든 기술과 정성을 쏟았다는 것을 분명히 알 수 있을 것이다. 그것을 위해 나는 제1막과 제2막 모두를 할애하여 그 간악한 인물의 등장을 준비한 것이다. 그는 한순간도 관객을 고민하게 하지 않는다. 내가 그에게 부여한 특징으로 인해 관객은 애초부터 그를 알아볼 수 있다. 또한 작품 내내 그가 하는 말과 행동 중에는 관객들 눈에 그를 악인으로 묘사하지 않는 것, 혹은 그의 대척점에 있는 진정으로 선한 인물과 대비시켜 보이지 않는 것이 하나도 없다.

그 양반들은 이에 대한 대답으로 그런 것은 연극에서 다룰 만한 주제가 아니라고 암시하려 들 것이다. 그건 나도 잘 알고 있다. 하지만 나는 그들의 그 훌륭한 원칙이 과연 무엇에 근거를 둔 것인지 묻고 싶다. 그런 명제는 그들의 추측일 뿐 절대 증명할 수 없는 것이다. 고대 희극이 종교에 기원을 두고 있으며 그들 종교 의식의 일부였다는 점, 우리의 이웃인 스페인 사람들의 축제에는 희극이 빠지는 일이 없다는 점, 심지어 우리 프랑스에서도 희극은 현재 오텔 드 부르고뉴 극단의 전신인 형제회의 수고로 탄생했다는 점,[3] 그리고 오텔 드 부르고뉴는 기독교의 가장 중요한 성사극(聖史劇)들을 공연하기 위해 생긴 장소라는 점, 거기서는 소르본 박사의 저작이라는 고딕체로 인쇄된 희극 작품들[4]도 볼 수 있다는 점, 그리고 멀리 거슬러 올라갈 것도 없이 우리 시대 모든 프랑스인들이 감탄해 마지않는 코르네유 옹[5]의 성스러운 작품들도 공연되었다는 점을 그들에게 보여 주는 것은 아마 별반 어려운 일이 아닐 것이다.

만일 희극의 역할이 인간의 악덕을 교화하는 것이라면, 어째서 (거기서 벗어나는) 특권을 누리는 인간들이 있어야 하는지 모르겠다. 이것은 국가에 그 어떤 것보다도 위험한 결과를 초래할 수 있다. 우리는 연극이 교화에 탁월한 효능이 있음을 본 바 있다. 진지한 도덕을 아름답게 묘사해 봐야 대개는 풍자보다 효과가 없다. 또한 대부분의 경우 사람들을 나무라는

---

3 형제회confrérie는 12~13세기경 중세 도시가 형성되면서 등장한 공동체로서, 전통 축제 때 광장 행사를 주관하거나 개인적인 경사 때 여흥 삼아 이루어지는 공연을 기획하였다. 중세 말기에 이르러 〈그리스도 문명의 종합〉이라 일컬어지는 종교극 「수난 성사극Le Mystère de la Passion」의 공연을 주관한 것도 수난극 형제회였다. 1548년 고등 법원 판결로 수난극 상연이 금지된 이후 파리의 수난극 형제회는 오텔 드 부르고뉴Hôtel de Bourgogne에 자리 잡았다. 이곳은 16세기 당시 파리에 최초로 생겨난 유일한 상설 극장이었으며, 17세기에는 비극 전문 극장으로 명성을 떨쳤다.
4 15세기 말경 오텔 드 부르고뉴 극장에서 상연된 장 미셸Jean Michel의 「수난 성사극」으로 추측된다. 그중 고딕체로 인쇄된 몇 판본에는 이 작품이 〈대단히 언변 좋고 과학적인 박사〉의 작품이라 표기되어 있다.
5 Pierre Corneille(1606~1684). 몰리에르, 라신Jean Racine과 더불어 프랑스 고전주의를 대표하는 극작가. 루이 13세 치하에서 희극 작가로 명성을 쌓았고 「르 시드Le Cid」의 성공 이후 영웅주의에 근거한 걸작들을 통해 비극 작가로서의 입지를 굳혔다.

일에 있어서 그들의 결점을 그려 내는 것보다 더 나은 방법은 없다. 사람들의 악덕을 모두의 조롱거리가 되도록 드러내 놓을 때 그 악덕은 큰 타격을 입기 마련이다. 사람들은 비난을 쉽게 감내하지만 조롱에는 그러지 못한다. 못된 사람이 될지언정 결코 우스꽝스러운 사람이 되고 싶어 하지는 않는다.

사람들은 내가 사기꾼의 입에다 신앙의 말을 담아 놓았다고 비난한다. 하지만 위선자의 성격을 잘 드러내고자 하는데 어찌 그렇게 하지 않을 수 있었겠는가. 내가 보기에는 그 인물이 그런 말을 하는 사악한 동기들을 알려 주고, 그가 하는 말 가운데 잘못 사용하는 것을 도저히 용납할 수 없을 만큼 경건한 용어들만 제거하면 충분할 것 같다. 물론 그가 제4막에서 위험한 도덕을 떠벌리는 건 사실이다. 하지만 이 도덕은 이미 누구나 귀에 못이 박히도록 들었던 것이 아닌가! 내 작품에서 무언가 새로운 것을 말하던가? 대체 두려워할 게 무엇이란 말인가! 모두가 그토록 혐오하는 것들이 머릿속에 어떤 인상을 남길까 봐? 내가 그것을 무대에 올림으로써 위험하게 만들까 봐? 그 말들이 사기꾼의 입을 통해 발설되면 무슨 권위라도 얻을까 봐? 전혀 그럴 것 같진 않다. 그러니 희극 「타르튀프」를 인정하든가, 아니면 모든 희극들을 단죄해야 할 것이다.

얼마 전부터 바로 이 문제가 초미의 관심사가 되고 있는데, 사람들이 연극에 맞서 이렇게 거세게 들고일어났던 적은 없다. 몇몇 교부들이 희극을 비난했었다는 점을 부인할 수는 없겠다. 하지만 희극을 좀 더 유연하게 받아들인 분들도 있었다는 점 역시 부인할 수 없을 것이다. 이렇게 교부들의 견해가 나누어짐으로써 사람들이 검열의 근거로 삼던 권위는 무너지게 된다. 동일한 신앙을 지닌 식견 있는 분들의 의견이 가지각색이라는 점에서 이끌어 낼 수 있는 결론은, 이분들이 희극을 서로 다르게 인식하고 있다는 점이다. 어떤 분들은 희극을 순수하게 받아들이는 반면에 다른 분들은 희극을 타락한 것으로 인식하면서 저질스러운 공연이라 불러 마땅할 모든 상스러운 공연들과 혼동하고 있는 것이다.

사실 우리는 말이 아니라 그 말에 담긴 내용에 대해 이야기를 해야 하기 때문에, 그리고 대부분의 대립이 서로 이해하지 못하고 같은 말에 상반된 내용을 담아 사용하면서 생겨나기 때문에, 희극이 비난할 만한 것인지를 알기 위해서는 모호한 장막을 걷어 내고 희극 자체가 무엇인지를 직시해야만 한다. 그러면 아마도 희극이 그저 유쾌한 교훈을 통해 인간의 결점을 교정하는 독창적인 시라는 점을, 따라서 그것을 규제하는 것은 부당하다는 사실을 알게 될 것이다. 그리고 이 점에 관한 고대인들의 증언을 들어 보면, 그토록 엄격한 지혜를 설파하고 그 시대의 악덕을 끊임없이 비난하던 가장 유명한 고대 철학자들 역시 희극을 찬양했다는 사실을 알게 될 것이다. 아리스토텔레스가 밤을 새워 가며 연극에 몰두했고 희극을 만드는 예술의 원칙들을 공들여 정리했다는 점, 그 시대의 가장 위대한 인물들과 최고위직 인물들이 직접 희극을 쓰며 자랑스러워했다는 점, 자신들이 쓴 작품을 거리낌 없이 대중 앞에서 낭송하는 사람들도 있었다는 점, 그리스 시대에는 희극에 영예로운 상을 수여하고 그것을 기리기 위한 멋진 극장들을 지음으로써 이 예술을 지극히 높이 평가했다는 점, 로마에서도 역시 이 예술이 특별히 영예로운 대접을 받았다는 점도 알게 될 것이다. 물론 여기서 말하는 로마

제국은 방탕한 황제들의 치하에서 타락했던 로마가 아니라 집정관들의 지혜로 질서가 잡혀 있던, 로마적인 덕목이 준수되던 시기의 로마를 말하는 것이다.

물론 희극이 타락했던 시절도 있었다. 하지만 이 세상에서 매일매일 타락하지 않는 것이 무엇이란 말인가? 인간들이 죄로 더럽힐 수 없을 만큼 순수한 것도 없고, 그 의도를 뒤집을 수 없을 만큼 이로운 예술도 없으며, 그 자체로 너무도 선해서 악용이 불가한 것도 없다. 의술은 유익한 기술이고 모두가 그것을 인간이 지닌 가장 뛰어난 것 중의 하나로 존중한다. 하지만 그것이 추악했던 적도 있고 종종 인간들을 독살하는 기술로 여겨지기도 했다. 철학은 신이 주신 선물이다. 철학은 자연의 경이로움을 관조함으로써 우리의 정신이 신을 인식할 수 있도록 주어진 것이다. 하지만 종종 그 본래 쓰임새가 왜곡되어 공공연히 무신앙을 옹호하는 데 이용되어 왔다는 사실을 모르지 않는다. 심지어 가장 신성한 것들도 인간의 타락으로부터 안전하지 못하다. 신앙을 악의적으로 이용하여 흉악한 범죄를 서지르는 사악한 자들을 우리는 하루가 멀다 하고 보고 있다. 하지만 필요한 구분은 해야 한다. 사람들이 타락시키는 사물의 좋은 면을 그것을 타락시키는 자들의 악의와 더불어 잘못된 결과에 포함시켜서는 안 된다. 예술의 의도와 그것의 잘못된 사용은 항상 구분되어야 한다. 의술이 로마에서 추방되었다고 해서 의술을 금지시킬 생각을 하거나, 철학이 아테네에서 공공연히 비난받았다고 해서 철학을 금지시킬 생각을 할 수 없는 것처럼, 희극이 어떤 시기에 규제받았다는 이유로 그것을 금지하려 해서는 안 된다. 규제당할 당시에는 그럴 만한 이유가 있었지만 그것이

지금까지 존속되는 것은 아니다. 당시 눈에 띄던 것들에 가해졌던 규제를 그 자체의 경계 밖으로 끌어내 필요 이상으로 확장하려 해서는 안 된다. 무고한 것을 잘못된 것과 함께 규제받게 해서는 안 된다는 말이다. 당시 규제를 통해 비난하려 했던 희극은 우리가 옹호하려는 희극이 아니다. 이 둘을 혼동하지 않도록 주의해야 한다. 이 둘은 품행이 상반되는 두 사람과 같다. 이름만 같을 뿐 서로 아무런 관계가 없다. 방탕한 올랭프가 있었다는 이유로 선한 여인 올랭프를 단죄하려 드는 것은 끔찍이 부당한 일이 될 것이다. 그와 같은 판결들은 아마도 세상에 큰 혼란을 초래할 것이다. 그런 식이라면 단죄를 면할 수 있는 건 아무 것도 없다. 우리가 매일같이 사용하는 숱한 것들에 이렇게 엄격한 잣대를 적용하지 않듯이, 희극에도 동일한 은총을 베풀어 교훈과 고결함이 돋보이는 연극 작품들은 승인해 주어야 할 것이다.

너무나 예민해서 어떤 희극도 참고 보지 못하는 사람들이 있다는 사실도 알고 있다. 그들은 가장 고결한 작품들이 가장 위험하다고 말한다. 그런 작품들에서 묘사되는 정념들은 미덕으로 가득 차 있을수록 감동적이고, 이런 유의 공연이 마음을 움직인다는 것이다. 고결한 정념을 보고 마음이 움직이는 것이 어째서 큰 죄라는 건지, 그들이 우리 마음을 끌어올리고자 하는 완벽한 무감각이라는 경지가 어째서 높은 수준의 미덕이라는 건지 나는 알 수가 없다. 그 같은 완벽함이 인간 본성의 능력 안에 있는 것인지도 의심스럽다. 인간의 정념을 완전히 제거하기보다는 그것을 교정하고 순화시키려 애쓰는 편이 더 낫지 않은가! 물론 극장보다 드나들면 좋을 장소들이 있다는 점은 인정한다. 하느님과 우리 구원에 직접 관련되지 않은 것들을 모두 비난할 작정이라면 희극도 분명 비난받아 마땅하다. 희극이 나머지 것들과 함께 비난받는 것은 나쁘다고 생각하지 않는다. 하지만 사실이 그렇듯이 신앙을 실천하는 데도 잠시 쉬는 때가 있는 법이고 인간들에게 기분 전환이 필요하다면 희극보다 더 순수한 오락을 찾을 수 없을 거라는 게 내 주장이다. 말이 너무 길어졌다. 희극 「타르튀프」에 대해 지체 높은 대공(콩데 공)[6]께서 하신 말씀으로 이야기를 마치도록 하자.

「타르튀프」의 공연이 금지되고 일주일이 지난 후에 궁정에서 「은둔자 스카라무슈」[7]라는 연극이 공연되었다. 국왕 폐하께서 나가시면서 내가 얘기하고자 하는 그 대공께 이렇게 말씀하셨다. 「몰리에르의 극을 보고 그리도 호들갑을 떨어대던 사람들이 어째서 〈스카라무슈〉에 대해서는 아무 말도 않는지 정말 궁금하오.」 그러자 대공께서 이렇게 대답하셨다. 「그 이유야 이렇지요. 희극 〈스카라무슈〉는 신과 종교를 다루고 있는데, 저 양반들은 거기엔 아무 신경도 쓰지 않거든요. 하지만 몰리에르의 희극은 바로 저 양반들 자신을 다루고 있기 때문에 견디질 못하는 겁니다.」

---

6 Condé(1621~1686). 프랑스의 대귀족. 30년 전쟁 등에 참전하여 많은 공훈을 세웠으나 루이 14세의 유년기에 일어난 프롱드의 난(1648~1653) 때 반란군에 가담하여 오랫동안 왕과 적대적인 관계로 지내며 한때 에스파냐 왕가와 결탁하기도 했다. 1659년 왕의 사면을 받고 프랑스로 돌아왔다. 만년에는 은퇴하여 샹티이 성Château de Chantilly에서 몰리에르, 라신 등의 문사들과 교류하며 지냈다.
7 Scaramouche ermite. 당시 이탈리아 극단이 공연한 작품. 스카라무슈는 이탈리아어 〈스카라무차scaramuccia〉의 프랑스어 표기로, 연극에서 까만 의상을 입고 기타를 들고 나와 비굴하면서도 허풍을 떠는 익살꾼 역할을 일컫는다.

등장인물

페르넬 부인 오르공의 어머니
오르공 엘미르의 남편
엘미르 오르공의 아내
다미스 오르공의 아들
마리안 오르공의 딸이자 발레르의 연인
발레르 마리안의 연인
클레앙트 오르공의 처남
타르튀프 가짜 독신자, 위선자
도린 마리안의 하녀
루아얄 씨 집달리
집행관
플리포트 페르넬 부인의 하녀

장소

파리

제1막

제1장

페르넬 부인과 하녀 플리포트, 엘미르, 마리안,
도린, 다미스, 클레앙트

페르넬 부인
가자, 플리포트, 어서. 저치들로부터 벗어나야겠다.

엘미르
어머님 걸음이 너무 빠르셔서 따라가기가 힘들어요.

페르넬 부인
됐다, 아가. 됐으니 멀리 나오지 마라.
그런 겉치레 필요 없다.

엘미르
어머님께 할 도리를 하는 건데요.

그런데 어머님, 왜 이리 서둘러 나가시는 건가요?

페르넬 부인

이 집안 꼴을 봐줄 수가 없어서 그런다.
내 뜻에 맞춰 줄 생각은 눈곱만치도 없으니 말이다.
그래, 배워 먹지 못한 너희들 집에서 나가는 거라고.
훈계를 해도 말대꾸뿐이고
그저 버릇없이 목소리를 높여 대니
그야말로 난장판이구나.

도린

저기 —

페르넬 부인

애야, 너는 하녀 주제에
너무 말이 많고 버릇이 없어.
아무 때나 나서서 지껄이려 드니 말이다.

다미스

하지만 할머니 —

페르넬 부인

애야, 넌 정말이지 너무 멍청해.
이건 네 할미로서 하는 말이다.
네 아비에게도 이미 수없이 말했지.
네놈이 못된 망나니 같아서

아비 속만 태울 거라고 말이야.

마리안

제 생각엔 할머니 —

페르넬 부인

오라, 그의 누이시로군. 너야 얌전한 체하지.
아무 짓도 않는 것 같아. 그만큼 온순해 보인단 말이야.
하지만 겉으로 순해 보이는 사람이 더 무서운 법.
네가 뒤에서 딴짓거리를 하는 게 나는 아주 싫다.

엘미르

하지만 어머님 —

페르넬 부인

아가, 미안하다만
너는 행실이 정밀 안 좋아.
애들에게 좋은 본이 되어야 하건만
죽은 쟤들 어미의 행실이 훨씬 나았지.
넌 낭비가 너무 심해. 그리 공주처럼 차려입는 게
난 영 마음에 거슬리는구나.
남편만을 흡족게 할 요량이라면
그런 치장은 필요 없을 텐데 말이다.

클레앙트

하지만 부인, 어쨌든 —

페르넬 부인

아, 사돈, 사돈이야 훌륭하시죠.
그래서 나도 사돈을 좋아하고 존경한답니다.
그래도 내가 며느리의 남편, 그러니까 내 아들이라면
사돈께 제발 이 집에 발을 들이지 말라고 간청할 겁니다.
사돈은 끊임없이 삶의 교훈들을 늘어놓지만
웬만한 사람들은 따를 수 없는 것들이지요.
너무 솔직했던 것 같은데, 뭐 그게 제 성격이라서요.
하고 싶은 말을 마음에 담아 두질 못하거든요. 40

다미스

할머니가 좋아하는 타르튀프 씨는 물론 행복한 분이겠죠.

페르넬 부인

타르튀프 님은 선하신 분이야. 그분 말씀을 잘 들어야지.
너처럼 어리석은 애가 그분을 비난하려 들다니
화가 나서 두고 볼 수가 없구나.

다미스

뭐라고요? 입에다 비난을 달고 사는 그 위선자가
우리 집에서 제멋대로 행세하는 데다
그 훌륭하신 양반이 허락하지 않으면
아무 여흥도 즐길 수 없는데, 저보고 그걸 참으라고요?

도린

그자가 늘어놓는 교훈을 믿고 따른다면

50 　무슨 일을 하건 죄가 될 거예요.
비난만 해대는 그 양반이 뭐든 통제하고 있으니까요.

페르넬 부인

그분이 하시면 뭐든 제대로 통제가 될 게다.
그분이 너희들을 천국으로 인도해 주신다잖니.
아범은 뭐 하는 게냐, 모두 그분을 좋아하게 만들지 못하고.

다미스

아니요, 할머니, 아버지 아니라 그 누구라도
그자에게 호의를 갖게 만들 수는 없을 거예요.
제가 다르게 말한다면 제 마음을 속이는 게 될걸요.
그 인간이 하는 짓거리를 볼 때마다 화가 치밀어 올라요.
저 비열한 놈과 제가 한바탕하게 될 거라는 건
60 　안 봐도 뻔한 사실이에요.

도린

정말이지 이건 말도 안 되는 일이에요.
생판 모르는 작자가 집안에서 주인 행세를 하다뇨.
처음 왔을 땐 맨발에
넝마 같은 옷을 걸치고 있던 비렁뱅이가
저 정도로 자기 주제를 모르고
모든 일에 훼방을 놓고 주인 행세를 하려 들잖아요.

페르넬 부인

뭐라? 그분의 경건한 지시대로 모든 게 다스려진다면

뭐든 더 나아질 게 아니냐.

도린

마님은 저자를 성인으로 착각하고 계시는군요.
제 말 좀 들으세요. 저자가 하는 짓은 몽땅 위선이라고요. 70

페르넬 부인

말하는 것 좀 보게!

도린

      그자건 그 하인 로랑이건
확실한 보증이 있기 전에는 믿을 수가 없어요.

페르넬 부인

그분 하인이 어떤 사람인지는 나도 모른다.
하지만 그 주인이 덕망 있는 분이라는 건 내 보증하지.
너희들이 그분을 그리 싫어하고 잘못되길 바라는 건
오로지 그분이 너희들에게 진실을 말씀하시기 때문이야.
그분은 죄에 대해 분노하시고
오로지 하늘의 뜻에 따라 행동하시지.

도린

그렇군요. 그런데 어째서 얼마 전부터
이 집에 사람이 드나드는 걸 유독 못 견뎌 하실까요? 80
점잖은 분들이 오시는 게 하늘의 뜻과 어떻게 어긋나기에
그렇게 난리를 치며 우리를 성가시게 하는 거죠?

우리끼리 얘기지만, 제가 그 이유를 설명해 볼까요?
제 생각엔 그 양반이 아씨를 두고 질투하시는 것 같아요.

페르넬 부인

입 닥쳐라, 생각을 좀 하고 말을 해야지.
그런 손님들의 방문을 못마땅해하는 건 그분만이 아니야.
그 사람들이 이 집에 드나들며 법석을 피우는 데다가
대문 앞에는 항시 마차들이 북적대고
따라온 하인들이 모여 소란을 떨어 대는 통에
90 이웃에 지나치게 폐를 끼치고 있잖니.
아무 일도 없을 거라 믿고 싶다만 결국은
사람들 입길에 오르내릴 거고, 그건 좋은 일이 아니야.

클레앙트

아니, 사돈 마님께서는 사람들 입을 막고 싶으신가 보죠?
말도 안 되는 얘기에 휘말릴까 두려워
절친한 친구들과 만나는 깃조차 포기해야 한다면
인생이 너무 힘들어지지 않겠습니까.
설령 작심하고 그리할 수 있다 해도
세상 사람들 모두를 침묵시킬 수 있을까요?
험담을 틀어막을 수는 없어요.
100 그러니 그런 말도 안 되는 얘기들엔 신경 쓰지 마십시다.
선량하게 살도록 애를 쓰고
남 얘기 좋아하는 사람들이야 그러라고 내버려 두자고요.

도린

이웃에 사는 다프네 부인과 그 땅딸막한 남편이
우리 험담을 하고 다니지 않나요?
제일 웃기게 하고 다니는 자들이
험담에는 항상 앞장선다니까요.
남녀 사이에 조금이라도 서로 좋아하는 눈치가 보이면
여지없이 잽싸게 그 기미를 포착해서
사람들이 믿었으면 싶은 대로 얘기를 꾸며 가지고는
신나게 소문을 퍼뜨리고 다니지요.
남들의 행동에 멋대로 색을 입혀 가지고는
그걸 핑계 삼아 자기들의 행실을 정당화하려는 거예요.
그렇게 남들도 자기들과 비슷할 거라는 기대를 품고서
자기들의 사랑 놀음에는 아무 잘못이 없다 하거나,
자기들에게 쏟아지는 비난의 화살을
다른 데로 좀 돌려놓을까 싶어서 그러는 거죠.

페르넬 부인

그런 얘기들을 늘어놓아 봐야 아무 소용 없다.
오랑트[8]의 삶이 본받을 만하다는 건 다 아는 사실이야.
오직 하느님께만 마음을 쏟고 있지. 들자 하니 오랑트가
이 집에 사람들이 들락거리는 걸 몹시 비난한다더구나.

도린

아주 기막힌 본보기네요, 그 부인, 선량하다마다요!
그 부인이 금욕적으로 살고 있긴 하지요.

---

8 다프네 부인을 가리킨다.

하지만 그런 열렬한 신앙심이 생긴 건 나이 때문이에요.
다들 알다시피 마지못해 정숙한 체하고 있는 거라고요.
사내들의 마음을 사로잡을 수 있었을 땐
그녀도 실컷 즐겼죠. 그렇지만
젊음의 광채가 사라진 것을 자기 눈으로 확인하고는
더 이상 자기 것이 아닌 세상을 포기하려는 거예요.
고결한 지혜라는 거창한 베일로 약점을 가리려는 거죠.
130 이제 매력은 사라져 버렸으니까요.
남자깨나 울리던 여자들의 최후가 다 그렇답니다.
곁에 있던 남자들이 떠나는 걸 보기가 힘든 거죠.
그렇게 버림받고 불안해하는 여자들에게 남는 건
정숙한 체하는 방법밖에 없어요.
이 훌륭하신 여인네들은 얼마나 엄격하신지
모든 것을 비난하고 아무것도 용서하질 않는답니다.
아무한테나 잘못 살고 있다며 대놓고 비난하죠.
자비심이 아니라 시기심 때문에 그러는 거예요.
나이 든 자기네들은 가지고 싶어도 가질 수 없는 쾌락을
140 다른 여자들이 누리고 있는 꼴을 못 보겠다는 거죠.

페르넬 부인

정말 허황된 얘기로군. 그런 얘기라야 재미가 있나 보지?
얘, 어멈아, 너희 집에 와서는 입을 다물 수밖에 없겠구나.
저 여편네가 온종일 혼자 떠들어 대니 말이다.
하지만 이제 나도 한마디 해야겠다.
내 아들이 한 일 가운데 가장 현명한 일이
그 독실한 분을 집안에 맞아들인 것이다.

너희에게 필요한 걸 아시고 하느님이 보내 주신 게야.
나쁜 길로 들어선 너희의 영혼을 바로잡으시려고 말이다.
너희 자신의 구원을 위해선 그분 말씀을 들어야 해.
그분은 나무랄 만한 일이 아니면 나무라지 않으시지.   150
사람들이 그리 드나들고, 무도회를 열고, 떠들어 대는 건
모두 악마가 만들어 낸 짓거리들이야.
그런 데선 경건한 언사라고는 들을 수가 없지.
한담에, 헛소리에, 하찮은 얘기들뿐이잖니.
대개는 가까운 사람들에 관한 수다에,
늘어놓느니 험담뿐이지.
그러니 지각 있는 사람들이 그런 모임에 오면
정신이 사나워서 머리가 지끈거리게 되는 거라고.
잠깐 사이에 온갖 얘기들이 쏟아지니까 말이야.
일전에 어느 박사님이 하신 말씀이 아주 딱 들어맞는구나.   160
이건 정말 바벨탑 같다고.
저마다 도가 지나치게 지껄여들 대잖아.
이야기인즉슨 —
저 사돈 양반 좀 보게! 벌써 히죽거리고 있잖아!
사돈이 비웃을 정신 나간 작자들일랑 딴 데서 찾아 봐요!
그리고 — 어멈아, 난 가련다. 더 이상 아무 말 하기 싫구나.
이 집안에 몹시 실망했다는 거나 알아 둬라.
언제 다시 발길을 할는지 모르겠다. 아마 한참 있어야겠지.
(플리포트의 따귀를 때리며)
가자, 이것이 꿈을 꾸나, 정신을 놓고 있어.
하느님 맙소사! 혼쭐이 나야겠군.   170
가자, 멍청한 것아, 가자고.

제2장

클레앙트, 도린

클레앙트

                나는 배웅 나가지 말아야겠군.
다시 언쟁을 벌이려 드실지 모르니.
노인네하고는…….

도린

                아휴, 정말 안타깝네요!
마님이 서방님 말씀을 들었어야 했는데.
그러면 이러셨겠죠. 사돈은 괜찮은 분이지만,
자기는 아직 노인네 소릴 들을 나이가 아니라고요.

클레앙트

별섯노 아닌 일을 가지고 얼마나 역성을 내시는지!
그 타르튀프란 작자한테 단단히 홀리신 것 같아!

도린

그래요. 하지만 주인님에 비하면 이건 아무것도 아니에요.
아마 주인님을 보셨다면 〈한술 더 뜨는군!〉 하셨을걸요.
지난번 난리 통[9]에도 현명한 분이라는 평판을 얻으셨고

---

9 프롱드의 난La Fronde(1648~1653)을 뜻한다. 5세의 어린 나이에 즉위한 루이 14세에 대한 프랑스 상층 계급(고등 법원과 귀족들)의 반란으로, 두 차례에 걸친 이 내란이 루이 14세의 재상 마자랭Jules Mazarin에 의해 평정

폐하께 충성하는 용기를 보이셨는데.
타르튀프에게 마음을 빼앗긴 후로는
얼빠진 사람같이 되어 버리셨어요.
주인님은 그자를 형제라 부르고 내심
자기 어머니, 아들, 딸, 아내보다 백배는 더 사랑하세요.
온갖 비밀을 오로지 그자에게만 털어놓으시고
그자가 신중하다며 시키는 대로 행동하시죠.
그자에게 빠져서 끌어안지를 않나,
애인이라도 그렇게 사랑하지는 못할 거예요.   190
식사 때는 그자를 상석에 앉히려 하시지를 않나,
여섯 사람 몫은 거뜬히 먹어 치우는 걸 보며 흐뭇해하시고요.
무엇이든 제일 좋은 몫은 그자에게 양보하라 하셔요.
그자가 트림을 할라치면 〈신의 가호가 있기를!〉 하시죠.
(지금 말을 하고 있는 것은 하녀이다.)[10]
그자한테 미치셨어요. 그자가 주인님의 전부고 영웅이죠.
그자의 행동에 감탄을 연발하고, 늘 그자의 말을 끌어다 대죠.
그자가 하는 일은 아무리 사소한 거라도 기적으로 보고,
그자가 하는 말은 전부 하느님 말씀같이 여겨요.
그자도 주인님이 자기한테 넘어간 걸 알고 그걸 이용해요.
표리부동한 외양으로 솜씨 좋게 주인님을 홀리고 있죠.   200
위선적인 태도로 항상 돈을 뜯어내고
우리 중 누구라도 당당하게 꾸짖어 대고요.

되면서 절대 왕정의 견고한 초석이 마련된다.
  10 대부분 등장인물의 동작을 지시하는 지시문과는 달리, 다음에 이어지는 이성적인 담론의 발화자가 하녀임을 분명히 하기 위해 작가가 부연하여 넣은 문장이다.

심지어 그자의 시중을 드는 그 미련한 녀석까지
우리한테 훈계를 하려 든다니까요.
눈을 부라리며 와서 설교를 해대고
리본이나 립스틱, 애교 점[11]을 집어 던져 버린답니다.
일전에는 그 작자가 『성인들의 향기』[12]에 끼워 두었던
제 스카프를 자기 손으로 찢어 버렸어요.
악마의 치장을 성스러운 것과 섞어 놓는
210 끔찍한 죄를 지었다면서 말이죠.

제3장

엘미르, 마리안, 다미스, 클레앙트, 도린

엘미르

따라 나오지 않길 잘했다.
문 앞에서 어머님이 한바탕 설교를 늘어놓으셨거든.
그나저나 네 매형을 봤는데! 그 양반이 날 못 본 것 같으니
위층에 가서 기다려야겠다.

클레앙트

나는 시간이 없으니 여기서 매형을 기다리죠.
그냥 인사만 하고 갈게요.

11 당시 유행하던 화장의 일종으로 얼굴에 붙이는 점.
12 *Fleur des Saints*. 17세기에 가장 널리 보급되어 있던 종교 서적. 이 두꺼운 책을 일종의 다리미처럼 사용했었다는 데 대한 조소이다.

다미스

마리안의 결혼에 대해 아버지께 말씀 좀 해주세요.
타르튀프가 그 결혼에 반대하고 있지 않나 싶어요.
그자가 사주했는지 아버지는 결혼 얘기를 계속 피하세요.
제가 그 결혼에 얼마나 마음을 쓰고 있는지 아시잖아요. 220
마리안과 발레르는 서로를 끔찍이 사랑하고 있어요.
그 친구의 누이는 제게 정말 소중한 사람이고요.
만일 어쩔 수 없이 —

도린

주인님이 들어오시네요.

제4장

오르공, 클레앙트, 도린

오르공

아, 처남, 잘 있었나?

클레앙트

막 가려던 참에 마침 돌아오셔서 뵙게 되니 기쁘네요.
아직 시골에 꽃들이 만발하진 않았겠지요?[13]

---

13 시골에 다녀온 오르공에게 던지는 인사이다.

오르공

도린 — 처남은 잠시만 기다려 주게.
집안 소식을 좀 알아봐야겠으니
내 근심을 덜어 주는 셈치고 잠깐만 참아 주게.
지난 이틀 동안 집안엔 별일 없었느냐?
230 무슨 일이 있었지? 어떻게들 지냈고?

도린

마님께서 그저께 저녁까지 열이 있으셨어요.
원인 모를 두통에도 시달리셨고요.

오르공

그래, 타르튀프 공은?

도린

타르튀프요? 너무 잘 지내지요.
동동하게 살이 찐 데다가 혈색 좋고 입술도 진홍빛이고요.

오르공

가엾은 분 같으니!

도린

저녁때 마님은 속이 너무 거북하셔서
음식에 손도 못 대셨어요.
그때까지도 두통이 심하셨거든요.

오르공

그래, 타르튀프 공은?

도린

     그 양반이야 부인 앞에서 혼자 자셨죠.
양의 다리 반쪽을 다져 만든 요리에다
자고새 두 마리까지 아주 성스럽게 먹어 치우던걸요.   240

오르공

가엾은 분 같으니!

도린

    마님은 눈 한번 못 붙이고
밤을 꼬박 새우셨어요.
열이 심해서 잠을 이루실 수가 없었거든요.
날이 밝을 때까지 제가 부인 곁에서 돌봐 드려야 했죠.

오르공

그래, 타르튀프 공은?

도린

    나른한 졸음에 떠밀려
저녁 식사를 마치자마자 자기 방으로 가더니
곧바로 따뜻한 침대에 기어 들어가
다음 날 아침까지 세상모르고 잤지요.

오르공

가엾은 분 같으니!

도린

결국 저희가 설득해서
250 마님은 사혈 치료를 받기로 하셨고
그런 후에 바로 나아지셨어요.

오르공

그래, 타르튀프 공은?

도린

훌륭하게 기운을 되찾으셨죠.
모든 악에 대항해 영혼을 굳건히 하시고
마님께서 흘리신 피를 보충해 드리겠다며
점심때 포도주를 큰 잔으로 넉 잔이나 자셨답니다.

오르공

가엾은 분 같으니!

도린

어쨌든 두 분 다 잘 지내십니다.
저는 마님께 먼저 가서, 주인님께서 마님의 회복에
얼마나 마음을 쓰시는지 알려 드리죠.

제5장

오르공, 클레앙트

클레앙트

도린이 대놓고 매형을 비웃는군요.
매형을 화나게 할 생각은 없지만   260
솔직히 도린이 그러는 게 당연하다고 해야겠네요.
이렇게 말도 안 되는 일을 들어 본 적 있어요?
요즘 같은 세상에 어떻게 그런 사람이 있을 수 있는 거죠?
매형이 모든 걸 망각할 정도로 마음을 빼앗길 사람 말예요.
집에 들여 가난을 면하게 해주시더니
결국에는 이 지경까지 —

오르공

　　　　　그만하게, 처남.
자네가 얘기하는 그 사람, 자네는 그분을 몰라.

클레앙트

매형이 그러시다니 뭐 그럴 수도 있겠죠.
하지만 어쨌든 그 사람이 어떤 사람이지 알려면 —

오르공

처남, 그 사람을 알게 되면 처남도 반할 거야.   270
한없는 법열(法悅)에 사로잡힐 거란 말일세.
그분은 말이지…… 아, 그러니까…… 어쨌든 그런 분이야.

그분의 말씀을 잘 따르는 자는 마음 깊이 평화를 맛보고
온 세상을 아주 하찮게 보게 되지.
그래, 그분과 얘기할 때 난 완전히 딴사람이 된다네.
그분은 내게 어떤 것에도 애정을 갖지 말라고 가르치셔.
모든 집착으로부터 내 영혼을 해방시켜 주시지.
그래서 형제, 자식, 어머니, 아내가 죽는 걸 보게 되더라도
난 전혀 근심치 않게 될 것이네.

클레앙트

280 매형, 그건 인간적인 감정이라고요!

오르공

아! 내가 그분을 어떻게 만나게 되었는지 안다면
자네도 나만큼이나 호감을 갖게 될 거야.
그분은 매일같이 교회에 와서 바로 내 앞에
가만히 무릎을 꿇곤 하셨지.
얼마나 열심히 기도를 드리던지
회중의 눈길을 한 몸에 받곤 하셨지.
그분은 한숨을 내쉬고 온몸을 격렬하게 움직이며
수시로 겸허하게 바닥에 입을 맞추다가
내가 나가려고 하면 재빨리 앞질러 가서는
290 문 앞에서 내게 성수를 뿌려 주셨지.
매사에 그분을 그대로 따르는 시동을 통해
그분의 곤궁함과 사람 됨됨이를 알게 된 나는
그분께 적선을 해드렸다네. 하지만 겸손하게도
그분은 항상 그 일부를 돌려주려 하셨지.

⟨너무 많습니다. 그 절반도 많습니다.
저는 귀공의 자비를 입을 자격이 없습니다⟩라면서 말이야.
그리고 내가 되돌려 받길 거절하면
바로 내 앞에서 가난한 사람들에게 나눠 주러 가시곤 했어.
결국 하늘의 뜻으로 그분을 우리 집에 모시게 되었지.
그 이후로 집안의 모든 일이 잘 풀려 나가는 것 같아.
나도 알지. 그분은 모든 걸 나무라셔. 심지어 집사람한테도
극도로 신경을 쓰시더군. 그건 다 내 명예를 위한 거라네.
누가 집사람에게 추파를 던지는지 내게 알려 주시고,
나보다 여섯 배는 더 질투를 하시는 듯해.
그분의 신심이 어느 정도인지 자네는 상상도 못 할 거야.
아무리 사소한 일이라도 자기 죄라 하시고
정말 별것도 아닌 일까지 자기 탓으로 돌리신다니까.
어느 정도인가 하면 일전에는
자기가 기도 중에 벼룩을 잡았는데
너무 화가 나서 죽여 버렸다고 자책을 하시더라고.

클레앙트

맙소사! 매형, 정신이 나가신 것 같네요.
그런 말로 절 놀리시는 건가요?
그런 말장난이 뭐가 어쨌다는 말씀이신지…….

오르공

처남, 자네 말에서는 무신앙의 냄새가 나는걸.
자네 영혼이 타락해서 좀 그리 된 모양이야.
내가 처남에게 열 번도 넘게 충고했듯이

그러다 좋지 않은 일이 생기게 될 걸세.

클레앙트

그거야 매형 같은 분들이 노상 하는 말이죠.
모두가 자기들처럼 눈이 멀길 바라거든요.
320 바로 볼 수 있는 눈이 있거나,
헛짓거리들을 숭배하지 않고,
성물을 경배하지도 믿지도 않으면 무신앙이라는 거죠.
매형이 무슨 말을 하든 전 조금도 두렵지 않아요.
제가 무슨 말을 하는지 알고, 하늘도 제 마음을 아시니까요.
결코 매형처럼 체면 차리는 사람들의 노예가 아니라고요.
용감한 척하는 자들이 있듯, 신심 깊은 척하는 자들도 있죠.
전쟁터에서 요란을 떠는 자들을
진정 용감한 사람들로 볼 수 없듯이,
그렇게 인상을 써대는 자들 또한 우리가 본받아야 할
330 진정 신심 깊고 선한 사람이라 할 수 없다고요.
그러니까 뭔가요?
위선과 신심을 전혀 구별하지 않으실 건가요?
매형은 그 둘을 똑같이 취급하고 싶으신 건가요?
진짜 얼굴과 가면에 똑같이 경의를 표하고
가식적인 것과 진실한 것을 똑같이 취급하며
외양을 진실로 혼동하고
유령을 진짜 사람과 똑같이 존중하며
가짜 돈이 진짜 돈과 같다고 하시는 거냐고요!
사람들은 거개가 이상하게 생겨 먹었다니까요!
340 올바른 본성을 지닌 사람들은 하나도 보이질 않아요.

사람들에겐 이성의 테두리가 너무 좁은 거죠.
누구나 그 한계를 넘어 버리니 말이에요.
무리해서 선을 넘으려다
가장 고귀한 것을 망쳐 버리는 경우가 허다하지요.
이건 그냥 지나가며 하는 말로 들어 줘요, 매형.

오르공

그래, 처남은 분명 모두가 존경하는 박사님이시지.
세상의 온갖 지식을 다 품고 계시니 말이야.
자네야말로 유일한 현자이자 식견 있는 분이며
우리 시대의 예언자이자 카토[14] 같은 분이야.
자네에 비하면 누구나 바보일밖에. 350

클레앙트

매형, 저는 존경받는 학자도 아니고
온갖 지식을 다 품고 있지도 않아요.
하지만 간단히 말해, 제가 가진 온갖 지식을 동원하여
진실과 거짓을 구별할 줄은 알지요.
나무랄 데 없는 신앙심을 지닌 자보다
더 높이 살 만한 영웅은 없고,
진정으로 열렬한 신앙심보다
더 고귀하고 아름다운 것은 이 세상에 없다고 봐요.
그래서 허울뿐인 믿음을 가식적으로 드러내는 자들,

---

14 Marcus Porcius Cato(B.C. 234~B.C. 149). 고대 로마의 정치가이자 장군이며 문인. 용기와 자기희생, 조국에 대한 긍지와 엄격한 도덕을 겸비한, 로마 제국 미덕의 상징으로 여겨지는 인물이다.

360 순 사기꾼들, 신앙심을 과시하는 자들보다
더 가증스러운 건 없다고 생각하는 거죠.
그자들은 찌푸린 얼굴로 불경하게 남을 속이고,
그렇게 인간에게 가장 신성하고 성스러운 것을
거리낌 없이 악용하며 자기들 멋대로 농락하지요.
사리사욕에 영혼마저 맡겨 버린 이 작자들은
신앙이 직업이고 상품인 양
거짓으로 눈을 굴리고 성령 충만을 가장하여
신용을 얻고 위엄을 사려 든다고요.
남다른 신앙의 열정으로 하느님을 빙자해
370 한몫 잡으려 드는 게 뻔히 들여다보이는 자들이에요.
매일 열성적으로 기도하며 보시를 청하고
궁정 한가운데서 설교하기를, 은둔해서 묵상하라 하며[15]
자기들의 악행과 신앙을 적당히 꿰맞출 줄 아는 이자들은
성질 급하고 복수심 강하며 믿음도 없고 가식투성이랍니다.
누군가를 파멸시키려 할 때는 뻔뻔스럽게도
하느님을 위한 일이라는 밀로 자기들 원한을 덮어 버리죠.
머리끝까지 화가 나면 사람들이 떠받드는 것을 무기 삼아
우리에게 겨누기 때문에 더더욱 위험한 자들이라고요.
그들에게 감사해 마지않는 종교적 열정을
380 성검(聖劍)인 양 휘둘러 우리를 죽이려 한단 말입니다.
이런 사이비 성직자들이 너무 많이 보여요.
하지만 진정으로 신심 깊은 분들이야 쉽게 알아볼 수 있죠.

15 쾌락을 격렬히 비판하는 독신자들은 궁정의 가치와도 역시 화합할 수 없다. 궁정, 사교계의 가치가 화합 불가능한 자들이 궁정에 와서 과시적으로 설교를 한다는 의미이다.

매형, 요즘 세상에도
훌륭한 모범이 되실 만한 분들이 눈에 띤다고요.
아리스통을 보세요. 페리앙드르와 오롱트,
알시다마, 폴리도르, 클리탕드르[16]를 보시라고요.
그분들이 신심 깊다는 데 이의를 제기할 사람은 없죠.
그분들은 절대 자신들 미덕을 요란스레 과시하지 않아요.
도저히 참아 줄 수 없는 오만함 같은 건 눈 씻고 봐도 없죠.
그분들의 신앙은 인간적이며 온건하답니다.   390
우리의 행실이 전부 잘못됐다 비난하지도 않아요.
행실을 고치겠다는 훈계 자체가 지나친 오만이라는 거죠.
도도하게 말로 훈계하는 건 다른 이들에게 맡겨 두고
몸소 실천함으로써 우리 행동을 바로잡아 주신답니다.
그분들은 그저 외양만 보고 악하다고 판단하지 않아요.
남들을 좋게 봐주려는 심성을 지니고 계시니까요.
그분들은 파당을 짓지도, 음모에 휩쓸리지도 않아요.
그저 바르게 살려고 애를 쓸 따름이지요.
누가 죄를 지었다고 끈질기게 물고 늘어지는 법도 없고
그저 죄만을 미워할 뿐이에요.   400
그리고 지나친 신심으로 하늘이 원하는 것 이상
그 뜻을 받들려 하지도 않지요. 제가 인정하는 분,
신심을 어찌 써야 할지 아는 분들은 이런 분들이에요.
본보기로 삼아야 할 것은 결국 이런 분들이란 말입니다.
솔직히 매형의 그분은 이리 귀감이 될 만한 분이 아니에요.

16 특정인을 지칭하는 것은 아니나 이중 세 사람의 이름(아리스통Ariston, 페리앙드르Périandre, 알시다마Alcidamas)은 그리스 철학자들의 이름과 일치한다.

매형은 그자의 열렬한 신앙을 진심으로 칭송하지만
제가 보기엔 거짓 광채에 홀리신 것 같다고요.

오르공

이보게, 처남, 할 말 다 하신 건가?

클레앙트

            네.

오르공

그럼 잘 가시게나.
(나가려고 한다)

클레앙트

         잠깐만요, 매형. 한 말씀만 더 드릴게요.
410 이 얘긴 그만두자고요.
발레르를 사위로 삼겠다고 약속하셨죠?

오르공

그랬지.

클레앙트

   혼삿날도 잡으셨고요.

오르공

그럼.

클레앙트

그런데 왜 결혼식을 미루시는 거죠?

오르공

나도 모르겠어.

클레앙트

혹시 딴생각을 하고 계신 건가요?

오르공

그럴지도 모르지.

클레앙트

약속을 어기시려는 겁니까?

오르공

그렇게 말하진 않았어.

클레앙트

매형이 약속을 지키시는 데는 별로 문제 될 게 없어 보이는데요.

오르공

상황 따라 다르지.

클레앙트

그 한마디 하는 데 이렇게까지 말을 돌려야 하나요? 발레르가 그 일로 매형을 한번 만나 달라고 했다고요.

오르공

하느님도 고마우셔라!

클레앙트

발레르에게 뭐라고 할까요?

오르공

뭐든 자네 마음대로 하게나.

클레앙트

하지만 매형의 생각은 알아야죠. 도대체 무슨 생각을 하고 계시는 거죠?

오르공

하늘의 뜻대로 하는 거지.

클레앙트

좀 터놓고 얘기해 보자고요. 발레르와 약속하셨잖아요. 약속을 지킬 건가요, 아닌가요?

오르공

잘 가게나.

클레앙트
그 애의 사랑에 불행이 닥칠까 걱정이 되는군.
가서 이 모든 일을 알려 줘야겠어.

제2막

제1장

오르공, 마리안

오르공

마리안, 애야.

마리안

네, 아버지.

오르공

가까이 오너라.
은밀히 할 말이 있으니.

마리안

무얼 찾으세요?

오르공

(작은 방을 살핀다)
　　　　　　　　　　　　　　혹시라도
우리 이야기를 엿들을 자가 없는지 살피려는 게다.
이 작은 방이 누군가를 덮치기엔 안성맞춤이거든.
자, 이제 됐다.
마리안, 나는 네가 언제나 온순하고
정말 소중한 딸이라고 생각해 왔단다.

마리안

아버지께서 그리 사랑해 주시니 얼마나 감사한지 몰라요.

오르공

그래, 말 한번 잘했다. 아비의 사랑을 받으려면
그저 이 아비 마음에 들 생각만 하면 된다.

마리안

제게도 그게 가장 큰 영예인걸요.

오르공

옳거니. 우리 손님이신 타르튀프 씨를 어떻게 생각하느냐?

마리안

누구요? 저요?

오르공

그래, 너 말이다. 네 대답을 한번 들어 보자.

마리안

440 아! 그거야 뭐든 아버지가 원하시는 대로 말씀드리죠.

오르공

현명한 대답이로구나. 그럼 이렇게 말해 보렴.
찬란히 빛나는 그분의 고매한 인격에
온통 마음을 빼앗겨 아비가 그분을
네 남편으로 정해 준다면 기쁘겠다고 말이다.
(마리안이 놀라 뒷걸음질 친다)
어떠냐?

마리안

예에?

오르공

왜 그러느냐?

마리안

뭐라고요?

오르공

뭐가?

마리안

제가 잘못 들은 거죠?

오르공

뭘?

마리안

아버지, 제가 누구한테 마음을 빼앗겨서 아버지가
그분을 제 남편으로 정해 주시면 기쁘겠다고요?
제가 그렇게 말해 주기를 바라신다는 그분이 누구라고요?

오르공

타르튀프 씨 말이다.

마리안

아버지, 맹세코 절대 그렇지 않은걸요.
어째서 제게 그런 말도 안 되는 소릴 하라시는 거죠?   450

오르공

그게 진실이기를 바라니까.
그리고 내가 그렇게 하기로 정하면 그걸로 되는 거지.

마리안

뭐라고요? 아버지가 바라시는 게 —

오르공

그래, 내가 원하는 건
타르튀프 씨를 너와 결혼시키고 가족으로 맞이하는 거란다.
그분이 네 남편이 될 거다. 나는 그렇게 결심했어.
알다시피 네 결혼에 관해서는 이 아비가 —

제2장

도린, 오르공, 마리안

오르공

거기서 뭘 하는 게냐?
궁금한 게 어지간히 많은 모양이군.
이렇게 우리 애길 엿들으러 오다니.

노린

사실, 누군가 추측으로 한 얘기인지
아니면 우연히 흘러나온 얘기인지는 모르겠지만
어디서 이 결혼 얘기를 들은 적이 있어요.
하지만 허무맹랑한 소리라고 치워 버렸었는데.

오르공

아니, 뭐라고? 그렇게 터무니없다는 게냐?

도린

너무 어처구니가 없어서 주인 나리 말씀이라도 절대 못 믿겠는걸요.

오르공

어찌해야 네가 믿을 수 있는지 내 잘 알지.

도린

암요, 그렇죠, 저희들한테 우스갯소릴 하시는 거죠.

오르공

금세 두 눈으로 똑똑히 보게 될 일이야.

도린

농담이시겠죠!

오르공

마리안, 절대 장난으로 하는 말이 아니란다.

도린

아가씨, 아버님 말씀 절대 믿지 마세요.
농담이라니까요.

오르공

내 말은 —

도린

아니요, 어떤 말이든 소용없어요.
절대 믿지 않을 테니까요.

오르공

화가 치밀어서 더는 참을 수가 —

도린

좋아요! 그럼 믿어 드리죠. 주인님께는 안된 일이지만요.
아니, 뭐예요? 얼굴 한가운데 멋지게 수염을 기르신 데다
현명해 보이시는 분이 얼마나 정신이 나가셨으면
그런 일을 바라실 수가 —

오르공

잘 들어라.
넌 이 집에서 허물없이 지내고 있지.
분명히 말해 두는데, 난 그게 마음에 안 들어.

도린

주인님, 제발 화내지 마시고 얘기 좀 해보자고요.
그런 일을 꾸미시다니, 사람들을 놀리시려는 거죠?
그리 편협한 신앙을 지닌 자에게 아가씨는 어울리지 않아요.
그 양반은 달리 생각해야 할 일이 있을 텐데요.
게다가 그런 결혼이 주인님께 무슨 득이 되나요?
도대체 그 많은 재산을 가지고서 무엇 때문에
거지 사위를 보시려는 거죠?

오르공

닥쳐라. 그분은 가진 게 없어.
바로 그게 그분을 존경해야 할 이유라는 걸 알아야지.
그분이 가진 게 없는 건 청빈하기 때문이야.
그래서 누구보다 위대한 분이 되시는 게지.
세속의 일은 거의 돌보질 않고
영원한 것에만 마음을 쏟은 나머지
가진 것을 다 잃게 되었으니 말이다.   490
하지만 내가 도움을 드리면 그 곤경에서 벗어나
재산을 다시 찾을 수 있을 게다.
그분의 영지라 알려진 그 땅을 찾을 수 있을 거란 말이지.
누가 보더라도 그분은 분명 귀족이야.

도린

네, 그거야 다 그자가 하는 말이지요.
그리고 그런 허풍은 신앙심하고는 어울리지 않아요.
순수하게 경건한 삶을 살아가려는 사람이라면
자기 가문과 태생을 그렇게 떠들어 댈 리 없지요.
겸허한 신앙의 자세를 지닌 자라면
그리 요란하게 야심을 과시하진 않을 거예요.   500
그리 빼기는 게 무슨 소용이죠? 마음이 상하셨나 보군요.
그럼 귀족 가문 얘기는 관두고 됨됨이에 대해 얘기해 보죠.
저런 작자에게 따님 같은 분을 아내로 주시겠다고요?
아무 거리낌도 없이요?
예의범절도 생각하시고
결혼의 결과도 미리 헤아려 보셔야 하지 않을까요?

처녀의 의사를 무시한 채 결혼을 시키면
정절을 지키기가 어렵다는 걸 아셔야죠.
결혼해서 정숙하게 사느냐 못 사느냐는
510 남편의 자질에 달렸답니다.
사방에서 손가락질당하는 남자들이 대개는
아내들을 정숙지 못하게 만드는 거라고요.
어떤 유형의 남편들에게는
정절을 지키기가 정말 어렵다는 거죠.
자기 딸이 싫어하는 남자를 배필로 정해 주시겠다면
그 딸이 저지르는 잘못에 대한 책임도 지셔야죠.
주인님의 계획이 어떤 위험을 부를지 생각해 보시라고요.

오르공

하녀에게 어찌 살아야 할지를 배워야 할 판이군.

도린

제 말대로 하시는 편이 나을걸요.

오르공

520 애야, 이런 허무맹랑한 얘기는 그만하자꾸나.
네게 무엇이 필요한지는 내가 잘 안다. 내가 네 아비잖니.
발레르에게 너를 아내로 주겠다고 약속은 했다만
그 녀석이 도박을 좋아한다는 말이 들리는 데다가
신앙심이 없는 게 아닌가 하는 의심도 들거든.
그 녀석이 교회에 오는 걸 본 적이 없단 말이다.

도린

오로지 남들에게 보여 주기 위해 교회에 가는 자들처럼
발레르도 주인님 가시는 시간에 딱 맞춰 가라는 건가요?

오르공

네 의견을 물은 게 아니야.
어쨌거나 신앙심으로 치자면 그분을 따라갈 사람이 없어.
그건 무엇에도 비길 수 없는 자산이란다.   530
이 결혼은 네가 바라는 바를 모두 채워 줄 것이고
네 삶은 사랑과 기쁨으로 넘치게 될 거야.
서로에게 정절을 지키며 사랑하는 가운데
두 어린아이처럼, 두 마리 산비둘기처럼 살아가게 될 거야.
마음 상해 가며 싸울 일도 없을 것이고,
넌 그분을 네가 원하는 남편으로 만들 수 있을 게다.

도린

아가씨가요? 기껏해야 바보나 만들겠죠. 제가 장담해요.

오르공

뭐? 그게 무슨 소리야!

도린

　　　　　　　　　제 말은, 그 작자가 그럴 것 같다고요.
아가씨가 아무리 덕을 갖추었다 하더라도
그자의 기운에 휩쓸려 버릴 거란 말입니다.   540

오르공

내 말 좀 그만 잘라먹고 입 좀 다물지그래.
상관없는 일에 끼어들지 말고.

도린

다 주인님을 위해서 드리는 말씀이에요.
(오르공이 마리안에게 돌아서는 순간에도 계속해서 끼어든다)

오르공

오지랖하고는. 제발 입 좀 다물어.

도린

주인님을 좋아하지 않았으면 —

오르공

                좋아해 달라고 한 적 없어.

도린

그래도 좋아하려고요.

오르공

아이고!

도린

    주인님의 명예가 제겐 소중하거든요.
사람들의 비웃음거리가 되시는 건 참을 수 없다고요.

오르공

정말 입 안 다물 게냐?

도린

그런 혼사를 맺도록 내버려 두는 건
제 양심에 걸리는 일이라서요.   550

오르공

너 입 못 다물어? 뻔뻔하게 뱀같이 교활한 소리로 —

도린

어머나! 독실한 신자께서 화를 내시다뇨!

오르공

그래, 이 말도 안 되는 소리에 울화가 치민다.
분명히 말하는데, 입 닥치라고.

도린

그러죠. 하지만 말을 안 한다고 생각도 안 하는 건 아니에요.

오르공

생각이야 하려면 하든가. 하지만 말하지 않도록 조심해.
안 그러면…… 관두자.
(딸 쪽으로 돌아서며)
　　　　　　현명하게
내가 모든 걸 헤아려 보았단다.

도린

입을 다물고 있자니
울화가 치미네.
(오르공이 돌아보자 입을 다문다)

오르공

타르튀프가 멋진 청년은 아니지만
그래도 그 정도면 —

도린

그럼요, 낯짝이야 그럴싸하죠.

오르공

네가 그분의 다른 모든 자질을
진심으로 받아들일 수 없다면 —
(딸 앞에서 몸을 돌려 팔짱을 끼고 도린을 바라본다)

도린

우리 아가씨, 운도 좋으셔라!
내가 아가씨였다면, 저런 억지 결혼을 시키려는 자는
절대로 무사히 넘어가지 못할 거야.
여자는 언제든 복수할 준비가 되어 있다는 걸
내가 결혼식이 끝나기 무섭게 보여 줄 거거든.

오르공

그래서 내가 한 말은 무시해 치우겠다는 게냐?

도린

왜 그러시죠? 주인님께 한 말이 아닌데요.

오르공

그럼 뭘 한 게냐?

도린

혼잣말을 한 건데요.

오르공

그래, 저 버르장머리를 고치려면 570
따귀를 한 대 갈겨 줘야겠어.
(오르공은 언제라도 따귀를 때릴 태세이고, 도린은 그가 쳐다
볼 때마다 입을 다물고 꼼짝도 않는다)
애야, 아비 뜻을 받아들여야 해…….
아비를 믿어야지. 내가 골라 준 신랑감은 ─
넌 어째 암말도 않는 게냐?

도린

할 말이 없는데요.

오르공

어디 한마디만 더 해봐라.

도린

저는 그자가 마음에 안 들어요.

오르공

옳지, 너 잘 걸렸다.

도린

이런, 바보같이!

오르공

얘야, 좌우간 이 아비에게 순종해야 해.
그리고 아비의 결정을 순순히 따라야 한단다.

도린

(도망가면서)
저 같으면 그런 남편일랑 절대 사양할걸요.
(오르공이 도린의 뺨을 때리려다 실패한다)

오르공

아주 끔찍한 것을 곁에 두고 있구나.
저런 것이랑 함께 있으니 어찌 죄를 안 짓고 살 수 있겠어.
지금은 이 얘기를 계속할 상태가 아닌 것 같다.
저것이 버릇없이 지껄여 대는 소리에 열불이 나서
밖에 나가 바람 좀 쐬고 마음을 가라앉혀야겠다.

제3장

도린, 마리안

도린

어디 말씀 좀 해보세요. 벙어리가 되셨어요?
제가 아가씨 대신 이래야 하나요?
그런 말도 안 되는 제안을 가만히 듣고만 계시다니!
싫다는 말 한마디 않으시고요.

마리안

집안에서 절대적이신 아버지께 맞서 뭘 하길 바라는데?

도린

뭐든 그리 위협하시지 못하게 할 만한 거요. 590

마리안

어떻게?

도린

    이렇게요. 누가 시킨다고 사랑할 수 있는 게 아니고,
아버님이 아닌 아가씨 자신을 위해 결혼을 하는 거라고요.
결혼 당사자가 아가씨이니만큼 남편감은
아버님이 아니라 아가씨 마음에 들어야 한다고요.
그리고 타르튀프란 자가 그렇게 마음에 드시면
아버님이 결혼하시면 되잖냐고, 아무 지장 없다고요.

마리안

아버지는 우리에게 절대적인 권한을 지니신 분이라서
난 감히 어떤 말씀도 드려 본 적이 없어.

도린

생각해 보세요. 발레르 님은 아가씨를 위해 애쓰고 계세요.
도련님을 사랑하시는 건가요, 아닌가요?

마리안

아! 내 사랑을 왜 그리 부당하게 취급하는 거야, 도린!
내게 그런 질문을 해야겠어?
내 마음을 수도 없이 털어놓았잖아!
그분에 대한 사랑이 어느 정도인지 알고 있잖아!

도린

아가씨가 도련님께 정말 마음이 움직인 건지
아니면 그냥 말뿐인지 제가 어찌 알겠어요?

마리안

그걸 의심하다니, 도린, 너 정말 너무하는구나.
내 진짜 감정을 네게 있는 대로 다 털어놓았건만.

도린

그러니까 도련님을 사랑하시는 거죠?

마리안

그럼, 사랑하고말고.

도린

그리고 도련님도 아가씨를 사랑하는 것 같고요?

610

마리안

그런 것 같아.

도린

그리고 두 분 모두
애타게 결혼을 원하고 계시고요?

마리안

물론이지.

도린

그럼 다른 혼담은 어쩌실 건데요?

마리안

강제로 결혼시키시면 죽어 버릴 거야.

도린

아주 멋져요. 상상도 못 했던 방법이네.
이 골치 아픈 상황에서 벗어나기 위해 그저 죽어 버린다니,
정말 끝내주는 해결책이에요.

그런 소릴 듣고 있자니 아주 열불이 나네요.

마리안

어머나! 왜 그리 화를 내는 거야, 도린!
내 괴로운 심정은 아랑곳하지 않는 거니?

도린

이런 판국에 아가씨처럼 약해 빠져서
말도 안 되는 소리나 해대는 사람에겐 동정이고 뭐고 없죠.

마리안

그럼 뭘 어쩌라고? 내가 소심해서 그런걸.

도린

사랑을 하려면 마음을 굳게 먹어야죠.

마리안

하지만 발레르에 대한 내 열정은 확고한걸.
그리고 아버지 허락을 얻어 내는 건 그 사람 할 일 아니니?

도린

뭐라고요? 아버님께서 고집불통으로
타르튀프한테 홀딱 빠져서
혼약을 어기시려 하는데
그걸 도련님 탓으로 돌리셔야겠어요?

마리안

하지만 아버지의 뜻을 대놓고 거스르고 무시하면서
내 마음이 완전히 발레르 쪽으로 쏠려 있음을 보여야 할까?
아무리 사랑에 눈이 멀었기로서니 그분을 위해
여자로서의 정숙함과 딸로서의 의무를 저버려야 할까?
네가 원하는 게 그거야? 내 사랑이 만천하에 알려져서 —

도린

아니, 아니에요. 전 아무것도 바라지 않아요. 이제 알겠네요.
아가씨는 타르튀프와 결혼하고 싶은 거예요.
그런 결혼을 말리려 들다니, 제가 잘못할 뻔했네요.
아가씨가 원하는 결혼을 반대할 이유가 어디 있겠어요?
혼처가 그렇게 근사한데. 640
타르튀프 씨라! 그럼요! 아버님이 아무나 권하시겠어요?
사실 잘 따져 보면 타르튀프 씨야
쉽게 당할 만한 분이 아니죠.
그러니 그런 분의 반려자가 되는 게 여간한 행운이겠어요?
벌써 모두가 그분을 성인으로 떠받들고 있어요.
고향에선 귀족이시죠, 인물도 잘났죠,
귀는 선홍색이고, 얼굴엔 화색이 돌고.[17]
그런 남편하고 같이 살면 얼마나 행복하시겠어요.

---

17 귀가 선홍색이고 얼굴에 화색이 돈다는 것은 다혈질이라 사랑에 쉽게 빠진다는 뜻이다. 마리안은 그러니 육체적인 쾌락과 영혼의 구원을 동시에 얻게 될 것이다 — 원주.

마리안

세상에나!

도린

그런 멋진 분의 아내가 되시면
650 아가씨 마음은 희열로 가득 차겠군요!

마리안

아! 제발 그런 말은 그만해.
이 결혼을 피할 수 있게 도와 달라고.
그래, 내가 졌어, 뭐든 다 할게.

도린

아니에요. 원숭이를 남편감으로 주신다 해도
아버님 말씀을 따르셔야죠.
그렇게 운 좋은 분이 뭘 불평하세요?
나자를 타고 그분 고향에 가실 거고,
숙부며 사촌들도 많아질 테고,
그 사람들이랑 어울려 사는 것도 좋으실 텐데요.
660 우선 사교계에 초대받으시겠죠.
환영의 뜻으로 아가씨를 초대한
법관과 재무관 나리 댁을 방문하면
그 댁 부인들이 호의로 간이 의자[18]쯤은 내놓겠지요.

---

[18] 간이 의자는 별반 중요하지 않은 방문객에게 내주는 가장 소박한 의자로 팔걸이나 등받이 없는 의자보다 못한 것이다. 등받이 있는 의자, 팔걸이 있는 안락의자 순으로 상대를 더 대접하는 의미를 지닌다 — 원주.

카니발 때가 되면 무도회나 대규모 악단,
그러니까 아코디언 두 대쯤은 기대하셔도 될 거고요.
가끔은 잘 훈련된 원숭이나 인형극도 보실 수 있을 거예요.
하지만 아가씨 남편분께서 —

마리안
아! 날 정말 못살게 구는구나.
그러지 말고 날 구해 줄 생각이나 해봐.

도린
저야 고작 아가씨 하녀인걸요.

마리안
도린, 제발 좀…….

도린
일이 그렇게 돌아가다니, 아가씨는 혼 좀 나셔야 해요.

마리안
내 신세야!

도린
안 돼요.

마리안
내가 발레르를 사랑한다고 털어놓으면…….

도린

타르튀프가 아가씨 사람이에요. 그렇게 될 거라니까요.

마리안

네게 항상 내 속내를 털어놨잖아.
그러니 내게 —

도린

아뇨, 아가씨는 분명 타르튀프 부인이 될 거예요.

마리안

그래, 좋아! 내 운명이 어찌 되건 상관없는 모양이니
내가 절망해서 죽든 말든 내버려 둬.
절망의 힘을 빌릴 거라고.
이 고통에서 벗어날 확실한 방법을 알고 있지.
(나가려 한다)

도린

아이! 자, 자, 돌아오세요. 화는 그만 낼게요.
어찌 됐건 가엾은 건 아가씨니까.

마리안

알겠지, 도린? 내 분명히 말하는데,
이리도 잔인한 희생을 강요당하면 죽어 버리고 말 거야.

도린

너무 걱정하지 마세요. 교묘하게 막는 수가 있을 테니…….
저기 아가씨 애인 발레르 도련님이 오시네요.

제4장

발레르, 마리안, 도린

발레르

방금 어떤 소식을 전해 들었습니다.
저도 몰랐던 건데 아주 멋진 소식이더군요.

마리안

뭔데요?

발레르

당신이 타르튀프와 결혼한다는 소식이죠.

마리안

확실히
아버지께서 그런 뜻을 품고 계시긴 하죠.

발레르

아버님께선 ―

마리안

마음이 바뀌신 거죠.
방금 제게 그 말씀을 하고 가셨어요.

발레르

뭐라고요? 진심으로 그러셨단 말인가요?

마리안

네, 진심으로요.
그 결혼을 원하신다고 분명하게 말씀하셨어요.

발레르

그렇다면
당신 마음은 어떤가요?

마리안

모르겠어요.

발레르

솔직한 대답이군요.
모르겠다고요?

마리안

그래요.

발레르

그렇다고요?

마리안

제가 어쩌면 좋을까요?

발레르

타르튀프를 남편으로 맞으시면 되겠네요.

마리안

그자랑 결혼하라고요?

발레르

네.

마리안

정말이세요?

발레르

물론이죠.
탁월한 선택이네요. 따를 만한 선택이고말고요.

마리안

좋아요! 그럼 그 충고를 받아들이죠.

발레르

그 충고를 따르시는 게 별반 어렵지 않은 모양이네요.

마리안

당신도 마찬가지죠. 별반 힘들이지 않고 그런 충고를 하시니.

발레르

저야 당신 좋으시라고 드린 충고인데요.

마리안

그럼 저도 당신 좋으시라고 그 충고를 따르지요.

도린

일이 어떻게 되어 가는지 어디 두고 봐야겠다.

발레르

그러니까 우린 이런 식으로 사랑한 건가요? 거짓이있군요. 일전에 당신이 —

마리안

제발 그 얘기는 그만둬요.
제게 솔직히 말씀하셨잖아요.
아버지께서 정해 주신 남편을 받아들여야 한다고요.
당신이 그리 유익한 충고를 해주셨으니
저도 그렇게 하겠다고 분명히 말씀드리는 거예요.

발레르

제 뜻이 그래서라고 둘러대지 마세요.
이미 결심을 하셨던 거잖습니까.
말도 안 되는 핑계로 둘러대며
혼약을 깨도 괜찮다 합리화하고 계시잖아요.

마리안

그래요, 맞아요, 말씀 한번 잘하셨네요.

발레르

                                            그러시겠죠.
당신은 한 번도 나를 진심으로 사랑한 적이 없었던 거네요.

마리안

세상에! 그렇게 생각하는 건 당신 자유죠.

발레르

암요, 내 자유고말고요. 하지만 이렇게 상처를 입었으니
아마 당신보다 먼저 결혼 계획을 실행에 옮길 겁니다.
어디에 내 마음을 바치고 청혼해야 할지 잘 알고 있거든요. 720

마리안

어련하시겠어요. 그만큼 잘나셨으니
도련님을 좋아하는 사람도 —

발레르

맙소사, 잘났다는 말은 그만둡시다.
나야 잘난 데가 없죠. 당신이 입증해 주고 있잖습니까.
그저 다른 여인이 나를 좋아해 주길 바랄밖에요.
내가 버림받은 걸 알게 되면 아무 거리낌 없이
내 상처를 보듬어 줄 그런 여인을 알고 있답니다.

마리안

상처가 크지도 않으시겠네요.
그렇게 상대를 바꾸셔도 쉽게 마음을 달랠 수 있다니.

발레르

그렇게 되도록 최선을 다할 겁니다. 믿으셔도 좋아요.
730 여인에게 잊히는 건 남자의 자존심이 걸린 일이라서요.
그 여인을 잊기 위해서라도 애를 써야 해요.
완전히 잊지 못한다면 적어도 그런 척이라도 해야겠죠.
우리를 버린 여인에게 사랑하는 마음을 보이는 건
결코 용서받을 수 없는 비굴한 짓이거든요.

마리안

정말 고귀하고 고결한 감정이네요.

발레르

그럼요, 서로가 그걸 인정해야죠. 아니, 그러면 당신은
내가 당신에 대한 열정을 마음속에 영원히 간직하고
내 눈앞에서 당신이 다른 사람 품으로 가는 걸

멀거니 지켜보고 있길 바라는 건가요?
당신이 원치 않는 내 마음, 다른 이에게도 주지 말고요? 740

마리안

천만에요. 그게 바로 제가 바라는 바예요.
그렇게 되길 진작 바라고 있었던걸요.

발레르

그러길 바란다고요?

마리안

그래요.

발레르

그 정도 모욕이면 충분합니다.
즉시 당신을 만족시켜 드리지요.
(가려고 한 걸음 내딛다가 다시 돌아온다)

마리안

잘됐네요.

발레르

적어도 이건 기억해 두십시오.
날 이런 극단적인 행동으로 내몬 건 바로 당신입니다.

마리안

그러죠.

발레르

그리고 내가 이렇게 마음먹은 것도
당신을 따라 한 것일 뿐이라는 사실도요.

마리안

날 따라 한 거라, 좋아요.

발레르

이제 됐습니다. 아주 적절한 때 원하시는 대로 되겠네요.

마리안

그거 다행이네요.

빌레르

날 보는 게 마지막이 될 겁니다.

마리안

마침 잘됐군요.

발레르

(문 쪽을 향해 가다가 돌아서면서)
예?

마리안

뭐가요?

발레르

날 부르지 않았나요?

마리안

내가요? 그럴 리가요.

발레르

아, 그러신가요! 그럼 그냥 가지요.
안녕히 계십시오.

마리안

잘 가세요.

도린

이렇게 말도 안 되는 짓을 하시다니
두 분 다 정신이 나가셨군요.
도대체 두 분 다툼이 어디까지 갈 수 있는지 보려고
마냥 내버려 두었더니만.
이봐요, 발레르 도련님!
(도린이 발레르의 팔을 붙들자 그는 심하게 뿌리치는 척한다)

발레르

아니, 뭘 어쩌라고, 도린?

도린

이리 와보세요.

발레르

싫어, 싫다고. 분통이 터진다니까.
아가씨가 원하는 대로 할 테니 날 말릴 생각 말아.

도린

그만하세요.

발레르

760   아니, 너도 알잖아. 이미 결정 난 거라고.

도린

나 참!

마리안

날 보는 게 괴로운 거야, 나 때문에 나가려는 거라고.
내가 자리를 비켜 드리는 게 낫겠어.

도린

(발레르를 내버려 두고 마리안에게로 간다)
또 어딜 가시려고요?

마리안

내버려 둬.

도린

이리 오시라니까요.

마리안

아냐, 아니라고, 도린. 날 붙들려고 해봐야 소용없어.

발레르

날 보는 게 괴로운 거야.
그 괴로움에서 벗어나게 해주는 게 낫겠어. 분명해.

도린

(마리안을 놔두고 발레르에게 달려간다)
또 왜 그러세요? 못 가세요, 악마한테 잡혀가면 모를까.
이 웃기는 짓 좀 그만하시고 두 분 다 이리 오세요.
(두 사람을 잡아끈다)

발레르

뭘 어쩌려고?

마리안

뭘 하려는 건데?

도린

두 분을 제자리에 돌려놓고 궁지에서 구해 드리려고요. 770
이런 식으로 다투시다니 제정신이세요?

발레르

마리안이 내게 어떻게 말하는지 못 들었어?

도린

그렇게 화를 내시다니, 정신 나가셨어요?

마리안

못 봤어? 그이가 나를 어떻게 대하는지?

도린

두 분 다 어리석으시네요. 아가씨는 오직
도련님께 가고 싶은 생각밖에 없으세요, 제가 보증해요.
도련님도 아가씨만을 사랑하고 아가씨 남편이 되고 싶은
그런 생각밖에 없다고요. 제 목숨을 걸고 보증하죠.

마리안

그런데 왜 내게 그런 충고를 하신 거시?

발레르

어째서 그런 일에 대해 내 의견을 물었을까?

도린

두 분 다 돌았군요. 자, 두 분 모두 손을 내미세요.
자, 어서요.

발레르

(도린에게 손을 내밀며)
내 손은 뭐하려고?

도린

자, 아가씨 손도요.

마리안

(역시 도린에게 손을 내밀며)
이렇게 해서 뭘 어쩌자고?

도린

맙소사! 얼른 다가서세요.
두 분은 생각보다 서로를 더 많이 사랑하고 계세요.

발레르

그렇다면 일을 힘들게 하지 말아요.
미움일랑 거두고 사람을 좀 보라고요.
(마리안이 발레르에게 눈길을 돌리고 살짝 미소를 짓는다)

도린

솔직히 말해 볼까요? 연인들은 다 미쳤어요!

발레르

내가 당신에 대해 불평할 만하지 않았나요?
사실 말이지, 그렇게 가슴 아픈 말을

790 　아무렇지도 않게 하다니, 너무한 거 아닌가요?

마리안

그러는 당신은요? 그렇게 배은망덕하게 구실 수가 —

도린

그런 입씨름은 다음에들 하시고
이 고약한 혼담을 어찌 엎을지나 생각해 보자고요.

마리안

어떤 방책을 써야 할지 얘기 좀 해줘 봐.

도린

할 수 있는 모든 방법을 동원해야죠.
우리가 어떻게 하든 아버님은 코웃음만 치실 거예요.
하지만 아가씨는 아버님의 그 말도 안 되는 요구에
얌전히 따르는 척하시는 게 더 좋겠어요.
그래야 만약의 경우 아버님이 말씀하신 혼사를
800 　미루기가 쉬워질 테니까요.
시간을 벌게 되면 무엇이든 해결할 수 있는 법이지요.
어떤 때는 병에 걸렸다고 둘러대세요.
갑자기 아파서 혼사를 미뤄야겠다고 하시라고요.
어떤 때는 불길한 징조를 내세우셔도 되고요.
기분 나쁘게 유령과 마주쳤다든가, 거울을 깼다든가,
아니면 흙탕물 꿈을 꿨다든가 하는 식으로요.
그나마 다행인 건, 그와 결혼하겠다고 하지 않는 한

아가씨를 다른 그 누구와도 결혼시킬 수 없다는 거죠.
그래도 일이 잘되게 하려면 제 생각엔
이렇게 두 분이 같이 있는 걸 들키지 않는 게 좋겠어요. 810
(발레르에게)
가세요, 그리고 지체 없이 친구들을 동원하셔서
아버님이 약속을 지키시도록 만들라고요.
아가씨랑 저는 다미스 도련님의 힘을 빌리고
아가씨 새어머니[19]를 우리 편으로 끌어들일게요.
안녕히 가세요.

발레르

(마리안에게)
               우리 모두가 어떤 노력을 하든지,
사실 난 당신에게 가장 큰 희망을 두고 있어요.

마리안

(발레르에게)
아버지의 뜻에 대해서는 당신에게 장담할 수 없지만,
난 당신 아닌 그 누구의 아내도 되지 않을 거예요.

발레르

이제야 안심이군요! 저들이 감히 어떤 일을 벌이든 ─

---

19 제1막 제1장에서 페르넬 부인이 언급했듯이 엘미르는 오르공의 두 번째 아내로, 다미스와 마리안 남매의 새어머니이다.

도린

820　아! 연인들은 지치지도 않고 재잘거린다니까.
얼른 가시라고요.

발레르

(한 걸음 떼어 놓다가 돌아와서)
　　　　　그러니까 ―

도린

　　　　　왜 이리 말이 많으실까!
(두 사람의 어깨를 떠밀며)
자, 이쪽으로 가세요. 도련님은 저쪽으로 가시고요.

제3막

제1장

다미스, 도린

다미스

당장 벼락에 맞아 숨이 끊어져도 싸고
사방에서 상놈 중의 상놈 취급을 당해도 싸.
아버지를 존중하는 마음이나 힘에 밀려
내 지금 치미는 대로 행동하지 못한다면 말이지.

도린

제발 그렇게 흥분 좀 하지 마세요.
아버님은 그저 말을 꺼내신 것뿐이잖아요.
얘기가 나왔다고 다 그대로 되는 건 아니에요.
계획한 일이 이루어지기까지는 갈 길이 멀다고요.

다미스

그 작자의 음모를 내가 막아야 해.
그 작자의 귀에다 대고 몇 마디 해줘야겠다고.

도린

아이고! 좀 참으시라고요! 그 작자건 아버님이건
새어머님이 알아서 하시게 내버려 두시라니까요.
타르튀프의 생각에 영향을 미칠 수 있는 건 어머님뿐이에요.
어머님이 하시는 말이라면 뭐든 좋아라 하는데,
어머님께 연정을 품고 있는 건지도 모르죠.
제발 그랬으면 좋으련만! 그럼 일이 잘 풀릴 텐데.
아가씨와 도련님을 생각해서 어머님이 그자를 보자셨어요.
두 분이 걱정하시는 결혼에 대해 그자의 생각을 떠보고
그자의 감정이 어떤지를 알아보시려는 거죠.
그자가 아버님이 계획하시는 결혼에 응하겠단 뜻을 비치면
얼마나 난처한 상황이 벌어질지 알려 주시려는 거예요.
지는 못 뵀는데, 하인 말이 그기 기도 중이래요.
하지만 곧 내려올 거라네요.
그러니 제발 나가세요. 저 혼자 기다리게 해달라고요.

다미스

그 얘기를 할 때 내가 같이 있어도 되잖아.

도린

절대 안 돼요. 그 두 사람만 있어야 해요.

다미스

아무 말도 안 할게.

도린

말도 안 되는 소리. 툭하면 흥분하시는 걸 뻔히 아는데.
그러면 정말 일을 망치게 된다고요. 850
나가세요.

다미스

아니야, 화내지 않고 보겠다니까.

도린

왜 이리 성가시게 구실까! 그자가 오네요. 얼른 나가세요.

제2장

타르튀프, 로랑, 도린

타르튀프

(도린이 있는 것을 보고는)
로랑, 내 고행복을 고행 채찍으로 꽉 졸라매라.
그리고 항상 성령이 충만하기를 기도해라.
누가 나를 보러 오거든
내 보시받은 돈을 죄수들에게 나누어 주러 갔다고 해라.

도린

저 가식에다 허풍하고는!

타르튀프

무슨 일이신가?

도린

전할 말씀이 —

타르튀프

(주머니에서 손수건을 꺼낸다)
                              아! 제발 부탁이니
이 손수건부터 받고 말하시게.

도린

뭐라고요?

타르튀프

860   내 차마 그 가슴을 볼 수 없으니 가려 주시게.
그런 것들로 인해 영혼이 상처를 받고
죄가 될 생각을 떠올리게 되니까.

도린

그 말씀은, 그러니까 당신이 유혹에 아주 약하다는 거군요.
당신의 감각이 육체에 강한 반응을 보이나 보죠?
어떤 열정에 몸이 달아오르는지야 물론 알 수 없지만

저는 그리 급하게 달아오르지 않거든요.
그리고 댁이 머리부터 발끝까지 홀딱 벗은 모습이더라도
당신 몸에 유혹당하진 않을 거라고요.

타르튀프

말을 좀 삼가시게.
안 그러면 내 당장 자리를 뜰 테니. 870

도린

아니, 아니에요. 제가 댁을 내버려 두고 가드리죠.
그저 몇 마디만 전하면 되니까요.
마님께서 여기로 내려오실 겁니다.
잠시 얘기를 나누고 싶다 하시던데요.

타르튀프

저런! 얼마든지.

도린

(혼잣말로)
     저 좋아하는 꼴 좀 봐!
맙소사, 좀 아까 내가 한 말이 맞는다니까.

타르튀프

금방 오시려나?

도린

소리가 들리는 것 같은데요.
네, 마님이시네요. 그럼 전 이만 물러가지요.

제3장

엘미르, 타르튀프

타르튀프

하느님의 크신 은총으로
880 부인께 영원히 영육 간의 건강이 내리기를,
그리고 하느님이 사랑하시는 인간 중 가장 비천한 인간인
제가 바라는 만큼, 부인께 나날이 강복하시기를 빕니다.

엘미르

경건한 축복에 정말 감사드려요.
좀 더 편하게 의자에 앉도록 하지요.

타르튀프

어떻게, 편찮으시던 건 좀 나으셨나요?

엘미르

네, 다 나았습니다. 열도 금방 내렸고요.

타르튀프

하느님께서 그런 은총을 내려 주시기엔
제 기도가 많이 부족하겠지만,
저는 오로지 부인의 회복을 기원하며
경건하게 기도를 올렸답니다.   890

엘미르

저 때문에 지나치게 마음을 쓰셨군요.

타르튀프

부인의 건강은 아무리 소중히 여겨도 지나치지 않습니다.
부인의 건강을 위해서라면 제 건강이라도 내놓았을 겁니다.

엘미르

기독교인으로서의 자비심이라 해도 지나치시네요.
그 모든 호의에 정말 감사드립니다.

타르튀프

뭘요. 부인께선 그 이상을 받아 마땅하시지요.

엘미르

은밀히 상의드릴 일이 있었는데
이렇게 아무도 보는 사람이 없으니 마음이 놓이네요.

타르튀프

저 역시 황홀합니다.

부인과 이렇게 단둘이 있게 되니 얼마나 기쁜지.
이제껏 하느님께 기원했어도
허락받지 못했던 기회랍니다.

엘미르

저기, 저는 그저 얘기를 좀 나눴으면 해요.
마음을 터놓고 숨김없이 말씀해 주세요.

타르튀프

저도 하느님께 특별한 은총을 간구했습니다.
그저 제 영혼을 있는 그대로 보여 드리게 해달라고요.
맹세컨대 부인의 매력에 끌려 이 집을 드나드는 자들에게
제가 대놓고 비난을 퍼부은 건
결코 부인을 미워해서 그런 게 아닙니다.
그보다는 저를 이끄는 열정과
순수한 마음에서 ―

엘미르

저도 그렇게 생각하고 있어요.
제 구원을 위해 그렇게 마음 쓰신 거라 믿고 있지요.

타르튀프

(엘미르의 손가락 끝을 잡으며)
그렇습니다, 부인, 암요. 제 열정이 그러하니 ―

엘미르

아야! 너무 세게 잡으시네요.

타르튀프

            열정이 지나쳐서 그만.
부인을 아프게 할 생각은 전혀 없었습니다.
그러느니 차라리 —
(엘미르의 무릎 위에다 손을 얹는다)

엘미르

지금 그 손으로 뭘 하시는 거죠?

타르튀프

부인의 옷자락을 만져 보고 있습니다. 옷감이 부드럽군요.

엘미르

아! 제발 그만하세요. 전 간지럼을 많이 타거든요.
(엘미르가 의자를 뒤로 물리자 타르튀프도 자기 의자를 당겨 앉는다)

타르튀프

세상에! 옷이 정말 기막히게 만들어졌군요!
요즘은 일하는 솜씨들이 감탄스러울 지경이라니까.   920
이렇게 잘 만들어진 옷은 한 번도 본 적이 없습니다.

엘미르

정말 그래요. 그건 그렇고 우리 얘기를 좀 해보도록 하죠.
들자 하니 제 남편이 혼약을 깨고
선생께 딸을 주려 한다던데, 그게 사실인가요? 그래요?

타르튀프

얼핏 그런 말씀을 하시긴 했는데
사실 그건 제가 바라는 행복이 아니랍니다.
제가 진실로 바라는 지복은 다른 데 있어요.
거기서 그 눈부신 매력을 발하고 있지요.

엘미르

그야 선생께서 속세의 것엔 마음이 없기 때문이겠죠.

타르튀프

930 제 심장이 돌덩이로 된 건 아니랍니다.

엘미르

저는 선생께서 오로지 하느님을 경외할 뿐이며
세상 것에 대해서는 아무 욕심도 없으시다 믿고 있는데요.

타르튀프

우리가 마음을 바쳐 영원불멸의 아름다움을 사랑한다 해도
속세의 것에 대한 사랑이 아예 사라지는 건 아니랍니다.
하느님이 만드신 완벽한 피조물에 우리 감각은 쉬 매료되죠.
하느님의 모상이 투사된 부인 같은 분들의 매력은

눈이 부실 지경입니다.
경이로울 정도의 탁월한 매력을 펼쳐 놓으신 거죠.
천상의 아름다움이 넘치는 당신의 얼굴을 보면
경탄하지 않을 수 없고 마음은 황홀해집니다. 940
완벽한 피조물이신 부인을 볼 때마다
저는 자연의 창조주를 찬미하지 않을 수 없고[20]
하느님의 모상이 그려진 가장 아름다운 초상을 보는
제 마음에는 애정이 불타오릅니다.
처음엔 남모르는 이런 열정이
악마의 교활한 공격이려니 하고
부인이 제 구원에 방해가 된다고 생각하며
당신의 눈길을 피해야겠다는 다짐까지 했었습니다.
하지만 너무도 아름다운 부인이여, 전 마침내 깨달았습니다.
이런 열정이 결코 죄가 되지 않으며 950
순결함에 어긋나지 않을 수도 있다는 걸 말입니다.
그래서 전 그 열정에 마음을 내맡긴 겁니다.
이 마음을 감히 당신께 바치는 것은
고백하건대 저로서는 너무도 대담한 짓입니다.
하지만 제 마음을 바치며 오직 부인의 호의에 기대를 걸 뿐
미약한 제 헛된 노력으로 뭘 얻을 거라 기대는 않습니다.
저의 희망과 행복과 평안이 모두 당신께 있으며
제 고통이나 지복[21] 역시 당신께 달린 일입니다.

20 타르튀프의 이러한 사랑 고백은 피조물의 아름다움을 찬미하는 것이 신의 전능함에 대한 찬미라는 이념에 토대를 두고 있다. 이는 당시에 널리 유포되어 있던 생각으로 보인다 — 원주.

21 퓌르티에르Antoine Furetière에 따르면 〈지복*béatitude*〉이란 〈지고의 행복, 영원한 축복. 하느님은 성인들에게 지복, 천국을 약속하셨다〉와 같은

그러니 당신의 결정에 따라, 당신이 원하시면 행복해지고,
960 　당신이 그러는 게 좋으시다면 불행해지겠지요.

엘미르

대단한 사랑 고백이네요.
하지만 솔직히 좀 놀랍군요.
그런 일에 대해선 좀 더 마음을 추스르시고,
좀 더 이성적으로 생각하셨어야 할 것 같은데요.
선생같이 누구나 알아주는 독실한 신자께서 —

타르튀프

아! 독실한 신자라고 해서 남자가 아닌 건 아닙니다.
천상의 매력을 지닌 부인을 보게 되면
마음을 빼앗겨 이성이 마비되어 버리지요.
이런 말을 하는 게 이상하게 보이시겠죠. 저도 잘 압니다.
970 　하지만 부인, 어쨌든 제가 천사는 아니지 않습니까.
제 이런 고백을 책망하시기 전에
당신의 매력을 책망하셔야 할 겁니다.
결코 인간이라 할 수 없는 그 찬란한 아름다움을 보는 순간
저는 당신에게 마음을 빼앗겨 버렸습니다.
형언할 수 없이 감미로운, 사람을 홀리는 눈길로 당신은
고집스레 저항하던 제 마음을 무너뜨렸습니다.
단식도, 기도도, 눈물도, 그 무엇도 소용이 없었습니다.
저는 당신의 매력을 바라며 모든 기원을 바치게 됐습니다.

용례로 쓰인다. 타르튀프는 인간적인 사랑을 고백하는 상황에서 영성적 용어를 가장 파렴치하게 쓴 경우라고 할 수 있다 — 원주.

이미 눈빛과 한숨으로 당신께 수도 없이 말씀드렸고,
제 뜻을 좀 더 분명히 전하기 위해 이리 직접 말씀드립니다. 980
부인께서 좀 더 자비로우신[22] 마음으로
당신의 하찮은 노예와 같은 제 비참함[23]을 헤아려 주신다면,
당신의 선하심으로 저를 위로해 주시고
당신 자신을 낮추시어 하잘것없는 제게까지 와주신다면
오, 감미롭고 경이로운 부인이시여, 영원히 저는 당신께
그 무엇에도 비길 수 없을 만큼 헌신할 겁니다.
저와 함께라면 당신의 명예는 위험에 처하지 않을 것이며,
제가 변심할까 두려워하실 필요도 없을 겁니다.
여자들이 죽고 못 사는 저 궁정의 한량들은 하나같이
행실만 요란할 뿐 말은 헛된 자들입니다. 990
여자들을 이 정도까지 꼬였노라 사방에 자랑이나 해대고
누가 자기에게 마음을 주었는지 있는 대로 떠벌려 대지요.
자기들을 믿고 털어놓은 것을 경솔하게 떠들어 대니
자기들이 마음을 바친 제단을 더럽히는 거나 다름없어요.
하지만 우리 같은 사람들은 사랑에 빠져도 신중하기에
우리와 함께라면 언제까지나 비밀을 보장할 수 있지요.
우리는 평판에 신경을 쓰기 때문에
사랑하는 사람의 모든 것을 책임지고 지켜 준답니다.
우리 같은 사람의 마음을 받아들이면
추문 없이 사랑하고 두려움 없이 쾌락을 누릴 수 있답니다. 1000

22 *bénin*. 천상의 치유나 그 영향력을 언급할 때에만 쓰이는 단어로, 타르튀프는 여기서 엘미르를 거의 성모 마리아와 같이 떠받들고 있다 — 원주.

23 *tribulation*. 역시 종교적 어휘로, 하느님께서 주시는 것으로 믿고 기꺼이 받아들이는 고통이나 비참함을 의미한다. 여기서 타르튀프는 오로지 창조주에게 바쳐야 할 경배를 피조물에게 바치는 중죄를 짓고 있다 — 원주.

엘미르

말씀을 듣자 하니, 상당히 과한 표현을 쓰시네요.
제게 그리 마음을 털어놓으시다니요.
그 열렬한 사랑을 제가 남편에게 전하고 싶어지면 어쩌나
걱정도 안 되시나 보죠?
이리 성급하게 사랑을 고백하셨다가
제 남편이 선생에 대한 호의를 거두면 어쩌시려고요?

타르튀프

제가 알기로 부인께선 너무도 자비로우셔서
제 이런 경솔함을 용서해 주실 겁니다.
격렬한 사랑의 열정에 마음이 상하셨더라도
인간적인 나약함이라 여기고 용서해 주시겠죠.
또 부인 스스로의 자태를 보시건대 제가 장님이 아니며,
인간이 육체적 존재라는 점도 고려해 주시리라 생각합니다.

엘미르

다른 사람들은 다르게 받아들일 수도 있을 텐데요.
하지만 저는 신중하게 처신하려고 합니다.
남편에게는 이 일을 함구하도록 하지요.
하지만 그 대신 한 가지 부탁드릴 게 있습니다.
아무 트집 잡지 마시고
발레르와 마리안의 결혼을 확실하게 서둘러 주십시오.
남편은 다른 이의 짝으로 당신의 기대만 부풀리고 있어요.
그런 부당한 권위를 당신 자신이 포기해 주세요.
그리고 ―

제4장

다미스, 엘미르, 타르튀프

다미스

(숨어 있던 작은 방에서 나오며)
        아니, 어머니, 안 돼요. 이 일을 모두에게 알려야 해요.
제가 저기서 다 들었습니다.
하느님의 은총이 저를 이리로 인도해 주신 것 같네요.
저를 음해하던 저 사기꾼의 콧대를 꺾어 놓고
저 위선과 뻔뻔함에 복수할 길을 열어 주려고 말입니다.
이제 아버지의 잘못을 깨닫게 하고,
어머니께 사랑 운운하는 저 간악한 자의 본심을
낱낱이 드러내 보일 수 있겠어요.

엘미르

아니다, 다미스. 이분이 좀 더 분별력을 갖고
내 호의에 보답해 주시기만 한다면 그걸로 된 거야.   1030
내가 그러겠다고 약속했으니 그것을 지킬 수 있게 해다오.
법석을 떠는 건 내 성미에 맞지 않아.
여자라면 이런 어처구니없는 일쯤은 웃어넘기고,
남편 귀에 들어가 걱정을 끼치는 일이 없도록 하는 법이야.

다미스

어머니께서 그러시는 것도 일리는 있습니다.
하지만 제가 다르게 행동하는 데에도 나름의 이유가 있죠.

저자를 용서해 주신다니, 그건 웃기는 짓이라고요.
저자는 독실한 신자인 양 오만불손하게 행동하며
제 정당한 분노를 너무도 짓눌러 왔습니다.
1040 우리 집안을 완전히 엉망으로 만들어 놓았고요.
저 간악한 자는 너무 오랫동안 아버지를 조종해 왔고
저와 발레르의 사랑을 방해했습니다.
아버지께선 저 사기꾼에 대한 미망에서 깨어나셔야 해요.
하늘이 그럴 수 있는 쉬운 방법을 알려 주신 겁니다.
이런 기회를 주신 하늘에 감사드려야죠.
놓치기에는 너무도 아까운 기회라고요.
이런 기회를 손에 넣고도 이용하지 않는다면
하늘이 그 기회를 다시 앗아 간대도 할 말이 없을 겁니다.

엘미르

다미스 —

디미스

아뇨, 어머니, 저는 제 생각을 따라야겠습니다.
1050 지금 저는 더할 나위 없이 기쁩니다.
어머니께서 무슨 말씀을 하셔도 소용없습니다.
이리 복수할 수 있는 기쁨을 포기할 순 없다고요.
더 주저할 것도 없이 바로 일을 처리하겠습니다.
이것으로 제가 만족할 만한 상황이 되었군요.

제5장

오르공, 다미스, 타르튀프, 엘미르

다미스

아버지, 마침 잘 오셨습니다. 방금 일어난 일로
아버지를 기쁘게 해드리지요. 아주 깜짝 놀라실 겁니다.
아버지는 지금껏 베푸신 호의에 제대로 보답받으셨습니다.
이분께서 아버지의 친절에 훌륭하게 보답하신 거죠.
저자가 방금 아버지를 위해 대단한 사랑을 고백했습니다.
아버지를 욕되게 할 수밖에 없는 짓입니다. 1060
무례하게도 어머니께 온당치 않은 사랑 고백을 하다가
제게 덜미를 딱 잡힌 거죠.
어머니는 마음이 고우시고 사려가 깊으셔서
어떻게든 이 일을 비밀에 부치고자 하셨지만
저는 이 파렴치한 일을 그냥 넘길 수 없었습니다.
이 일을 숨기는 건 아버지에 대한 모욕이라 생각했습니다.

엘미르

예, 저는 이리 쓸데없는 이야기로
남편의 심기를 불편하게 할 필요는 없다고 생각했어요.
그깟 일에 명예가 걸려 있는 것도 아니고요.
그저 스스로를 지킬 수 있으면 그만인 거죠. 1070
제 생각은 그래요. 그리고 다미스,
네가 나를 믿었다면 아무 말 하지 않았을 텐데.

제6장

오르공, 다미스, 타르튀프

오르공

오, 하느님! 방금 들은 이야기를 믿어야 합니까!

타르튀프

그렇습니다, 형제님, 저는 악인이고 죄인입니다.
죄악으로 가득 찬 불행한 죄인이며
세상에 둘도 없이 파렴치한 놈입니다.
제 삶의 순간순간이 오욕으로 물들어 있으며
제 삶은 죄와 추잡함덩어리일 뿐입니다.
저를 벌하기 위하여, 하느님께서는 이 기회에
고행을 시키고자 하시는가 봅니다.
큰 죄를 지었다는 비난을 듣더라도
감히 변명할 생각은 없습니다.
들으신 대로 믿으시고 한껏 노여워하시며
저를 죄인으로 여겨 댁에서 쫓아내십시오.
그로 인해 어떤 치욕을 당하건
제가 받아 마땅할 치욕에 미치기나 하겠습니까.

오르공

(다미스에게)
아! 이런 못된 놈, 감히 그런 거짓말로
이분의 순수한 미덕에 흠집을 내려 드는 게냐?

다미스

뭐라고요? 이 위선자의 감언이설에 속아
제 말을 믿지 않으시는 건가요?

오르공

    닥쳐라! 나쁜 놈 같으니.   1090

타르튀프

아! 그냥 두세요. 아드님을 나무라시는 건 옳지 않습니다.
아드님 얘기를 믿으시는 게 좋을 겁니다.
이런 일에 어째서 제 편을 드시는 겁니까?
어쨌건 제가 무슨 짓을 할 만한 놈인지 어찌 아십니까?
형제님, 겉모습만 보고 절 믿으시는 건가요?
이 모든 걸 보고도 제가 더 나은 자라 생각하시는 겁니까?
아니요, 아닙니다. 겉모습에 속고 계신 겁니다.
아! 저는 당신이 생각하는 그런 사람이 아닙니다.
모두가 저를 선한 사람으로 여기지만 저는
아무짝에도 쓸모없는 인간입니다. 그게 진실이라고요. 1100
(다미스에게)
그래요, 아드님, 말을 해봐요. 나를 부도덕하고 비열하며
정신 나간 도둑놈, 살인자 취급하라고요.
더 가증스러운 이름들을 퍼부어요.
내 반박하지 않으리다. 그런 말을 들어 마땅하니까.
무릎 꿇고 그 치욕을 감내하리다.
내 살면서 지은 죄로 받아 마땅할 치욕이니까.

오르공

(타르튀프에게)
형제님, 지나치십니다.
(아들에게)
                  이래도 수그러들지 못하겠느냐?
이 못된 놈!

다미스

    뭐라고요? 저자의 말에 그렇게 홀리셔서 ―

오르공

시끄럽다, 망나니 같은 자식.
(타르튀프에게)
                  형제님, 일어나시지요, 제발!
(아들에게)
비열한 놈!

다미스

저자는 ―

오르공

닥치라니까.

다미스

미치겠네. 뭐라고요? 제가 ―

오르공

한 마디만 더 하면 네놈의 팔을 분질러 놓고 말 테다.

타르튀프

형제님, 제발 부탁이니 화내지 마십시오.
저로 인해 아드님이 손톱만큼이라도 상처를 입느니
아무리 극심한 고통이라도 제가 감내하는 편이 낫습니다.

오르공

(아들에게)
이 배은망덕한 놈!

타르튀프

    아드님을 내버려 두세요. 필요하다면 제가
무릎이라도 꿇고 당신의 자비를 —

오르공

(타르튀프에게)
         아니! 뭐 하시는 겁니까?
(아들에게)
이놈아! 이렇게 선한 분이시다.

다미스

  그게 —

오르공

그만!

다미스

뭘요? 전 —

오르공

그만하라고 했다.
어떤 이유에서 저분을 공격하려는지는 내 잘 알고 있다.
너와 가족들 모두가 저분을 미워하고 있어. 오늘 보니
내 아내와 자식들, 하인들까지 저분께 맞서 날뛰고 있구나.
이 독실한 분을 내 집에서 몰아내기 위해
뻔뻔스럽게도 온갖 수단을 동원하고 있어.
하지만 너희들이 이분을 쫓아내려 안간힘을 쓰면 쓸수록
난 이분을 붙들어 두기 위해 수고를 아끼지 않을 거다.
그리고 너희 모두의 콧대를 꺾어 놓기 위해서라도
서둘러 내 딸 마리안과 이분을 짝지어 줘야겠다.

다미스

그 아이를 강제로 저자와 결혼시킬 생각이시란 말입니까?

오르공

그래, 이놈아. 너희가 화나도록 당장 오늘 저녁에 해치울 거다.
아! 내 너희 모두를 상대로 똑똑히 알게 해주마.
내게 복종해야 하며, 내가 이 집의 주인임을 말이다.
자, 그러니 네가 한 말을 취소하고

당장 이분 발아래 엎드려 용서를 빌어, 이 나쁜 놈아.

다미스

누가요, 제가요? 사기를 치고 있는 이 불한당에게 —

오르공

아니, 이 비열한 놈이 그래도 대들면서 이분께 욕설까지 해?
몽둥이! 몽둥이 가져와!
(타르튀프에게)
     말리지 마세요.
(아들에게)
자, 당장 내 집에서 나가.
다시는 이 집에 발을 들여놓을 생각도 하지 마!

다미스

네, 나가죠. 하지만 —

오르공

    얼른 꺼져.
불한당 같은 녀석, 네놈에겐 아무것도 물려주지 않을 테다.
저주나 잔뜩 퍼부어 주마.

제7장

오르공, 타르튀프

오르공

성인 같으신 분을 이렇게 욕보이다니!

타르튀프

오, 하느님, 제게 고통을 준 다미스를 용서하소서!
(오르공에게)
형제님께 저를 모함하려는 걸 보고 있으려니
얼마나 괴롭던지…….

오르공

저런!

타르튀프

　그 배은망덕한 행동을 생각만 해도
제 영혼은 가혹한 고통을 겪게 됩니다…….
얼마나 끔찍한지……. 가슴이 죄어 와
말도 안 나오고 죽을 것만 같습니다.

오르공

(눈물을 흘리며 아들을 쫓아낸 문 쪽으로 달려간다)
못된 놈! 내 손으로 너를 후려쳐
이 자리에 때려눕히지 않고 보내 준 게 후회스럽구나.

형제님, 기운 차리시고 화를 푸시지요.

타르튀프

그만하십시다, 거북한 이야기랑 그만두자고요.
제가 이 집안에 얼마나 큰 분란을 일으키는지 알겠습니다.
그러니 형제님, 제가 이 집에서 나가야겠습니다.

오르공

뭐라고요? 농담이시겠지요?

타르튀프

온 식구들이 저를 미워하고
다들 형제님이 제 신앙을 의심케 하려 드니 말입니다.

오르공

그게 무슨 상관이랍니까? 제가 그런 소릴 들을 것 같습니까?

타르튀프

아마 계속 그리들 할 겁니다.
지금은 형제님이 그런 고자질을 물리치셨지만
다음번엔 아마 귀를 기울이시게 될 겁니다. 1160

오르공

아니, 절대 그러지 않을 겁니다.

타르튀프

아, 형제님!
여자는 남편의 마음을 쉽게 돌려놓을 수 있는 법입니다.

오르공

아닙니다, 아니라니까요.

타르튀프

저를 얼른 여기서 멀리 내치시어
이렇게 저를 공격할 이유를 아예 없애 버리시란 말입니다.

오르공

안 됩니다. 여기 계셔야 해요. 제 생명이 걸린 문제입니다.

타르튀프

아! 그러면 제가 고행을 해야 한다는 거군요.
그래도 당신이 원하신다면 —

오르공

아!

타르튀프

좋습니다. 그 얘기는 그만두죠.
하지만 그 문제에 어떻게 처신해야 할지는 잘 압니다.
명예란 손상되기 쉬운 것이니 우리의 우정을 생각해서
다시는 쓸데없는 말이나 의심이 생기지 않도록 하겠습니다.

부인을 피하도록 하겠습니다. 다시는 그런 모습을 —

오르공

아닙니다. 누가 뭐라 하든 아내를 자주 만나 주세요.
사람들을 화나게 하는 게 제겐 가장 큰 기쁨이랍니다.
전 당신이 제 아내와 항시 같이 계셨으면 합니다.
그뿐이 아닙니다. 온 식구들에게 보다 단호히 맞서기 위해
저는 당신을 유일한 상속자로 삼을 겁니다.
이 길로 곧장 정당한 절차를 밟아
제 전 재산을 당신께 넘기도록 하겠습니다.
제가 사위로 택한 선량하고 정직한 친구인 당신이
제게는 아들과 아내와 부모보다 더 소중하답니다.   1180
제 제안을 받아 주지 않으시렵니까?

타르튀프

모든 일이 하느님 뜻대로 이루어지기를.

오르공

가엾은 분! 얼른 서류를 작성하러 가십시다.
시샘하는 자들은 원통해 죽으라지!

제4막

제1장

클레앙트, 타르튀프

클레앙트
그래요, 모두들 그 얘기뿐입니다. 제 말을 믿으세요.
이 소문으로 물의가 빚어지면 당신 명예에 누가 될 겁니다.
제 생각을 몇 마디로 분명히 말씀드리려 했는데
정말 딱 맞춰 만나게 되었네요.
사람들 말을 속속들이 파헤쳐 볼 생각은 없습니다.
그건 그냥 건너뛰고, 최악의 경우를 가정해 보죠.
가령 다미스의 행동이 지나쳤고
당신이 부당한 비난을 받았다고 칩시다.
그렇다 해도 무례를 용서하고 복수할 마음을 버리는 게
기독교인다운 태도가 아닐까요?
선생으로 인해 다툼이 생기고
아들이 아버지 집에서 쫓겨나는 걸 두고 보시겠습니까?

다시 한 번 솔직히 말씀드립니다만
아들이나 아버지 모두 죄를 짓게 되는 겁니다.[24]
제 말을 믿으신다면 모든 걸 평화롭게 처리하시고
일을 극단으로 몰고 가지 마십시오.   1200
하느님을 위해 당신의 모든 분노를 버리시고
아들이 아버지의 용서를 받게 해주십시오.

타르튀프

저런! 저야 기꺼이 그렇게 하고 싶지요.
전 다미스에게 어떤 악감정도 없습니다.
모든 걸 용서하며 아무것도 책망하지 않습니다.
진심으로 그 애에게 도움이 되고 싶어요.
하지만 하느님의 뜻은 그렇지 않은 것 같습니다.
그 애가 이 집에 들어오면 제가 나가야 합니다.
그 애가 그런 전대미문의 행동을 한 후에도
우리가 한집에서 지낸다면 그야말로 추문이 날 겁니다.   1210
사람들이 당장 어찌 생각할지 뻔하지 않습니까!
저더러 완전히 정략적인 인간이라고 비난할 겁니다.
사방에서 떠들어 대겠지요. 죄책감 때문에
자신을 비난하는 사람에게 자비를 베푸는 척한다고요.
다미스가 두려워서 그 애를 손아귀에 넣고

---

24 사람을 죄짓게 하는 이 세상은 참으로 불행하다. 이 세상에 죄악의 유혹은 있기 마련이지만 남을 죄짓게 하는 사람은 참으로 불행하다(「마태오의 복음서」 18장 7절). 이 장면의 테마 중 하나는 죄의 책임이 누구에게 있느냐 하는 문제이다. 클레앙트가 보기에 죄가 되는 것은 타르튀프로 인한 다미스의 추방이다. 타르튀프가 보기엔 자신과 다미스가 함께 사는 것이 죄가 될 것이고 그 것은 다미스의 책임이다(1,210행). 그러니 〈불행하구나, 다미스여〉 — 원주.

입을 봉하려 비위를 맞추는 게다, 이럴 거란 말입니다.

클레앙트

참 그럴싸한 변명을 늘어놓으시는군요.
그 이유들이라는 게 하나같이 억지스럽네요.
하느님의 뜻까지 떠안으실 건 뭡니까?
1220 하느님이 죄인을 벌하시는 데 인간이 필요하시답니까?
벌하는 일은 하느님께 맡겨 두세요.
죄를 용서하라는 하느님의 가르침만 생각하시라고요.
높으신 하느님의 뜻에 따를 때는
인간의 판단 따윈 괘념치 마십시오.
뭐라고요? 사람들이 어찌 생각할까 하는 하찮은 이유로
선행을 포기하시겠다고요? 그런 지복을요?
아닙니다, 아니에요. 항상 하느님의 가르침대로 하십시다.
정신 사납게 다른 일에 신경 쓰지 말자고요.

타르튀프

이미 말씀드렸듯이 마음으로는 그를 용서하고 있습니다.
1230 하느님께서 명하신 그대로 한 거죠.
하지만 오늘 소란 중에 그런 모욕을 당하고 나서도
제가 다미스와 한집에 사는 건 하느님의 뜻이 아닙니다.

클레앙트

그렇다면 하느님께서 당신에게 그러시던가요?
그 애 아비가 순 변덕으로 하는 말에 귀를 기울이라고요?

법적으로 당신에게 아무 권한도 없는 재산 상속을
받아들이라 명하시더냔 말입니다.

타르튀프

저를 아는 사람들이라면
제가 욕심 때문에 그런다고는 생각지 않을 겁니다.
이 세상의 어떤 재물도 저를 유혹하진 못합니다.
그 허무한 광채에 저는 현혹되지 않는단 말입니다.　　　　1240
그 아버지가 제게 증여하고자 하는 재산을
받아들이기로 결심한 것은 솔직히 말해
그 모든 재산이 못된 자의 손에 들어가지나 않을까,
그 재산을 받아 가지고 세상에 나가
죄가 되는 일에 쓰는 자가 있지나 않을까,
또 하느님의 영광과 이웃의 행복을 위해 쓰이길 원하는
제 뜻과 반대로 되면 어쩌나
걱정이 되어서일 뿐입니다.

클레앙트

허, 참! 그리 세심한 걱정일랑 아예 접어 두시지요.
정당한 상속자가 항의할 수도 있을 테니까요.　　　　1250
그런 위험은 재산을 상속받은 그 애 스스로 감수하도록
아무 신경 쓰지 마시고 내버려 두세요.
당신이 그 애의 재산을 갈취했다고 비난받는 것보다야
그 애가 재산을 제 마음대로 써버리는 게 낫지 않습니까.
선생이 매형의 제안을 아무 망설임 없이 받아들였다는 게
저는 그저 놀라울 따름입니다.

적법한 상속자의 재산을 박탈하다니
참된 신앙에 그런 준칙이라도 있단 말입니까?
하느님께서 당신 마음을 완고하게 만드신 거라면,
1260 그래서 절대 다미스와 함께 살 수 없는 거라면,
당신 때문에 이 집 자식이 쫓겨나는
그 말도 안 되는 일을 잠자코 지켜보기보다는
당신이 분별 있는 사람답게
이 집에서 순순히 나가 주는 게 낫지 않겠습니까?
제 말 들어요, 그게 당신의 올곧음을 보여 주는 거라고요.
선생 —

타르튀프

3시 30분이군요.
성무(聖務)를 행하러 가봐야 해서요.
이리 서둘러 자리를 떠나게 되어 죄송합니다.

클레앙트

아니!

제2장

엘미르, 마리안, 도린, 클레앙트

도린

제발 아가씨를 위해 저희들과 함께 애 좀 써주세요.

아가씨는 죽을 만큼 괴로워하고 계세요.　　　　　　　　　　1270
주인님이 오늘 저녁에 해치우겠다고 하신 약혼 때문에
한없이 절망에 빠져 계시죠.
곧 주인님이 오실 거예요. 우리 모두 힘을 합치자고요.
그래서 힘으로든, 꾀를 내서든,
우리 모두를 혼란에 빠뜨린 이 불행을 뒤집어 놓자고요.

제3장

오르공, 엘미르, 마리안, 클레앙트, 도린

오르공

아! 모두들 모여 있으니 마침 잘됐군.
(마리안에게)
내가 가져온 이 계약서에 네가 기뻐할 내용이 들어 있단다.
그게 무슨 말인지는 이미 알고 있겠지.

마리안

(무릎을 꿇고서)
아버지, 제 괴로움을 아실 하느님의 이름으로 청합니다.
아버지의 마음을 움직일 수 있다면 무엇이든 할 테니　　　1280
자식에 대한 부모의 권한을 조금만 양보해 주시어
제 사랑에만큼은 복종의 의무를 강요하지 말아 주세요.
그래서 제가 아버지의 딸로 태어난 것을
하느님께 한탄할 지경까진 가지 않도록 해주세요.

아버지께서 주신 이 생명을
불행한 것으로 만들진 말아 달란 말입니다.
아버지의 허락으로 전 사랑의 결실을 기대할 수 있었지요.
그 기대와 달리 이제 사랑하는 이에게 가는 걸 막으신다면
아버지 발아래 엎드려 청하오니, 제발 저로 하여금
1290 혐오하는 사람에게 가는 고통만은 면하게 해주세요.
아버지의 모든 권한을 제게 행사하시어
저를 절망에 빠뜨리진 말아 주세요.

오르공

(마음이 약해지는 것을 느끼며)
자, 마음 굳게 먹어야지, 인간적인 나약함을 보여선 안 돼.

마리안

아버지께서 그분께 친절을 베푸시는 건 상관없어요.
얼마든지 친절하게 대하시고 재산도 주세요.
그걸로 충분치 않으시면 제 몫의 재산[25]도 진부 내주세요.
기꺼이 동의해요. 아버지께 다 맡길게요.
하지만 저까지 주려고 하지는 말아 주세요.
그리고 수녀원의 엄격한 생활 속에서
1300 제 슬픈 여생을 보낼 수 있도록 허락해 주세요.

오르공

아! 바로 그 수녀 타령이로구나!

---

25 마리안이 돌아가신 어머니로부터 물려받은 재산. 성년이 될 때까지 오르공이 관리하고 있다.

아버지가 딸의 열렬한 사랑을 가로막을 때면 나오는 얘기지!
일어서라! 네가 그분을 받아들이기 싫어하면 할수록
이 결혼은 점점 더 네가 감내해야 마땅한 일이 될 게야.
이 결혼으로 금욕하고 고행하도록 해.[26]
더 이상 내 골머리를 썩이지 말아라.

도린

아니, 뭐라고요 —

오르공

  년 입 다물고. 쓸데없이 말참견하지 마라.
분명히 말해 두는데, 한 마디도 하지 마.

클레앙트

충고 삼아 한 말씀 드리자면 —

오르공

처남, 자네의 충고야 최고지. 1310
아주 논리 정연해서 나도 그걸 중히 여긴다네.
하지만 이번엔 따르지 않는 게 나을 거야.

---

26 앞서 제2막 제2장에서 오르공은 마리안이 타르튀프와 결혼할 때 누리게 될 경건한 사랑의 기쁨을 목적적으로 환기시킨 바 있다. 하지만 마리안이 타르튀프를 거부하자 이번에는 이 결혼을 금욕과 고행을 행함으로써 감내해야 마땅할 것으로 제시한다. 결국 오르공은 마리안이 아니라 자신을 위해 이 결혼을 성사시키고자 하는 것이다 — 원주.

엘미르

(남편에게)
눈앞에서 벌어지는 일을 보고 있자니 더 할 말이 없네요.
이토록 분별이 없으시다니 정말 기가 찰 지경이에요.
오늘 있었던 일을 부정하시다니
그자에게 단단히 홀리셨군요. 눈에 뭐가 씌었어요.

오르공

그게 아니지. 난 보이는 그대로를 믿는 거요.
당신이 내 못된 아들놈을 싸고돈다는 건 잘 알고 있소.
그놈이 그 가련한 분께 나쁜 짓을 꾸미고 있는데
1320 그걸 아니라고 하기가 두려웠겠지.
당신은 너무 태연했소. 그래서 당신 말을 믿을 수 없었지.
정말이었다면 어떤 식으로든 동요를 보였을 테니까.

엘미르

그저 사랑한다는 고백에 불같이 화를 내야
여인의 명예가 지켜지는 건가요?
명예와 관계된 일이라고 해서 항시
두 눈에 불을 켜고 험한 말로 응해야 하는 거냐고요!
저는 그런 말쯤은 그저 웃어넘기고 말아요.
그걸 가지고 소란을 떠는 게 정말 싫거든요.
저는 다소곳이 정숙한 모습을 보이는 게 좋아요.
1330 명예라면 손톱과 이빨을 날카롭게 세우고
별것 아닌 말에도 남자들의 얼굴을 할퀴려 드는
그런 억센 열녀들 편을 들 수는 없어요, 절대로요.

원컨대 그런 정숙함일랑 저만치 비켜서 있기를!
제가 원하는 건 결코 고약스럽지 않은 미덕이에요.
제 생각엔 신중하고 냉정하게 거절하는 것도
사랑을 밀어내는 데 적잖이 효과적인 방법이라고요.

오르공

어쨌든 난 어떻게 된 일인지 알아. 잘못 생각한 게 없다고.

엘미르

말도 안 되게 답답하시기는. 또 한 번 절 기막히게 하시네요.
당신에게 한 얘기가 모두 사실이란 걸 보여 드린다면
의심 많은 당신은 제게 과연 뭐라고 하실까요? 1340

오르공

보여 준다고?

엘미르

그래요.

오르공

말도 안 되는 소리.

엘미르

뭐라고요?
제가 어떻게든 사실을 명명백백하게 보여 드린다면요?

오르공

터무니없는 소리.

엘미르

    답답한 양반! 어쨌든 대답이나 해봐요.
그냥 믿어 달라는 게 아니에요.
자, 어떤 장소를 골라서
당신이 모든 걸 분명히 보고 들을 수 있게 해드린다면
당신의 그 선하신 양반에 대해 뭐라 하실 거냐고요!

오르공

그런다면야, 그러니까……. 아무 말도 안 할 거요.
그런 일은 있을 수 없으니까.

엘미르

    오해가 너무 오래가네요.
1350 제 말을 중상모략으로 치부하시는 것도 너무하고요.
재미 삼아라도, 도를 넘지 않는 선에서
당신께 말씀드린 것을 모두 증명해야겠어요.

오르공

좋소, 제안을 받아들이기로 하지. 당신 솜씨 한번 봅시다.
이 약속을 어떻게 지키는지 한번 두고 보자고.

엘미르

타르튀프를 불러오너라.

도린

교활한 인간이라서
아마도 꼬리를 잡기가 쉽지는 않을 거예요.

엘미르

아니야, 사랑하는 사람에게는 쉽게 속아 넘어가는 법.
자기애(自己愛) 때문에 자기 자신을 속이기도 하는 거고.
그자에게 내가 좀 보잔다고 전해라.
(클레앙트와 마리안에게)

너희들은 나가 있어라.

제4장

엘미르, 오르공

엘미르

이 탁자를 끌어다가 그 밑으로 들어가세요. 1360

오르공

뭐라고?

엘미르

잘 숨어 계셔야 해요. 그게 중요하다고요.

오르공

어째서 이 탁자 밑에 있어야 하는 거요?

엘미르

아, 제발! 좀 맡겨 둬요.
제게 다 생각이 있어요. 나중에 보시면 알 거예요.
얼른 이리 들어가시라니까요.
거기서 아무 소리 내지 마시고 들키지 않게 조심하세요.

오르공

당신 말에 너무 고분고분 따르고 있는 것 같은데.
어쨌든 당신이 꾸민 일의 결말을 봐야겠어.

엘미르

아무 말도 못 하시게 될걸요.
(탁자 밑에 있는 남편에게)
미리 말씀드리지만, 제가 좀 이상한 행동을 할 텐데
1370 절대 화내시면 안 돼요.
제가 무슨 말을 하더라도 내버려 두셔야 해요.
약속한 대로 당신께 확인시켜 드리려는 거니까요.
상황이 이렇게까지 되었으니
전 이제 달콤한 말로 저 위선자의 가면을 벗기고
그 파렴치한 사랑의 욕망을 부추겨서
마음 놓고 경솔한 행동을 하게 만들 거예요.
제가 그자의 사랑을 받아들이는 척하는 것은 오로지
당신을 위한 것이고, 그자의 가면을 벗기기 위한 것이니 당신이 납득하는 순간 저는 당연히 연극을 그만둘 거예요.
사태가 어디까지 가느냐는 당신에게 달린 거죠. 1380
당신이 할 일은, 이 정도면 충분하다 싶을 때
그자의 무분별한 열정을 멈추게 하고
당신 아내를 구해 주는 거예요.
당신 잘못을 깨닫는 데 필요한 정도까지만 지켜보시라고요.
다 당신과 관계된 일이니 알아서 하세요.
그리고 ― 그자가 오네요. 자, 절대 나오시면 안 돼요.

제5장

타르튀프, 엘미르, 오르공

타르튀프

여기서 제게 하실 말씀이 있다고 들었습니다.

엘미르

그래요, 당신께 털어놓을 비밀이 있답니다.
하지만 그 전에, 누가 갑자기 들이닥칠지 모르니
저 문을 열고 사방을 살펴 주세요. 1390
조금 아까와 같은 일이
또 닥치면 안 되니까요.
정말 그렇게 놀라 보긴 처음이에요.
다미스 때문에 당신 걱정을 얼마나 했다고요.
그 애 계획을 무산시키고 그 애를 진정시키려고

제가 얼마나 애를 쓰는지 보셨겠죠.
정말 얼마나 당황했던지
그 애 말을 부인할 생각도 못 했어요.
하지만 다행히도 모든 일이 잘 수습되어
이제 훨씬 더 안심할 수 있는 상황이 되었네요.
당신 평판 덕에 소동은 가라앉았고
남편은 당신을 의심할 수 없게 되었어요.
좋지 않은 편견들에 더 당당히 맞서기 위해서라도
우리가 항시 같이 있기를 바라고 있죠.
그래서 아무 거리낌 없이
당신과 이렇게 단둘이 있을 수 있는 거랍니다.
당신께 제 마음을 털어놓을 수도 있게 되었고요.
당신의 열정을 너무 성급히 받아들이는 것 같긴 하지만 ─

타르튀프

지금 말씀은 정말 이해하기 힘드네요, 부인.
조금 전에는 전혀 다르게 말씀하셨잖아요.

엘미르

아! 그걸 거절이라 여겨 화가 나셨다면
여자의 마음을 너무 모르시는 거네요!
그렇게 알 듯 말 듯 저항할 때
여자가 정말 하려는 말이 뭔지 모르시는 거라고요!
그런 순간에 늘 남자가 바치는 사랑을 거부하는 건
여자로서 지녀야 할 정숙함 때문이랍니다.
우리를 사로잡은 사랑에 어떤 이유를 붙이건

그걸 고백하는 건 언제나 부끄러운 일이에요.
우선 거절하고 보는 거죠. 하지만 그때의 태도를 보면
충분히 알아챌 수 있어요. 우리 마음이 넘어갔다는 것, 1420
명예 때문에 마음과는 다른 말을 한다는 것,
그런 식의 거절은 모든 걸 약속하는 것과 같다는 걸요.
당신에게 이리 모든 걸 털어놓다니
여자로서의 정숙함은 조금도 개의치 않는 행동이네요.
하지만 기왕 말이 나왔으니 말인데
당신의 고백에 조금이라도 마음이 움직이지 않았다면
제가 그토록 다미스를 말리려고 했을까요?
당신의 고백을 처음부터 끝까지
그리 감미롭게 듣고 있었을까요?
아까 보신 것과 같은 태도를 취했을까요? 1430
그리고 남편이 통보한 혼담을 거절해 달라고
제가 나서서 당신께 강권했을 때는
제가 당신께 품게 된 애정 때문이라고
받아들였어야 하지 않을까요? 그 뜻대로 혼사가 이뤄지면
제가 독차지하고 싶은 당신 마음을
누군가와 나누어야 한다는 괴로움 때문이 아니었을까요?

타르튀프

부인, 사랑하는 사람에게 이런 말을 듣다니,
더없이 기분 좋은 일입니다. 그리 달콤한 말을 들으니
한 번도 느껴 보지 못한 감미로움이
제 오감 속으로 서서히 스며들어 오네요. 1440
당신의 마음을 얻는 행복이야 제가 최고로 바라던 것이죠.

제 마음의 지복[27]과 같은 것이랍니다.
하지만 당신께 감히 묻고 싶은 건
그 행복에 조금은 의구심이 든다는 겁니다.
제 입장에서야, 부인 말씀이 저 스스로 혼담을 깨게 하려는
책략이라 생각할 수도 있으니까요.
그러니 터놓고 말씀드리자면
부인의 달콤한 말을 저는 절대 믿지 않을 겁니다.
제가 갈망하는 애정 표현을 조금이라도 허락하시어
1450 지금 하신 말씀을 확인시켜 주시고
부인의 매혹적인 호의를
확신할 수 있게 해주시지 않는다면 말입니다.

엘미르

(남편에게 신호를 보내기 위해 기침을 한다)
뭐라고요? 그렇게 서둘러서
애정 표현부터 하란 말씀이신가요?
이렇게 사랑을 고백하는 것만으로도 죽을 것 같은데
이 정도로는 충분치 않으신 거군요.
갈 데까지 가야만
당신을 만족시킬 수 있다는 건가요?

타르튀프

행복할 자격이 없는 자는 감히 바라지도 않는 법이지요.
1460 사랑은 말만 가지고는 확신하기 힘들어요.

27 복음서에 나오는 지복과 행복(「마태오의 복음서」 5장 1~2절)에 타르튀프는 간통이나 음란과 다를 바 없는 지복을 추가하고 있다 — 원주.

영광으로 가득 찬 운명은 쉽게 믿을 수가 없고요.
그래서 먼저 누리려는 겁니다. 그런 다음에야 믿는 거죠.
당신의 호의를 입을 가치가 없다고 믿고 있는 저로서는
제 무모한 사랑에 찾아든 행복을 믿을 수가 없습니다.
부인께서 행동으로 제 사랑에 확신을 주지 않으시면
아무것도 믿지 않을 겁니다.

엘미르

어쩜, 당신의 사랑은 폭군 같군요.
저를 이리 혼비백산하게 만드시다니!
사람의 마음에 사납게 군림하며
갈망하는 것을 억지로 취하려 하시다니요! 1470
아니, 이리 밀어붙이시는 걸 막을 길은 없는 건가요?
숨 쉴 틈도 주지 않으시는 거냐고요!
원하는 걸 이리 가차 없이 취하려 드시는 게
과연 적절한 일일까요?
이리 집요하게 몰아붙여서
사람들의 약점을 이용하려 하시는 게 말입니다.

타르튀프

제가 바치는 경의를 너그러이 받아들이신다면서
어째서 확실한 증거를 보이지 못하시겠다는 겁니까?

엘미르

당신이 늘 얘기하는 하느님의 뜻을 거역하지 않고서야
어떻게 당신이 원하는 걸 들어 드릴 수 있겠어요? 1480

타르튀프

제 사랑을 가로막는 것이 하느님뿐이라면
그런 장애물을 치우는 것쯤이야 제겐 일도 아닙니다.
그것 때문에 마음 쓰실 필요는 없어요.

엘미르

하지만 하느님의 심판이 너무도 두려운걸요!

타르튀프

그런 우스꽝스러운 두려움일랑 제가 날려 드리지요.
부인, 저는 양심의 가책을 없애는 기술을 알고 있답니다.
사실 하느님이 어떤 종류의 쾌락을 금하고 계시기는 하죠.
(간악한 자로 돌변하여 말을 잇는다)
하지만 하느님과도 타협하는 수가 있어요.
필요에 따라
1490 양심의 끈을 느슨하게 하고
악행을 의도의 순수성으로
수정하는 기술이 있답니다.[28]
부인께 그 비밀을 가르쳐 드리지요.
부인은 그저 제가 이끄는 대로 하시기만 하면 됩니다.

---

28 〈양심의 끈을 느슨하게 한다〉는 것은 도덕·신학상의 방임주의와 이완설에서 쓰이는 용어이다. 이 이완설의 근거가 되는 방법론 중 하나가 〈의도의 지도 direction d'intention〉라는 개념인데, 몰리에르는 여기서 파스칼 Blaise Pascal의 『시골 사람의 편지 Lettres provinciales』 제7편에 나오는 다음 문장을 떠올리고 있는 듯하다. 〈우리가 어떤 행동을 피할 수 없을 때는 최소한 그 의도라도 순화시킨다. 이리하여 우리는 방법상의 결함을 의도의 순수성으로 교정할 수 있다.〉 — 원주.

제 욕망을 만족시켜 주시고 조금도 두려워하지 마십시오.
제가 모든 걸 책임지고 떠안겠습니다.
기침이 심하시군요, 부인.

엘미르

예, 힘드네요.

타르튀프

이 감초 즙 좀 드시겠습니까?

엘미르

      정말 지독한 감기예요.
제 생각엔 어떤 즙을 마셔도 소용이 없을 것 같군요. 1500

타르튀프

그것 참 힘드시겠네요.

엘미르

      네, 이루 말로 할 수 없을 지경이죠.

타르튀프

어쨌든 양심의 가책을 없애는 건 쉬운 일입니다.
여기선 비밀이 완전히 보장되어 있으니까요.
사람들이 떠들어 댈 때만 죄가 되는 것이지요.
세상에서 떠들어 대야 죄가 되는 것이지
조용히 저지르는 건 죄가 아니에요.

엘미르

(다시 기침을 하고 나서)
이젠 제가 두 손을 들 수밖에 없네요.
당신께 모든 걸 허용할 수밖에 없을 것 같아요.
그러지 않으면 당신을 만족시켰다고도,
1510 당신 뜻에 따르려 했다고도 할 수 없을 테니까요.
여기까지 오게 된 건 정말 유감스러운 일이지만
이 선을 넘어서는 건 분명 제 뜻이 아니에요.
하지만 제가 이렇게까지 하지 않을 수 없게 만드는 데다
제가 하는 말은 하나도 믿으려 들지 않으시고
좀 더 확실한 증거를 원하시니
어쩔 수가 없네요, 만족시켜 드릴 수밖에요.[29]
이렇게 허락하는 것이 죄가 된다면
이럴 수밖에 없게 만든 사람에겐 안된 일이지요.
분명 제 잘못은 아니라고요.

타르튀프

1520 그럼요, 부인. 제가 책임진다니까요. 그리고 그 일 자체도 —

엘미르

부탁이니 문을 살짝 열고 좀 살펴봐 주세요.
혹시 제 남편이 복도에 있지 않나 해서요.

---

29 엘미르가 타르튀프에게 하고 있는 이 말은 동시에 탁자 밑에 있는 남편 오르공을 향한 것이기도 하다.

타르튀프

그 양반한테 신경 쓸 필요나 있나요? 우리끼리 얘기지만
제가 마음대로 쥐고 흔들 수 있는 사람인데요.
우리가 만나는 걸 그는 영광으로 여기는걸요.
그가 뭘 보더라도 전혀 믿지 않게끔 해놨다니까요.

엘미르

그래도요. 부탁이니 잠시 나가셔서
밖을 여기저기 꼼꼼히 살펴 주세요.

제6장

오르공, 엘미르

오르공

(탁자 밑에서 나오면서)
그래, 맞아, 정말 가증스러운 인간이군!
정신을 차릴 수가 없네, 정말 기가 막힌 일이야. 1530

엘미르

아니, 벌써 나오시는 거예요? 농담하시는 거죠?
다시 들어가세요, 아직 나오실 때가 아니에요.
확실한 걸 보시려면 끝까지 기다리셔야죠.
단순한 추측을 믿으시면 안 돼요.

오르공

아니야, 저놈보다 더한 악질은 지옥에도 없을 거야.

엘미르

저런! 그리 경솔하게 믿으시면 안 되죠.
확실히 납득을 하신 다음에 인정을 하세요.
잘못 생각한 것일 수도 있으니 서두르지 마시라고요.
(남편을 자기 뒤에 숨긴다)

제7장

타르튀프, 엘미르, 오르공

타르튀프

부인, 모든 것이 한결같이 저를 만족시켜 주고 있네요.
1340 집안을 샅샅이 훑어보았지만
아무도 없습니다. 제 마음은 황홀하여 ―

오르공

(그의 말을 중단시키며)
진정하시지! 당신 욕정이 지나쳤어.
그렇게 열을 내면 안 되지.
아! 아! 선한 인간인 양 나를 속이려 하다니!
유혹에 그처럼 영혼을 내맡기는 작자가!
내 딸과 결혼하면서 내 아내를 넘봐!

한참 동안 그건 아니겠지 생각했고,
태도가 바뀔 거라 믿고 있었는데.
하지만 이만하면 증거는 충분해.
그거면 됐고 더 이상은 필요 없어. 1550

엘미르

(타르튀프에게)
제가 한 일은 모두 마음에 없는 행동이었어요.
하지만 당신을 그렇게 다루지 않을 수 없었다고요.

타르튀프

뭐라고요? 그러니까 —

오르공

자, 여러 말 말고
제발 이 집에서 조용히 나가 주시오.

타르튀프

제가 하려던 것은 —

오르공

그런 말은 더 이상 통하지 않소.
당장 이 집에서 나가란 말이오.

타르튀프

당신, 주인처럼 말하고 있지만 나가야 할 사람은 당신이야.

이 집은 내 거라고. 그걸 알게 해주지.
이렇게 비열한 술책으로 내게 싸움을 걸어온 게
1560 얼마나 소용없는 짓이었는지 내 분명히 보여 주겠어.
당신들 집에서 내게 모욕을 주는 줄 알지만 그게 아니지.
다 수가 있어. 이 협잡을 무력화시키고 벌할 방법이 있다고.
하느님을 욕되게 한 데 대한 복수를 하고
날 내쫓으려 한 자들을 후회하게 만들 수 있단 말이야.

제8장

엘미르, 오르공

엘미르

대체 무슨 소리죠? 저자가 지금 뭐라 하는 거예요?

오르공

맙소사, 큰일인데. 지금 웃을 때가 아니오.

엘미르

뭐라고요?

오르공

저자의 말을 듣고 보니 내가 잘못한 게 있어.
재산 상속 문제 때문에 골치가 아프군.

엘미르

재산 상속이라면 —

오르공

그렇소, 이미 끝난 일이니.
게다가 걱정되는 게 또 있소.   1570

엘미르

뭔데요?

오르공

다 알게 될 거요.
그보다 그 상자가 아직 저기 있는지 얼른 가봅시다.

제5막

제1장

오르공, 클레앙트

클레앙트
어딜 그렇게 달려가시는 거죠?

오르공
아이고! 난들 알겠나?

클레앙트
제 생각엔 이 사건을 해결하기 위해 할 수 있는 일이 뭔지 함께 의논부터 해봐야 할 것 같은데요.

오르공
그 상자 때문에 정말 어찌할 바를 모르겠네.

무엇보다 그게 제일 걱정이야.

클레앙트

상자가 무슨 중요한 비밀이라도 된다는 말씀이에요?

오르공

내 가련한 친구 아르가스가 맡겨 놓은 거라고.
극비리에 내게 맡긴 거지. 1580
피신을 하면서 믿고 맡길 사람으로 나를 택한 거라네.
자기 목숨과 재산이 걸려 있는
서류들이라면서 말이지.

클레앙트

그런데 그걸 왜 다른 사람 손에 맡기신 거죠?

오르공

그건 종교적인 양심의 문제 때문이었네.
내 그 사기꾼에게 한걸음에 달려가 다 털어놓았지 뭔가.
그 상자를 차라리 자기에게 맡기라는
그자의 말이 그럴듯하게 들렸지.
혹시 조사를 받게 되더라도
내 수중에 없다고 발뺌할 좋은 구실이 될 거고, 1590
그렇게 되면 진실에 반하는 맹세를 하더라도
양심에 거리끼진 않을 테니까.

클레앙트

보아하니 상황이 정말 안 좋군요.
제가 느낀 대로 솔직히 말씀드리자면
재산 상속에다가 그런 비밀까지 털어놓으신 건
너무 경솔하셨던 것 같아요.
그런 약점을 잡았으니 매형을 더 물고 늘어질 수도 있어요.
그 정도로 유리한 입장에 있는 그자를 몰아붙인 건
더더욱 경솔한 짓이었고요.
1600 더 조심스럽게 하셨어야 했는데.

오르공

뭐라고? 신앙심에 불타는 그 감동적인 겉모습 뒤에
그런 이중인격과 사악한 영혼을 감추고 있을 줄이야!
무일푼에 구걸이나 하던 그자를 받아 준 나는……
이제 됐네, 그런 자들은 더 받아 주지 않을 거야.
이젠 지독히 미워할 거라고.
그런 놈들한텐 악마보다 더 끔찍하게 굴 거란 말일세.

클레앙트

저런! 그렇게 흥분하시면 안 되죠!
매형은 매사에 침착하질 못하세요.
올바르게 이치를 따져 생각하는 법이 없고
1610 늘 극에서 극으로 치달으신단 말이에요.
매형은 이제야 거짓 신앙에 속아 왔다는 걸 아셨어요.
스스로의 잘못을 깨닫게 되신 거죠.
하지만 그 잘못을 고치자고

더 큰 잘못을 저지르셔서야 되겠어요?
그 못된 불한당 놈의 마음과
모든 선한 사람들의 마음을 혼동해서야 되겠느냐고요!
아니, 사기꾼 하나가 아주 그럴싸하게 근엄한 표정을 하고
뻔뻔하게도 매형을 속였다고 해서
세상 모든 사람이 그자와 같고
진짜 독실한 신자는 한 사람도 없다 하시려고요? 1620
그리 어리석은 결론일랑 무신앙가[30]들 몫으로 남겨 두세요.
겉으로만 그럴싸한 미덕과 진짜 미덕을 구분하시고
절대 성급하게 사람을 판단하지 마시라고요.
그러려면 중용을 지키셔야 해요.
가능하면 협잡에 걸려들지 않도록 조심해야겠지만
그렇다고 진정한 신앙을 모독해서도 안 되겠지요.
어느 한 극단에 빠져야만 한다면
차라리 사기를 당하는 편이 나을 겁니다.

제2장

다미스, 오르공, 클레앙트

다미스

아니, 그 나쁜 놈이 아버지를 협박한다는 게 사실인가요?
그자는 마음속에서 자비심을 남김없이 지워 버렸나 보죠? 1630

---

30 당시 〈리베르탱*libertin*〉이라 일컬어지던 이들. 신을 믿지 않고 방탕한 삶을 일삼던 자들을 가리킨다.

아무리 화를 내도 시원치 않을 그 비열하고 오만한 놈이
아버지의 은혜를 원수로 갚으려 든단 말인가요?

오르공

그렇단다, 아들아. 그 때문에 너무도 괴롭구나.

다미스

제게 맡겨 두세요. 그자의 두 귀를 잘라 버릴 테니.
그렇게 뻔뻔한 놈은 점잖게 대해 줄 필요가 없어요.
아버지 문제는 제가 단박에 해결해 드릴게요.
일을 해결하려면 그 놈을 때려눕혀야 한다고요.

클레앙트

그래, 정말 젊은이다운 말이구나.
하지만 제발 흥분 좀 가라앉히려무나.
우리는 국왕 치하에 살고 있어.
폭력으로는 일을 그르치는 시대에 살고 있단 말이다.

제3장

페르넬 부인, 마리안, 엘미르, 도린, 다미스, 오르공, 클레앙트

페르넬 부인

무슨 일이냐? 영문 모를 끔찍한 이야기를 들었다만.

오르공

제가 이 두 눈으로 똑똑히 지켜본 일이에요.
보세요, 이게 제 보살핌에 대한 보답이라고요.
그 궁핍한 자를 성심껏 맞아들여
먹여 주고 재워 주고 친형제처럼 대해 주었죠.
매일같이 온갖 친절을 베풀고
제 딸에다가 전 재산까지 주었습니다.
그런데 그러는 사이 저 파렴치한 못된 놈은
흉측한 수작으로 제 아내를 유혹하려 했어요.   1650
그 비열한 짓거리로도 모자라
제가 준 것을 가지고 감히 저를 협박하고
제가 너무도 경솔하게 베푼 호의를 이용하여
저를 파산시키려 하고 있습니다.
제가 양도해 준 집에서 저를 쫓아내어
제가 구해 주기 전 자기가 처했던 상황으로 내몰려 해요.

도린

가련한 분!

페르넬 부인

아들아, 도저히 믿을 수가 없구나.
그분이 그런 흉측한 짓을 저지르려 했다니 말이다.

오르공

뭐라고요?

페르넬 부인

선하신 분들은 언제나 시기를 받는 법이지.

오르공

1660 도대체 무슨 말씀을 하시려는 거예요,
어머니!

페르넬 부인

이 집안 사람들은 다들 이상해.
그분을 그렇게 미워만 하니 말이다.

오르공

제가 드린 말씀과 그게 무슨 상관인데요?

페르넬 부인

네가 어렸을 때 내가 수도 없이 말했지 않니.
미덕이 세상에서는 항상 핍박받는다고 말이야.
시기하는 자들은 죽어도 시기심은 사라지지 않는단다.

오르공

하지만 그게 오늘 일과 무슨 상관인데요?

페르넬 부인

그분에 대해 온통 말도 안 되는 얘기를 꾸며 댔다는 거지.

오르공

이미 말씀드렸잖아요. 제가 직접 봤다니까요.

페르넬 부인

남을 헐뜯는 자들이 얼마나 간교한데. 1670

오르공

절 미치게 만들 작정이시군요. 말씀드렸잖아요.
그 파렴치한 죄악을 제 눈으로 똑똑히 봤다니까요.

페르넬 부인

세 치 혀가 항상 독을 퍼뜨리는 법이다.
세상 무엇으로도 그걸 막을 순 없어.

오르공

그건 무의미한 말씀이에요.
제가 봤다니까요. 두 눈으로 똑똑히 봤다고요.
어머니 귀에 못이 박히도록 떠들어야겠어요?
목청껏 외쳐야 하겠느냐고요!

페르넬 부인

원, 세상에! 겉보기와 다른 게 얼마나 많은지 모른다.
눈에 보이는 걸 가지고 판단해선 안 된다고. 1680

오르공

미치겠네.

페르넬 부인

       인간 본성이라는 게 잘못된 의심에 빠지기 쉽지.
선이 악으로 받아들여지는 일도 많고.

오르공

제 아내를 품으려 든 욕정을
자비로 해석해야 한단 말씀이에요?

페르넬 부인

                     사람을 비난하려면
그만한 이유가 있어야 해.
확실한 걸 볼 때까지 기다렸어야지.

오르공

이런, 기가 막혀서! 뭘 더 어떻게 확인하란 말씀이세요?
더 기다렸어야 했단 말씀인가요? 그자가 제 눈앞에서 —
이러다가 어머니 때문에 험한 소리까지 나오겠어요.

페르넬 부인

1690 어쨌든 그분의 영혼은 순수한 신앙으로 가득 차 있어.
그분이 그런 짓을 하려 했다니
도무지 상상조차 할 수 없는 일이구나.

오르공

어머니만 아니시면 제 입에서 무슨 말이 나올지 모르겠어요.
정말 너무 화가 난다고요.

147

도린

세상일이라는 게 그렇게 돌고 도는 법이죠.
저희를 안 믿으시더니, 이젠 주인님 말씀이 안 먹히잖아요.

클레앙트

쓸데없는 말싸움으로 시간만 낭비하고 있네요.
대책을 강구해야 해요.
그 음흉한 자가 협박을 해오는데 가만히 있으면 안 되죠.

다미스

뭐라고요? 그자가 그 정도까지 뻔뻔하게 나올까요? 1700

엘미르

전 소송[31]은 가능하지 않다고 봐요.
그자가 배은망덕하게 굴고 있는 게 훤히 보이잖아요.

클레앙트

너무 확신하진 마세요. 그자에겐 매형을 치는 게
정당하다고 주장할 만한 비책이 있을 거예요.
그게 아니라도 파당[32]의 영향력이 미치면

---

31 오르공으로부터 증여받은 재산과 오르공을 대역죄 및 법인 불고지죄로 고소할 수 있는 수단, 이 두 가지를 지니고 있는 타르튀프가 취할 수 있는 모든 법적 조치들 — 원주.

32 클레앙트는 타르튀프가〈파당〉, 즉 (대개는 안 좋은 의미에서)〈동일한 믿음과 이해관계를 공유하는 자들의 집단〉의 일원이라는 것을 알고 있다.〈파당cabale〉이라는 단어는 당시 독신자들의 파당으로 비난받던〈성체회〉를 암시한다 — 원주.

헤어 나오기 힘든 미궁에 빠지게 된다고요.
다시 한 번 말씀드리지만 그자가 지금 손에 쥔 걸 생각하면
그렇게까지 몰아붙이진 마셔야 했어요.

오르공

자네 말이 맞네. 하지만 뭘 어떻게 해야 했지?
1710 배신자의 오만한 꼴을 보니 당최 감정을 다스릴 수가 없더군.

클레앙트

제가 진정으로 바라는 건 매형과 그자가
겉으로라도 화해를 해서 갈등을 푸는 거예요.

엘미르

그자가 그런 칼자루를 쥐고 있는 줄 알았더라면
그 소동을 벌이진 않았을 텐데.
그리고 —

오르공

    저 사람은 뭐냐? 얼른 가서 알아봐라.
지금 내가 손님을 맞을 상황이냐!

제4장

루아얄 씨, 페르넬 부인, 오르공, 다미스, 마리안,
도린, 엘미르, 클레앙트

루아얄 씨

안녕하십니까, 자매님.[33] 주인어른을 뵙고
드릴 말씀이 있는데요.

도린

        지금 손님이 와 계셔서요.
누굴 만나실 수 있을 것 같지 않은데요.

루아얄 씨

성가시게 하러 온 게 아닙니다. 1720
저를 만나셔도 기분 상하실 일은 없을 텐데요.
주인어른께서 아주 기꺼워하실 일로 온 겁니다.

도린

성함이 어떻게 되시지요?

루아얄 씨

        타르튀프 씨 부탁을 받고
그의 재산 건으로 왔다고만 전해 주십시오.

---

33 수녀를 부르는 경우를 제외하고는 거의 쓰이지 않는 표현. 루아얄은 교회 사람들과 자주 접촉하는 인물로 보인다.

도린

타르튀프 씨 부탁으로 어떤 상냥한 분이 찾아오셨습니다. 주인어른께서
아주 기꺼워하실 일이라면서요.

클레앙트

                          그 사람이 누구이며
무슨 일 때문에 왔는지 알아보셔야 해요.

오르공

아마 타르튀프와 내가 타협을 보게 하려고 왔겠지.
1730 어떤 표정으로 만나야 하지?

클레앙트

절대 대놓고 유감스러운 표정을 지으시면 안 돼요.
타협 얘기를 꺼내면 잘 들어 봐야지요.

루아얄 씨

안녕하십니까. 하느님께서 선생을 해치려는 자들을
멸망시키시고, 제가 바라는 만큼 선생께 은총을 내리시길!

오르공

이렇게 시작이 좋은 걸 보니 내 판단이 맞는 거야.
타협을 하려는 거로군.

루아얄

선생 집안은 제게 항상 소중했습니다.
전 존경하는 선생의 선친을 모셨었지요.

오르공

선생께서 누구신지도 모르고 성함도 모르니
이거 대단히 부끄럽고 죄송합니다.

루아얄 씨

제 이름은 루아얄입니다. 노르망디 출신이죠.
원해서 하는 것은 아니지만 집달리 일을 하고 있습니다.
다행히 하느님의 은총으로 40년 동안
아주 영예롭게 이 일을 수행해 왔답니다.
제가 온 것은, 허락하신다면,
선생께 영장을 송달하기 위해서인데 —

오르공

뭐라고요? 그러면 당신이 온 건 —

루아얄 씨

                        흥분하지 마십시오.
그저 법대로 이행하시라는 독촉일 뿐이니까요.
선생과 가족분들께서 이 집을 비우시라는 겁니다.
가구들을 들어내시고 다른 사람들이 들어올 수 있도록
지체 없이 나가시라는 명령입니다. 필요한 바대로 —

오르공

나보고, 여기서 나가라고?

루아얄 씨

그렇습니다. 잘 아시다시피
이 집은 이제 선량한 타르튀프 씨 소유입니다.
이론의 여지가 없어요.
제가 지니고 있는 계약서에 따르면
선생의 모든 재산도 타르튀프 씨 겁니다.
제대로 형식을 갖춘 것이니 이의를 제기할 수 없을 겁니다.

다미스

정말 얼마나 뻔뻔한지 기가 막히는군.

루아얄 씨

댁하고는 아무 볼일이 없습니다.
주인어른과 할 얘기지요. 분별 있고 온화하시며
덕망 있는 사람으로서 해야 할 바를 잘 알고 계시니
절대 법에 맞서려 들지는 않으실 겁니다.

오르공

하지만 —

루아얄 씨

네, 그럼요. 백만금이 걸린 일이라도
공무 집행을 방해하실 분이 아니지요.

점잖으신 분이니 저로 하여금
주어진 명령을 집행할 수 있게 해주시리라 믿습니다.

다미스
집달리 양반, 여기 있다간 당신 그 검은 옷 위로
몽둥이세례가 떨어질 것 같은데.

루아얄 씨
아드님 입을 다물게 하시든가 나가게 해주세요.
아니면 유감스럽게도 1770
조서에다가 이름을 올릴 수밖에 없을 것 같네요.

도린
루아얄 씨는 이름과는 달리 아주 비열하시네요![34]

루아얄 씨
선량한 분들에게야 아주 친절하게 대하지요.
이 서류를 맡은 것도 오로지 배려하는 마음으로
선생을 기쁘게 해드리기 위해 그런 겁니다.
저만큼 선생께 헌신적이지 않은 집달리가 선택되는 걸
막기 위해 그런 것이지요.
그런 집달리라면 일을 훨씬 거칠게 처리할 테니까요.

---

34 불어에서 〈루아얄 loyal〉은 〈충실한, 공정한〉이라는 의미의 형용사이다. 도린은 집달리의 이름을 이 뜻과 결부시켜 비아냥거리고 있다.

오르공

자기 집에서 나가라고 하는 것보다
더 나쁜 일이 어디 있단 말이오?

루아얄 씨

1780 　　　　　　　　　시간을 드리겠습니다.
내일까지 집행을 유예해 드리지요.
다만 제 사람을 열 명쯤 데려다가
여기서 밤을 보내도록 하겠습니다.
소란 피우지 않고 조용히 있도록 하지요.
절차상 주무시기 전까지
제게 열쇠들을 내주셔야 합니다.
제가 신경을 써서 쉬시는 데 방해가 되지 않고
부적절한 일은 절대 용납하지 않도록 하겠습니다.
하지만 내일 아침이 되면 살림살이 하나라도
1790 남아 있지 않게 빈틈없이 처리해 주셔야 합니다.
제 사람늘이 도와 드릴 겁니다. 힘센 자늘로 골라 왔지요.
짐을 밖으로 내놓는 걸 도와 드리려고요.
제 생각엔 저만큼 일 처리를 잘하는 사람도 없을 겁니다.
제가 이렇듯 관대하게 조치해 드리는 만큼
선생께서도 정중하게 나와 주시고
제 직무 집행을 방해하지 말아 주시기 바랍니다.

오르공

정말이지 내 당장 수중에 남아 있는
금화 1백 루이를 내놓게 되더라도

저 낯짝에다 있는 힘껏
주먹을 한 방 날려 줬으면 좋겠네.   1800

클레앙트

그만두세요. 일을 망치지 말자고요.

다미스

                                       얼마나 오만 방자한지
정말 참기가 힘들군요. 주먹이 근질근질하다고요.

도린

루아얄 씨, 이렇게 등판이 넓찍하니
몽둥이로 몇 대 맞으시면 딱 좋겠는데요.

루아얄 씨

그렇게 고약한 말도 처벌할 수 있답니다.
여자들한테도 영장이 발부되거든요.

클레앙트

그만합시다, 이만하면 됐어요.
얼른 그 서류나 주시고 제발 가주시지요.

루아얄

그럼 나중에 뵙죠. 모든 분들께 하느님의 기쁨이 내리시길!

오르공

1810 너와 너를 보낸 작자에게 하느님의 벌이 내리시길!

제5장

오르공, 클레앙트, 마리안, 엘미르, 페르넬 부인,
도린, 다미스

오르공

자, 이제 아시겠죠, 어머니? 제 말이 맞잖아요.
나머지는 이 영장을 가지고 판단하시면 될 거고요.
그놈이 어떻게 배신을 했는지 이제 아시겠어요?

페르넬 부인

너무 놀라서 어안이 벙벙하구나.

도린

불평하시면 안 되죠, 그분을 비난하셔도 안 되고요.
그분의 경건한 의도가 확실해진걸요.
그분의 미덕이 이웃 사랑으로 완성되고 있네요.
재산이 사람을 쉬 타락시킨다는 걸 잘 알고 계시기에
오로지 자비심에서 모든 걸 다 가져가 버리시려는 거예요.
1820 주인어른의 구원에 방해가 될 수 있는 거라면 뭐든지요.

오르공

닥쳐라. 너한테는 허구한 날 이 소리를 해야 하니.

클레앙트

어떤 충고를 따르시는 게 좋을지 한번 봅시다.

엘미르

그 배은망덕한 자의 뻔뻔함을 세상에 알리세요.
그렇게 하면 계약을 무효화시킬 수 있을 거예요.
그자의 그 사악한 배신행위가 드러나면
그자의 뜻대로 돌아가도록 다들 보고만 있지는 않겠죠.

제6장

발레르, 오르공, 클레앙트, 엘미르, 마리안, 기타 인물들

발레르

유감스럽게도 좋지 않은 소식을 가지고 왔습니다.
하지만 사태가 급박해서 어쩔 수가 없었습니다.
제 절친한 친구 하나가, 응당 그래야 할 일이지만,
제가 어르신께 마음 쓰는 걸 알고서 1830
저를 위해 조심스레
국사와 관련된 비밀 하나를 빼내어 알려 왔는데,
그 친구가 알려 준 바에 따르면
어르신께서는 얼른 몸을 피하셔야 한답니다.

오랫동안 어르신을 기만해 온 그 사기꾼이
한 시간 전에 어르신을 고발하고
어르신이 부정한 행위를 저질렀다면서
어떤 국사범의 중요한 상자를 국왕께 내놓았다고 합니다.
어르신께서 신하 된 도리를 저버리고
1840 국사범의 죄를 은닉했다고 하면서요.
어르신께 무슨 죄를 씌운 건지 자세한 내막은 모르나
어쨌든 어르신을 잡아들이라는 명령이 떨어졌고
그 명령의 원만한 집행을 위해 바로 그자에게
어르신을 체포할 사람과 동행하라는 임무가 맡겨졌답니다.

클레앙트

제 권리로 단단히 무장을 했군요.[35] 그렇게 저 사기꾼 놈은
제 것이라 주장하는 매형의 재산을 차지하려는 거예요.

오르공

인간이란 정말이지 몹쓸 동물이야!

발레르

조금이라도 지체하시면 큰일이 날지도 모릅니다.
어르신을 모시려고 제 마차를 문 앞에 대놓았습니다.
1850 여기 돈도 1천 루이 가져왔으니 서두르시지요.

35 죄 없는 백성에 맞서는 것이라면 아무리 재산을 증여받았다 해도 타르튀프는 그리 강하지 않았을 것이다. 그러나 그 재산을 몰수당할 국사범에 맞설 경우 그는 강해진다. 그가 오르공의 재산 양도 계약으로 취득한 권리가 이로써 완성되는 것이다. 고발자에게는 통상 고발당한 죄인의 재산 전부, 혹은 일부가 주어지기 때문이다 — 원주.

상황이 급박합니다.
피신하여 이런 사태로부터 보호해 드리려는 겁니다.
제가 길잡이가 되어 안전한 곳으로 모시겠습니다.
피신하시는 동안 끝까지 어르신과 함께하겠습니다.

오르공

아! 자네의 배려에 어떻게 감사해야 할지!
언젠가 은혜를 갚을 날이 오겠지.
자네의 이 고귀한 도움에 보답할 수 있도록
하늘이 나를 도와주시길 빌어야겠네.
잘들 있어라. 모두들 몸조심하고 ―

클레앙트

      얼른 가세요.
앞일은 우리가 생각할 테니까요, 매형. 1860

제7장

집행관, 타르튀프, 발레르, 오르공, 엘미르,
마리안, 기타 인물들

타르튀프

가만, 가만, 그렇게 서둘러 달아나지 마시오.
지낼 곳을 찾자고 그리 멀리 갈 건 없소.
국왕의 명령으로 감옥에 가실 테니.

오르공

배신자, 그걸 마지막 순간에 쓸 무기로 간직하고 있었군.
간악한 놈, 그 한 방으로 나를 날려 버리려는 게지.
네놈이 저지른 배신행위의 찬란한 결말이구나.

타르튀프

아무리 험한 소리를 퍼부어 봐야 난 아무렇지도 않소.
하느님을 위해 뭐든 인내하는 법을 배웠으니까.

클레앙트

참을성이 대단하시구먼.

다미스

1870 파렴치한 놈! 하늘마저 저리 파렴치하게 농락하다니!

타르튀프

당신들이 아무리 흥분해 봐야 난 까딱도 안 할 서요.
내 의무를 다하겠다는 생각밖에 없으니까.

마리안

이걸 대단한 영예라고 하시려나 보죠.
아주 고귀한 직분을 맡으신 거고요.

타르튀프

국왕께서 날 이리로 보내신 것이니
어떤 직분이고 영광스러울 수밖에.

오르공

배은망덕한 놈, 내 자비로운 손길로
네놈을 비참한 처지에서 구해 주었던 걸 기억하느냐?

타르튀프

그렇소, 당신에게 어떤 도움을 받았는지는 알고 있소.
하지만 국왕을 위하는 것이 내 첫째 의무요. 1880
이 성스러운 의무가 감사의 마음을 완전히 잠재워 버렸지.
그래야 당연한 거고.
그 막강한 권력과의 관계를 위해서라면
친구도 아내도 부모도, 심지어 나 자신마저 버릴 거요.

엘미르

이 사기꾼!

도린

      저 음흉한 짓거리라니!
사람들이 공경하는 모든 걸 방패막이로 삼고 있잖아.

클레앙트

한데 그 자랑대로 당신이 왕에 대한 열정으로 움직였고
그 열정이 당신 주장만큼 그리 완벽한 거라면
도대체 왜 이제 와서야 그걸 내보이는 거요?
왜 내 누님을 유혹하다가 들킬 때까지 기다렸느냔 말이오. 1890
왜 매형이 명예를 위해 당신을 쫓아낼 수밖에 없게 돼서야
매형을 고발하러 갈 생각을 했느냔 말이오.

매형이 당신에게 전 재산을 증여한 얘기는 하지 않겠소.
그건 다른 일이니.
하지만 이렇게 매형을 죄인 취급하려 들면서
어째서 그의 재산을 받는 데 동의했더란 말이오?

타르튀프

(집행관에게)
이 징징대는 소리 좀 그만 듣게 해주십시오.
이제 그만 명령을 집행하시지요.

집행관

그러지요, 너무 오래 지체하고 있었군요.
마침 잘 말씀해 주셨습니다. 집행을 해야죠.
그럼 명령 집행을 위해 즉시 저를 따라오십시오.
당신의 거처가 될 감옥으로 가십시다.

타르튀프

뭐라고요? 나 말입니까?

집행관

그렇소, 당신이오.

타르튀프

감옥엔 왜요?

집행관

그 이유를 설명해 주고 싶은 사람은 당신이 아니야.
많이 놀라셨을 텐데 이제 진정하시지요.
우리 국왕께서는 사기 행각을 끔찍이 싫어하십니다.
폐하의 눈은 사람들의 마음속을 훤히 들여다보시어
어떤 사기꾼의 술수에도 넘어가지 않으시지요.
위대하신 폐하께서는 분별력이 뛰어나셔서
어떤 일이건 항상 정확하게 보십니다. 1910
그 무엇에도 쉬이 놀라지 않으시며
흔들림 없는 이성은 극단으로 치우치는 법이 없습니다.
선한 사람들에게는 불후의 영광을 내리시되
맹목적인 열의를 내보이시지는 않으며,
진실한 이들을 사랑하시되 거짓된 자들은
마땅히 그래야 하듯 끔찍이 미워할 줄도 아십니다.
이자도 폐하를 속일 수는 없었습니다.
그보다 더 교묘한 술책에도 빠지지 않으시니까요.
폐하께서는 그 명석하신 통찰력으로 이자의 마음속
겹겹이 감춰진 비열함을 꿰뚫어 보셨습니다. 1920
이자는 당신을 고소하러 왔다가 본색을 드러낸 거죠.
바로 하느님의 공평무사하심으로
이자가 폐하께서 다른 이름으로 알고 계시던
유명한 사기꾼임이 드러난 겁니다.
이자가 한 나쁜 짓들을 일일이 열거하자면
책 한 권으로도 모자랄 겁니다.
요컨대 폐하께서는 이자의 비열하고 배은망덕한 짓,
배신행위에 대해 당신에게 유리한 판결을 내리셨습니다.

그간 저지른 끔찍한 짓들에다 이번 일까지 보탠 이자를
1930 지금까지 멋대로 행동하게 내버려 둔 것은
오로지 그 파렴치함이 갈 데까지 가는 것을 보고
이자가 당신에게 모든 것을 밝히도록 하기 위함이었죠.
그렇습니다. 폐하께서는 이 사기꾼이 제 것이라 주장하는
모든 서류를 빼앗아 당신에게 돌려주라 하셨습니다.
폐하의 절대 권력으로 당신의 전 재산을
이자에게 증여한다는 계약을 파기하시고
피신 중인 친구 때문에 당신이
아무도 모르게 저지른 죄도 용서해 주신답니다.
이는 예전에 당신이 폐하의 권리를 지지함으로써
1940 폐하께 보였던 충정[36]에 대한 보상입니다.
별반 기대하지 않을 때도
폐하께서는 선행에 대해 보상해 주시며
폐하께 공을 세우면 잃을 것이 없음을,
또 악행보다 선행을 더 기억하심을 보여 주시려는 겁니다.

도린

하느님, 감사합니다!

페르넬 부인

이제 한숨 돌리겠구나.

---

36 프롱드 난 중에 오르공이 (앞서 언급한 바와 같이) 국왕을 지지했던 일을 가리킨다.

엘미르

정말 잘됐네요!

마리안

이렇게 될 거라고 누가 생각이나 했겠어요?

오르공

(타르튀프에게)
그래! 꼴좋다, 이 비열한 놈 —

클레앙트

             아! 매형, 그만하세요.
점잖지 못하게 그러지 마시라고요.
저 불쌍한 인간은 불행한 운명에 맡겨 두시고
저 혼자 회한에 몸부림치게 내버려 두세요.   1950
차라리 그자가 오늘부로
다행히 선한 쪽으로 마음을 돌리고
자신의 나쁜 짓을 증오하면서 삶을 바로잡아
국왕의 심판이 가벼워지기를 기원하자고요.
매형은 폐하께 가서 무릎을 꿇고
이리 큰 후의에 감사를 드리셔야죠.

오르공

그래, 잘 말해 주었어. 기꺼이 폐하의 발아래 엎드려
우리에게 베풀어 주신 후의에 감사드리도록 하세나.
이 최우선적인 의무를 다하고 나면

1960   그 의로운 호의에 보답해야 할 사람이 또 하나 있네.
　　　　고결하고 진실한 연인 발레르의 사랑은
　　　　달콤한 결혼으로 보답해 주어야지.

동 쥐앙 혹은 석상의 잔치

등장인물

동 쥐앙 동 루이의 아들
스가나렐 동 쥐앙의 하인
엘비르 동 쥐앙의 아내
귀스망 엘비르의 시종
동 카를로스, 동 알롱스 엘비르의 오빠들
동 루이 동 쥐앙의 아버지
프랑시스크 거지
샤를로트, 마튀린 시골 처녀들
피에로 농부
기사의 석상
라 비올레트, 라고탱 동 쥐앙의 시종들
디망쉬 씨 상인
라 라메 검객
동 쥐앙의 시종들, 동 카를로스와 동 알롱스의 시종들
유령

장소

시칠리아 섬

제1막

제1장

스가나렐, 귀스망

스가나렐 (담뱃대를 들고서) 아리스토텔레스가 뭐라 해도, 모든 철학을 동원해도, 담배에 비길 만한 건 없어. 교양인이라면 죽고 못 사는 담배. 담배 없이 사는 사람은 살 만하질 않은 게야. 담배는 인간의 머리를 즐겁게 해주고 정화시켜 줄 뿐만 아니라 마음에 미덕까지 갖추게 해주지. 담배를 피우면서 교양인이 되는 법을 배우는 거야. 담배를 피우게 되면 그 즉시로 모든 이들을 얼마나 친절히 대하게 되는지 잘들 아시지 않나? 어디서건 기꺼이 사방에다 친절을 베풀게 되고 말이야. 심지어 누가 청하기도 전에 원하는 바를 척척 알아서 해주게 된단 말이지. 담배라는 건 정말이지, 그만큼 피우는 사람 누구에게나 명예와 미덕의 감정을 불어넣어 준다고. 뭐, 담배 얘기는 이 정도면 됐고, 하던 얘기나 계속하도록 하지. 그러니까 귀스망, 네 주인마

님인 엘비르 아씨께서 우리가 떠난 걸 아시고 깜짝 놀라 우리 뒤를 쫓아오셨다는 게지. 우리 주인님한테 완전히 마음을 빼앗겨서 그분을 찾으러 오지 않고는 살 수가 없으셨다는 게고. 우리끼리니까 내 생각을 말해 줄까? 난 걱정이야. 그분의 사랑이 제대로 보답받지 못할까 봐, 여기까지 오신 게 아무 소용이 없을까 봐. 차라리 우리를 뒤쫓아 오지 말고 거기 그대로 계시는 편이 더 낫지 않았을까 싶어.

귀스망 그 이유가 뭔데? 제발 말 좀 해줘, 스가나렐. 뭣 때문에 그리 불길한 생각을 하는 건데? 네 주인님이 그 일에 대해 네게 속내를 털어놓기라도 한 거야? 우리한테 정나미가 떨어져서 떠날 수밖에 없었다고 말하기라도 한 거냐고!

스가나렐 그런 건 아니야. 하지만 척 보면 어떻게 돌아가는지 짐작이 가거든. 주인님은 아직 아무 말씀 없으셨지만 그렇게 될 게 뻔하다는 거지. 뭐 내가 틀릴 수도 있겠지만, 어쨌든 그런 일이라면 경험으로 대충 알 수가 있거든.

귀스망 뭐야? 그렇게 갑자기 떠난 게 동 쥐앙 님의 바람기 때문이라는 거야? 엘비르 아씨의 정숙한 사랑을 그렇게 모욕할 수 있는 거냐고!

스가나렐 그런 게 아니라, 주인님이 아직 젊으신 데다, 용기가 없어서 —

귀스망 그렇게 지체 높으신 분이 그렇게 비열한 행동을 하신다는 거야?

스가나렐 그래, 지체야 높으시지! 그렇다고 그런 짓을 못 하시기야 하겠어?

귀스망 하지만 아씨와 혼인을 하셨잖아.

스가나렐 어이, 이 가련한 친구야, 자넨 아직 동 쥐앙 님이 어떤 분이신지 잘 모르는군.

귀스망 도대체 어떤 양반이길래 그따위 배신행위를 할 수 있는 건지 솔직히 잘 모르겠어. 전혀 납득이 안 간다고. 그 양반, 얼마나 사랑한다며 몸 달아 했어? 얼마나 열렬한 찬사와 맹세, 한숨과 눈물을 바쳤느냐 말이야. 사랑이 넘쳐나는 편지들에다 불같은 항변이며 맹세들은 또 얼마나 되풀이해 댔는지. 내 말은, 엘비르 아씨를 손에 넣기 위해 신성한 수녀원의 담까지 넘을 정도로 열정과 격정을 보였던 그런 양반이 어떻게 자신의 언약을 저버릴 생각을 하게 됐는지 도무지 이해가 안 간다는 거야.

스가나렐 나로서는 별로 이해 못 할 일도 아닌데. 너도 저 양반을 안다면 그쯤이야 아무것도 아니라는 걸 알 수 있을 걸. 엘비르 아씨에 대한 저 양반의 감정이 변했다는 말은 아니야. 아직은 확실하지 않거든. 너도 알다시피 주인님의 명으로 내가 먼저 떠나왔고, 주인님도 도착하시긴 했지만 아직 얘기를 못 나눠 봤어. 하지만 우리끼리니까 조심하라고 알려 주는 긴데, 우리 주인 동 쥐앙은 지상 최고의 악당이야. 미치광이, 개 같은 놈, 악마 같은 작자, 회교도같이 잔인한 놈이라고. 천국도, 성인도, 하느님도, 늑대 인간도 믿지 않는 이단자인 데다가 인생을 진짜 짐승같이 살고 있지. 에피쿠로스의 돼지,[37] 사르다나팔로스[38] 왕 같은 호색

---

37 Epikouros(B.C. 342?~B.C. 271). 인간이나 신(神)은 모두 원자의 결합물에 지나지 않는다고 주장했던 고대 그리스의 철학자. 몰리에르 시대에 자유사상이나 무신앙을 격렬하게 비판하는 자들은 에피쿠로스에게 비난을 퍼부었다. 스가나렐은 무신앙에 반대하는 설교에서 이런 말을 얻어들은 듯하다.

38 Sardanapalos(?~?). 아시리아 최후의 왕. 사치스러운 생활을 한 것으로 알려져 있으나 실제로는 여러 인물상이 뒤섞인 전설의 왕인 듯하다.

한처럼 말이야. 기독교인으로서 할 수 있는 충고를 해줘 봐야 들은 척도 않고 우리가 믿는 것을 죄다 헛것 취급한다니까. 우리 주인님이 네가 모시는 아씨와 결혼했다고 했는데, 자기 욕정을 채우려면 그보다 더한 일도 했을 거라고. 너희 아씨뿐만 아니라 너나 네 아씨의 개, 고양이하고라도 했을걸. 그 양반한테 결혼이란 아무 구속도 되지 않는다고. 미인들을 사로잡기 위해 노상 사용하는 함정일 뿐이지. 누구나 가리지 않고 결혼한다니까. 유부녀, 양갓집 규수, 부르주아 처녀, 시골 처녀, 물불을 가리지 않는다고. 방방곡곡에서 저 양반과 결혼한 여자들 이름을 다 대자면 날이 저물 지경일걸. 너 지금 내 얘길 듣고 놀라서 안색이 변하는데, 이건 시작에 불과해. 그 모습을 온전히 그려 내려면 붓질을 수없이 더해야 할걸. 언제고 천벌이 내려 주기만 하면 되련만. 저 양반의 시중을 드느니 악마의 시중을 드는 편이 나을 거야. 내게 얼마나 끔찍한 꼴을 많이 보이는지, 진작에 지옥으로나 가버렸으면 싶다니까. 하지만 악독한 대(大)귀족 나리는 무시무시한 존재야. 싫건 좋건 간에 복종을 해야 한다고. 내가 그렇게 겁이 나서 열심인 척하고, 내 감정을 죽인 채 마음속으론 싫어하는 짓에도 박수를 치게 되는 것도 어쩔 수 없는 일이라고. 주인님이 여기 성으로 산책을 나오고 계시네. 이제 그만 헤어지자고. 잘 들어, 어쨌든 너한테 속내를 다 털어놓긴 했지만 내가 너무 성급히 말을 내뱉은 것 같아. 하지만 우리 주인 나리 귀에 무슨 얘기가 들어간다면 난 네가 거짓말을 한 거라고 우길 거야.

제2장

동 쥐앙, 스가나렐

동 쥐앙 저기 너랑 얘기하던 자가 누구냐? 엘비르의 하인 귀스망 같은데.

스가나렐 예, 뭐 거의 비슷합니다요.

동 쥐앙 뭐? 그자라고?

스가나렐 그잡니다.

동 쥐앙 그자가 언제부터 여기 있었던 게냐?

스가나렐 어제저녁부터요.

동 쥐앙 무슨 일로 온 거지?

스가나렐 귀스망이 뭣 땜에 걱정하는지 잘 아실 텐데요.

동 쥐앙 우리가 떠나온 것 때문에?

스가나렐 저 친구가 혼비백산해서 그 이유를 묻더라고요.

동 쥐앙 그래서 네놈은 뭐라 대답했지?

스가나렐 주인님께서 아무 말씀도 안 하셨다고 했지요.

동 쥐앙 그러면 네 생각은 어떤데? 이번 일을 어떻게 생각하느냐는 말이다.

스가나렐 주인님이 잘못하신다는 건 아니지만, 주인님 머릿속에 새로운 사랑이 싹튼 것 같은데요.

동 쥐앙 그렇게 생각하느냐?

스가나렐 예.

동 쥐앙 그래! 네 생각이 맞았어. 내 고백하지. 다른 여자가 내 마음속에서 엘비르를 밀어냈다고.

스가나렐 역시! 저야 주인님에 관해서라면 속속들이 알고 있습죠. 세상에 둘도 없는 바람둥이시잖아요. 이 여자 저 여자와 인연을 맺고 다니길 좋아하시고, 한자리에 머물러 있는 건 질색하시죠.

동 쥐앙 내가 그리하는 게 옳다고 생각하지 않느냐?

스가나렐 어, 그야!

동 쥐앙 뭐라고? 말해 보라니까.

스가나렐 주인님이 그리하시기를 원하신다면야 그러시는 게 백번 옳죠. 제가 어찌 반박할 수 있겠습니까. 하지만 주인님이 원하시는 게 아니라면 아마도 얘기가 달라지겠지요.

동 쥐앙 좋아! 어떻게 생각하는지 자유롭게 말해 봐.

스가나렐 그러시다면 솔직히 말씀드리지요. 전 주인님의 방식에 절대 찬성할 수 없어요. 주인님처럼 사방에 애정을 뿌리고 다니는 건 추잡한 짓이라고요.

동 쥐앙 뭐라고? 그러면 처음 만난 여자와 쭉 같이 살면서 그 여자를 위해 세상을 저버리고 그 누구에게도 눈길을 돌려서는 안 된다는 말이냐? 지조를 지킨다는 허명에 우쭐해서는 영원히 한 여인에 대한 사랑에 파묻힌 채 젊어서부터 우리의 눈길을 잡아끄는 그 아름다운 여인들을 아예 외면하라니, 그 무슨 시시한 짓거리람! 지조야 바보 같은 놈들한테나 좋은 거지. 아름다운 여인이라면 누구든 우리를 매료시킬 자격이 있어. 다른 여인들이 우리 마음을 얻자고 드는데 처음 만났다는 이유만으로 그네들의 정당한 요구를 가로막는 특권을 지닐 수야 없지. 나는 말이지, 어디서건 아름다운 여인을 보면 매료되거든. 거절하는 척하다가 받아들이며 남자들을 휘어잡는 여인에게는 그냥 무너져 버린다고. 아무리 결혼한 몸이라 해도 소용없어. 한 여인에 대한 사랑이 다른 여인들에 대한 내 마음까지 구속하는 건 부당한 일이야. 내겐 여전히 모든 여인들의 장점을 볼 줄 아는 눈이 있고, 그네들에게 자연이 명하는 바 경의와 찬미를 바치는 거지. 어쨌든 사랑스럽게 보이는 것에 마음을 주지 않을 수가 없다고. 아름다운 얼굴로 내게 마음을 달라 하면 만 번이라도 다 내어 주고 말 거야. 요컨대 애정이 싹트는 것은 말할 수 없이 매혹적인 일이며, 사랑의 즐거움이란 상대를 바꾸는 데 있다는 거지. 온갖 찬사를 늘어놓아 아리따운 젊은 여인의 마음을 넘어오게 만들고, 매일 조금씩 관계가 진척되는 것을 확인하고, 항복하기를 꺼려하는 순진하고 순결한 영혼을 열정과 눈물과 한숨으로 공략하고, 여인의 소소한 저항을 철저히 짓밟고 그네들이 명예롭게 지키려는 양심의 가책을 무너뜨려 슬그머니 우리가 원하는 데까지 끌고 가는 것, 거기서 맛보는 즐거움은 그 무엇에도 비길 수가 없어. 하지만 일단 원하는 것을 얻고 나면 더 이상 할 말도, 바랄 것도 없어지는 거지. 모든 즐거움은 끝나고, 그렇고 그런 사랑의 고요 속에 잠들어 버리는 거야. 어떤 새로운 여인이 나타나 우리의 욕망을 깨우고 우리의 마음을 매료시켜 새로운 정복에 나서게 만들기 전까지는 말이지. 하여튼 아름다운 여인의 저항을 꺾는 것만큼 감미로운 일은 없어. 그 일에 관해서라면 나는 끊임없이 승리를 쫓아다니면서 결코 승리에의 염원을 거두지 못하는 정복자와 같은 야망을 갖고 있는 거지. 내 타오르는 욕망을 막을 수 있는 건 아무것도 없어. 난 지상의 모든 것을 사랑할 마음을 품고 있는 것 같아. 마치 알렉산더 대왕처럼 사랑의 원정을 펼칠 수 있도록 다른 세상이 있었으면 좋겠다니까.

스가나렐 맙소사! 말씀 한번 잘하시네요! 다 외우고 계셨던 것 같아요, 책 읽듯 줄줄이 나오니.

동 쥐앙 뭐 할 말이 있나?

스가나렐 그야 드리고 싶은 말씀이 — 잘 모르겠어요. 주인님께서 그리 돌려 말씀하시니 주인님이 맞는 것 같기도 하거든요. 하지만 사실 그 말씀은 맞지 않아요. 제가 정말 근사한 생각을 가지고 있었는데 주인님 말씀 때문에 뒤죽박죽이 되어 버렸어요. 그냥 내버려 두시지요. 다음번엔 제 생각을 글로 적어 놨다가 주인님과 얘기를 해야겠어요.

동 쥐앙 그러는 게 좋겠다.

스가나렐 그런데 주인님, 주인님이 그런 식으로 살아가시는 게 좀 화가 난다고 말씀드리는 건 아까 전에 자유롭게 말해 보라고 허락해 주신 일 축에 드는 걸까요?

동 쥐앙 뭐라고? 내가 어떻게 살길래?

스가나렐 아주 잘 살고 계시죠. 하지만 가령 주인님이 매달 결혼하시는 걸 보고 있으면 —

동 쥐앙 그것보다 더 기분 좋은 일이 있다더냐?

스가나렐 그럼요. 그야 아주 기분 좋고 즐거운 일이라고 생각하지요. 거기에 아무 잘못도 없다면야 저도 기꺼이 받아들일 겁니다. 하지만 성사(聖事)[39]를 그런 식으로 조롱하시고, 그리고 —

동 쥐앙 자, 자, 그건 하느님과 나 사이의 문제야. 네놈이 걱정하지 않아도 우리끼리 알아서 잘 해결할 거라고.

스가나렐 맙소사! 주인님, 하느님을 비웃는 것은 못된 짓이

[39] 혼인 성사는 가톨릭의 7성사 중 하나이다.

고, 신앙 없는 자는 절대 끝이 좋지 않은 법이라고 항상 들어 왔는데요.

동 쥐앙 그만해, 바보 같은 놈! 이러쿵저러쿵 훈계를 해대는 자들을 싫어한다고 내 분명히 말하지 않았더냐.

스가나렐 맹세코 주인님께 드리는 말씀이 아닙니다. 주인님이 무슨 일을 하고 계시는지는 주인님이 더 잘 아시겠지요. 주인님께 신앙이 없다면 주인님 나름의 이유가 있을 거고요. 하지만 세상에는 별것도 아닌 주제에 건방진 자들도 있어 놔서요. 그자들은 이유도 모르는 채 하느님을 믿지 않고, 그게 자기들한테 더 잘 어울린다고 생각해서 믿음이 없는 자처럼 군답니다. 제가 그런 주인님을 모시고 있다면 얼굴을 똑바로 쳐다보면서 똑똑히 말해 줄 겁니다. 〈감히 하느님을 그리 조롱하실 수가 있는 겁니까? 가장 성스러운 것을 갖고 놀면서 두렵지도 않으십니까? 한낱 지렁이, 하찮은 난쟁이 같은 당신이(이건 제가 좀 전에 말씀드린 그런 주인에게 하는 말입니다) 모두가 경배하는 것을 웃음거리로 만들고 싶으신 거냐고요! 지체가 높은 분이라고 해서, 금발의 곱슬머리 가발을 쓰고 모자에 깃펜을 꽂고 금빛 나는 옷에 붉은 리본을 달았다고 해서(주인님이 아니라 다른 사람에게 하는 말입니다) 당신이 누구보다 재주 있는 사람이고 뭐든 할 수 있으며 누구도 감히 당신에게 진실을 말하지 못할 거라 생각하시는 겁니까? 제가 나리의 하인이긴 하지만 이것만은 알아 두십시오. 하느님은 언제고 믿음이 없는 자를 벌하십니다. 못되게 살다가는 흉악한 죽음을 맞을 것이고, 또 —〉

동 쥐앙 닥쳐!

스가나렐 무슨 얘기 중이었죠?

동 쥐앙 어떤 미녀가 마음에 들어서 그 매력에 이끌려 이 마을까지 따라왔다는 얘기를 하려던 중이었지.

스가나렐 그런데 주인님께선 여섯 달 전에 주인님이 해치우신 그 기사의 죽음이 전혀 두렵지 않으신가요?

동 쥐앙 어째서 두려워해야 하지? 잘 죽이지 않았던가?

스가나렐 그럼요, 누구보다 잘하셨고말고요. 그 기사가 불평을 한다면 잘못이겠죠.

동 쥐앙 그 일에 관해서는 사면을 받았다고.

스가나렐 그렇죠. 하지만 사면을 받으셨다고 해서 부모나 친구들의 원한까지 사라진 건 아닐 거고 —

동 쥐앙 아! 우리에게 닥칠 수도 있는 불행일랑 생각하지 말고 오직 우리에게 쾌락을 줄 수 있는 일만 생각하자꾸나. 내가 얘기한 여자는 누구보다 매력적인데 이미 약혼을 했더군. 결혼을 하려고 약혼자를 따라 이곳에 온 거야. 그들이 여행을 떠나기 사나흘 전에 우연히 그들을 보게 되었지. 서로에게 그리 만족해서 넘치도록 애정을 과시하는 연인을 나는 한 번도 본 적이 없어. 두 사람의 불같은 사랑을 보고 있자니 내 마음이 흔들리더군. 그런 애정에 충격을 받은 게지. 내 사랑은 질투심에서 시작된 거라고. 그래, 처음에는 그들이 그렇게 잘 어울리는 꼴을 봐줄 수가 없었어. 분한 마음에 욕망이 꿈틀거리기 시작했지. 그들 사이를 흔들어 놓고 저런 애정을 깨버릴 수만 있다면 얼마나 짜릿할까 생각했어. 섬세한 내 마음에 그들의 애정이 그 정도로 거슬렸던 게지. 하지만 지금까지 기울인 노력은 모두 헛수고였어. 그래서 최후의 수단을 강구하려는 거야.

예비 신랑감이 오늘 약혼녀를 즐겁게 해주려고 뱃놀이를 나갈 예정이거든. 네게 아무 말도 안 했다만, 사랑을 얻기 위해 내 만반의 준비를 해두었지. 준비해 놓은 작은 배와 사람들을 동원하면 그 여자를 쉽게 업어 올 수 있을 거야.

스가나렐 에구! 나리…….

동 쥐앙 뭐?

스가나렐 주인님께야 더할 나위 없이 좋은 일이죠. 맘먹은 대로 착착 진행되고 있으니. 자기 욕심을 채우는 것만 한 일이 세상에 어디 있겠어요.

동 쥐앙 그러니 나와 함께 갈 준비를 하라고. 내 무기도 신경 써서 다 챙겨 오도록 하고. 혹시라도 — 아, 이리 성가실 데가! 나쁜 놈 같으니, 엘비르가 여기 왔단 말은 안 했잖아.

스가나렐 주인님께서 물어보질 않으셨잖아요.

동 쥐앙 정신이 나갔나 보군. 옷도 갈아입지 않고 시골에서 입던 차림새 그대로 여기까지 오다니!

제3장

엘비르, 동 쥐앙, 스가나렐

엘비르 동 쥐앙 님, 저를 알아보시겠어요? 이쪽으로 고개만이라도 돌려 주실 순 없을까요?

동 쥐앙 부인, 솔직히 당신을 여기서 보게 될 거라고는 생각지도 못했기 때문에 많이 놀랐소.

엘비르 네, 당신이 생각도 못 했던 일이라는 건 잘 알겠어요. 정말 놀라신 것 같은데 제가 기대했던 것과는 딴판으로 놀라시네요. 당신이 그러시는 걸 보니 믿고 싶지 않았던 걸 그대로 믿을 수밖에 없군요. 당신이 저를 배신한 게 이리도 분명한데, 그걸 미심쩍어했던 제 마음은 얼마나 순진하고 나약했던 건지. 제가 너무 착했던 건지, 아니 그보단 너무 어리석었던 것이겠죠. 저 자신을 속이고 제 눈에 보이는 것과 제 판단을 믿지 않으려 했다니요. 당신의 애정이 식은 것을 보고도 당신을 사랑하는 마음에 무언가 그걸 용서할 구실을 찾았어요. 이성으로는 그리 황급히 떠난 당신을 비난하면서도 그걸 정당화할 만한 그럴싸한 이유를 억지로 지어냈지요. 매일같이 당연한 의심이 귓가에 맴돌았지만 당신이 죄인이라 속삭이는 소리에 귀를 막아 버리곤 했습니다. 그리고 당신이 무고하다는 그 말도 안 되는 환상에 기꺼이 귀를 기울이곤 했지요. 하지만 이렇게 와서 보니 더 이상 의심의 여지가 없네요. 저를 맞이하시는 눈빛에서 제가 알고 싶었던 것 이상을 알게 되었습니다. 그래도 당신이 떠나신 이유를 직접 말씀해 주시면 좋을 것 같네요. 자, 말씀해 보세요, 어떤 식으로 둘러대시는지 한번 보자고요.

동 쥐앙 부인, 여기 있는 스가나렐이 내가 떠난 이유를 알고 있소.

스가나렐 제가요, 나리? 저는 아무것도 모른다고요.

엘비르 자! 스가나렐, 말해 보시게. 누구 입에서 그 이유를 듣건 상관없으니까.

동 쥐앙 (스가나렐에게 다가오라는 신호를 하며) 자, 부인에게 말씀을 해드려.

스가나렐 저더러 무슨 말을 하라고요?

엘비르 나리께서 그러라 하시니 이리 와보시게. 와서 그리 갑자기 떠난 이유 좀 얘기해 보시라고.

동 쥐앙 대답 안 할 게냐?

스가나렐 대답할 게 있어야지요. 하인을 이리 놀리시다니.

동 쥐앙 대답을 하라니까.

스가나렐 부인……

엘비르 뭐라 하시는 게지?

스가나렐 (주인을 돌아보며) 나리……

동 쥐앙 어서…….

스가나렐 부인, 정복자들, 알렉산더 대왕과 또 다른 세계, 이게 저희가 떠나온 이유입니다. 자, 나리, 제가 할 수 있는 말은 이것뿐입니다.

엘비르 동 쥐앙 님, 이 알 수 없는 말의 의미를 풀어 주시겠어요?

동 쥐앙 부인, 시실은 말이오…….

엘비르 아! 궁정에 드나드셔서 이런 종류의 일엔 익숙하실 텐데 변명이 정말 서투시네요. 그리 어쩔 줄 몰라 하시는 걸 보니 가엾군요. 어째서 겉으로라도 귀족답게 당당히 처신하시지 못하는 거죠? 당신에 대한 마음은 한결같다, 더할 나위 없이 열렬하게 당신을 사랑한다, 죽음 외에는 그 무엇도 우리 사이를 갈라놓을 수 없다, 왜 이런 맹세를 못 하시느냐고요! 지극히 중요한 일 때문에 당신에게 말도 없이 떠날 수밖에 없었다, 본의 아니게 여기 잠시 머물러 있어야 하지만 가능한 한 빨리 당신에게 갈 테니 안심하고 돌아가 있으면 된다, 당신을 다시 만나고 싶어 못 견딜 지경이다, 당신과 헤어져 있으면 영혼이 떨어져 나간 육신처럼 고통스럽다, 왜 이렇게 말씀을 못 하시는 거죠? 변명은 이렇게 하시는 거라고요. 당신처럼 입을 다물고 계시면 안 되죠.

동 쥐앙 솔직히 털어놓자면 내겐 감추는 재주가 없다오. 마음이 진실하단 말이지. 당신에 대한 마음이 한결같다, 당신을 다시 만나고 싶어 애가 탄다고는 말하지 않겠소. 어쨌든 내가 당신을 피하려고 떠난 건 확실하니까. 당신이 상상하는 그런 이유 때문이 아니라 순수하게 양심상의 이유로 그런 것이라오. 당신과 계속 같이 살다가는 죄를 짓지 않을 수 없을 것 같았거든. 양심의 가책이 생겼다고나 할까? 내가 해온 짓에 대해 영혼의 눈을 뜨게 된 거요. 당신과 결혼하기 위해 봉쇄 수녀원에서 당신을 빼낸 일, 당신이 하느님께 했던 서원(誓願)을 저버린 일, 그리고 하느님께서 이런 일을 몹시 질시하신다는 것을 생각하게 됐지. 나는 회한에 사로잡혔고 하느님의 진노가 두려워졌다오. 우리의 결혼은 간통을 그럴듯하게 치장한 것에 불과하며 그로 인해 하느님의 은총을 잃게 될 것이다, 그러니 나는 당신을 잊도록 노력해야 하고 당신이 수도 생활로 돌아갈 수 있게 해줘야 한다, 이런 생각을 하게 된 거요. 부인, 경건한 생각에 반대하실 작정이오? 그리고 당신을 붙들고 있다가 나는 천벌을 받게 되고?

엘비르 아! 못된 사람 같으니, 이제야 당신이란 사람을 분명히 알았어. 불행히도 너무 늦게 알게 된 거지. 이렇게 알아봐야 내가 절망하는 데나 도움이 될 뿐인 것을. 하지만 이

건 알아 둬. 당신은 반드시 죗값을 치르게 될 거야. 당신이 농락하고 있는 그 하느님께서 당신이 나를 배신한 데 대한 복수를 해주실 거라고.

동 쥐앙 스가나렐, 하느님이란다!

스가나렐 정말 지당하신 말씀이죠. 우리 같은 사람들이야 그걸 우습게 여기지만요.

동 쥐앙 부인 —

엘비르 이제 됐어요. 더 이상은 듣고 싶지 않아요. 너무 오래 당신 얘기를 듣고 있었던 나 자신이 후회스럽기까지 하다고요. 수치스러운 짓에 대해 설명을 길게 늘어놓는 건 비굴한 일이에요. 고결한 사람이라면 그런 일이야 한마디만 듣고도 입장을 정하는 법이지요. 내가 지금 이 자리에서 비난과 욕설을 퍼부을 거라고 생각하진 마세요. 그건 아니지요. 아무 소용 없는 말로 발산시킬 분노가 아니란 말이에요. 끓어오르는 분노는 복수를 위해 간직해 두겠어요. 다시 말하지만 당신이 내게 저지른 배신과 모욕은 하느님께서 벌해 주실 거예요. 당신이 하느님께 두려울 게 없다면 모욕당한 여인의 분노라도 두려워해야 할 겁니다.

스가나렐 나리가 후회라도 할 수 있다면야!

동 쥐앙 (잠깐 생각한 후에) 자, 그 여자를 어찌 유혹할 수 있을지나 생각해 보자고.

스가나렐 아! 이리도 고약한 주인의 시중을 들어야 하다니!

제2막

제1장

샤를로트, 피에로

샤를로트 세상에, 피아로,[40] 네가 마침 거기 있었던 거구나.
피에로 글쎄 말이야, 하마터면 큰일 날 뻔했다고, 둘 다 헤엄칠 줄도 모르던걸.
샤를로트 아침에 불던 세찬 바람 때문에 바다에서 배가 뒤집힌 거야?
피에로 자, 그러니까 일이 어찌 된 건지 내가 자세히 얘기해 줄게. 남들 얘기처럼 내가 그 사람들을 처음 알아봤으니까. 내가 처음으로 알아봤다고. 그러니까 내가 뚱보 뤼카랑 바닷가에 있었는데, 둘이서 머리에다 흙덩이를 던지며 놀고 있었지. 너도 알다시피 뚱보 뤼카는 장난을 엄청 좋

---

40 〈피에로〉의 사투리 발음. 이 장에서 샤를로트와 피에로는 파리 인근 지역 민중의 사투리를 사용한다. 여기서는 친근한 어투만을 남기고 표준어로 번역하였다.

아 하고 나도 가끔 장난을 치니까. 그렇게 한참을 놀고 있는데 저기 멀리 물속에서 무언가 버둥대며 우리 쪽으로 흔들흔들 오는 게 보이더라고. 꼼짝 않고 그걸 보고 있는데 아니, 갑자기 아무것도 안 보이는 거야. 그래서 내가 〈어이, 뤼카, 저기 사람들이 헤엄쳐 오고 있는 것 같은데〉라고 했더니 뤼카가 〈고양이가 죽는 걸 보더니 헛것이 보이는가 보네〉 하더라고. 그래서 내가 〈아니라니까. 절대 헛것을 본 게 아니야. 사람 맞다니까〉라고 했지. 그랬더니 뤼카가 〈절대 아니래도. 눈이 부신가 보네〉라더군. 그래서 내가 〈내기할래? 절대 눈이 부신 게 아니라고. 두 사람이 이리로 곧장 헤엄쳐 오고 있는 거래도〉 했지. 그랬더니 뤼카가 〈아니래도. 아니라는 데 걸지〉 하는 거야. 그래서 내가 〈좋아, 그럼 열 푼을 걸래? 나는 그렇다는 데 걸지〉라고 했더니 뤼카가 〈그럼, 하고말고. 판돈 여기 있어〉 하는 거야. 난 미친 것도 얼빠진 것도 아니었어. 나도 용감하게 동전들을 땅바닥에 던졌지. 네 개에 닷 푼 나가는 동전 네 닢하고 두 개에 6분의 1푼 나가는 농전 다섯 닢을 포도주라도 한 잔 들이켠 양 기세 좋게 던졌단 말이야. 내가 원래 무모하고 앞뒤 안 가리는 사람이잖아. 그래도 스스로 무슨 짓을 하는지는 잘 알고 있었단 말이지. 내가 뭐 등신인가! 그런데 내기를 걸자마자 두 사내가 확실하게 보이는 거야. 자기들을 구하러 와달라고 신호를 보내더군. 나는 우선 판돈을 잽싸게 쓸어 담았지. 〈자, 뤼카, 저치들이 우리를 부르는 모습이 똑똑히 보이지? 얼른 구하러 가자고.〉 내가 말했더니만 뤼카는 〈싫어, 저놈들 때문에 내가 돈을 잃었잖아〉 하더군. 그래서, 요컨대, 짧게 말하자면, 뤼카에게 한참 설교를 늘어놓은 다음 배를 타고 겨우겨우 달려가서 두 사내를 물에서 끄집어낸 거야. 그러고는 우리 집에 데리고 가서 불을 쪼이게 해줬지. 젖은 옷을 벗어 말리게 하고. 그랬더니 그 패거리 사람들 둘이 더 오더군. 알아서 빠져나왔다나. 그때 마튀린이 왔는데 사내들이 그녀에게 추파를 던지더라고. 샤를로트, 일이 이렇게 된 거야.

샤를로트 피아로, 그런데 그중에 다른 사내들보다 엄청 잘생긴 사내가 하나 있다 하지 않았어?

피에로 그래, 그 사람이 주인이야. 엄청나게 높은 양반인가 봐. 머리부터 발끝까지 옷에 금박이 번쩍번쩍하더라고. 그 양반을 모시는 사내들도 나리들이었지. 그렇지만 제아무리 지체 높은 양반이라도 내가 거기 없었으면 물에 빠져 죽었을걸.

샤를로트 자, 좀 더 말해 봐.

피에로 아, 그러니까 우리가 없었으면 큰일 날 뻔했다는 거지.

샤를로트 그 양반은 아직도 너희 집에서 홀랑 벗고 있니, 피아로?

피에로 아니지, 우리 보는 앞에서 다른 사내들이 옷을 입혀주던걸. 정말이지 그렇게 옷 입는 건 본 적이 없다니까. 궁정에 드나드는 나리들은 얼마나 골치 아프고 복잡하게 옷을 차려입던지. 나 같으면 그러다가 뒤죽박죽이 되었을 거야. 보고만 있어도 정신이 없었다니까. 샤를로트, 그러니까 그 양반들은 제 머리에 붙어 있지 않은 머리카락도 가지고 있더라고. 그걸 맨 나중에 가는 실로 된 큰 모자처럼 쓰는 거야. 셔츠 소매는 우리 둘이 들어갈 수 있을 정도로 통이 넓고. 반바지 대신에 엄청나게 넓은 앞치마 같은 걸 입질 않나, 윗도리 대신 입은 작은 조끼같이 생긴 건 가슴까지도 안 내려오지, 민무늬 가슴 장식 대신 그물 같이 생긴 커다란 손수건 같은 걸 목에 감고 있는데 거기 매달린 리넨 천 뭉치 네 개가 배까지 내려와 있더라고. 팔 끝에도 작은 장식, 다리에도 주름 잡힌 커다란 레이스가 달려 있는데 여기저기 리본들이 얼마나 많이 달렸는지 무슨 얼룩이 진 것 같아 보이더라고. 구두에도 이 끝에서 저 끝까지 온통 리본투성이인 데다가 굽은 또 어찌나 높은지, 나 같으면 목이 부러질 것 같더라고.

샤를로트 세상에나, 피아로, 나도 좀 가서 봐야겠다.

피에로 아, 그 전에 내 말 좀 들어 봐, 샤를로트. 네게 다른 할 말이 있어.

샤를로트 그래, 말해 봐. 무슨 얘긴데?

피에로 저기, 샤를로트, 나도 남들처럼 내 맘을 털어놔야겠어. 난 너를 사랑해, 너도 잘 알잖아. 그리고 우리는 곧 결혼할 거고. 그런데 너한테 불만이 많아.

샤를로트 뭐라고? 뭣 때문에 그러는데?

피에로 그러니까 솔직히, 네가 내 마음을 아프게 한다는 거지.

샤를로트 그러니까 어떻게 그런다는 건데?

피에로 나쁜 것, 너는 나를 조금도 사랑하지 않잖아.

샤를로트 아, 아, 겨우 그거야?

피에로 그래, 겨우 그거다. 그거면 충분하지 않니?

샤를로트 세상에! 피아로, 너는 와서 항상 똑같은 얘기만 하는구나.

피에로 내가 항상 똑같은 얘길 하는 건 상황이 항상 똑같기 때문이야. 상황이 항상 똑같지 않다면 내가 항상 똑같은 얘길 하진 않을 거 아냐.

샤를로트 그래서 네게 필요한 게 뭔데? 뭘 원하는 거야?

피에로 제기랄, 나를 사랑해 달라는 거지.

샤를로트 내가 널 사랑하지 않는다는 거야?

피에로 그래, 넌 나를 사랑하지 않아. 내가 그것 때문에 할 수 있는 건 다 하고 있는데. 지나가는 모든 행상한테서 군소리 없이 리본도 사주고, 목이 부러질 각오로 개똥지빠귀 둥지에 올라가 새도 잡아 주고, 네 축일이 되면 악사들을 불러다 연주도 시켜 주고 하잖아. 그런데 이 모든 게 벽에 머리를 찧는 짓 같다니까. 알겠니? 자기를 사랑해 주는 사람을 사랑하지 않는 건 나쁜 짓이야. 온당한 일이 아니라고.

샤를로트 하지만 나도 널 사랑하는걸.

피에로 그래, 아주 괴상한 방식으로 사랑하지.

샤를로트 그럼 도대체 뭘 해주길 바라는 건데?

피에로 사람들이 사랑할 때 하는 것처럼 해달라는 거야.

샤를로트 그러면 난 너를 제대로 사랑하고 있지 않다는 거야?

피에로 그래. 정말 사랑하면 눈에 보이는 법이지. 진심으로 사랑할 때는 상대에게 별별 짓을 다 하게 된다고. 뚱보 토마를 봐. 젊은 로뱅한테 홀딱 반해서 언제나 그 주변을 맴돌며 성가시게 하잖아. 허구한 날 장난 걸고, 지나가면 툭툭 치질 않나, 요전번엔 로뱅이 의자에 앉아 있는데 밑에서 의자를 잡아당겨 가지고 땅바닥에 쭉 뻗게 만들었다고. 그래, 사랑하는 사람들은 그러는 거야. 근데 너는 나한테 말 한마디 않고 맨날 나무토막처럼 서 있잖아. 내가 네 앞에서 스무 번을 왔다 갔다 해도 건드리길 하나, 말을 걸

길 하나. 제기랄, 어쨌든 그건 아니야, 넌 너무 냉정하다고.

샤를로트 내가 어쩌길 바라는데? 내 성격이 그런걸. 나를 뜯어고칠 수도 없고.

피에로 성격이 어떻든 간에 사랑하는 마음이 있으면 아주 사소한 거라도 겉으로 드러나기 마련이라고.

샤를로트 어쨌든 난 내가 할 수 있는 만큼 너를 사랑하고 있어. 그게 성에 차지 않으면 딴 여자를 사랑하면 될 거 아니니?

피에로 이것 봐라, 예상 밖의 반응인걸! 아니, 네가 날 사랑한다면 어떻게 그런 말을 할 수 있어?

샤를로트 왜 이렇게 나를 괴롭히는 거야?

피에로 뭐야, 내가 뭘 어쨌다고? 그저 조금만 사랑해 달라고 한 것뿐인데.

샤를로트 그럼 좀 내버려 둬, 그렇게 보채지 말라고. 아무 생각도 없다가 갑자기 사랑하게 될 수도 있잖아.

피에로 그럼 여길 잡아, 샤를로트.

샤를로트 그래, 좋아.

피에로 나를 좀 더 사랑하도록 애쓰겠다고 약속해.

샤를로트 내가 할 수 있는 건 다 해볼게. 하지만 저절로 그렇게 되어야지. 피아로, 저분이 그 나리니?

피에로 그래, 저분이야.

샤를로트 어머나, 정말 멋지다. 물에 빠져 죽었더라면 어쩔 뻔했대?

피에로 난 금방 돌아올게. 가서 한잔하고 오려고. 피로를 좀 풀어야겠거든.

제2장

동 쥐앙, 스가나렐, 샤를로트

동 쥐앙 실패했어, 스가나렐, 뜻밖의 돌풍이 불어와 배가 뒤집히면서 우리 계획도 날아가 버렸다고. 하지만 솔직히 말하자면 방금 전에 헤어진 그 시골 처녀가 이 불행을 보상해 주는걸. 일이 뜻대로 되지 않아 우울했던 마음이 그 처녀의 매력 덕분에 말끔히 가셨다니까. 그런 여자를 놓쳐서는 안 되지. 이미 일을 꾸며 놓았어. 오랫동안 한숨지으며 괴로워할 수는 없으니 말이야.

스가나렐 나리, 솔직히 놀랍네요. 죽을 뻔하다가 겨우 살아나서 놓고 우리에게 자비를 베푸신 하느님께 감사를 드리는 게 아니라 또다시 그분의 노여움을 사려 드시다니요. 늘 그러셨듯이 엉뚱한 생각으로 불륜의 사랑을 — 입 닥쳐! 이 어리석은 놈이 제가 무슨 소리를 하는지도 모르고. 나리께선 스스로 어떤 일을 하시는지 잘 알고 계시다고. 자, 어서.

동 쥐앙 (샤를로트를 보고는) 아! 아! 저 시골 처녀는 어디서 튀어나온 거지, 스가나렐? 저보다 더 아름다운 걸 본 적이 있나? 말해 봐, 조금 전 그 여자보다 더 나은 것 같지 않아?

스가나렐 어련하시겠어요. 또 하나 걸려들었군.

동 쥐앙 아름다운 아가씨, 제게 어찌 이리 기분 좋은 만남이 이루어진 건지…… 세상에! 이런 촌구석, 나무와 바위들 틈에서 당신 같은 분을 찾아 볼 수 있는 건가요?

샤를로트 보시는 대로지요, 나리.

동 쥐앙 이 마을 분이신가요?

샤를로트 예, 나리.

동 쥐앙 여기 사시나요?

샤를로트 예, 나리.

동 쥐앙 이름이?

샤를로트 샤를로트입니다.

동 쥐앙 아! 아름다운 분이시네요, 눈빛이 얼마나 영롱한지!

샤를로트 나리, 부끄럽습니다.

동 쥐앙 아! 진실을 말씀드리는데 부끄러워하지 마십시오. 스가나렐, 네 생각은 어떠냐? 이보다 더 마음에 드는 사람을 만날 수 있을까? 조금만 돌아봐 주십시오. 아! 몸매가 정말 아름다우시군요! 고개를 조금 들어 보십시오. 아! 정말 귀여운 얼굴이네요! 눈을 크게 떠보십시오. 아! 얼마나 아름다운 눈인지! 치아를 좀 보여 주시겠습니까? 아! 사랑스러운 치아에 매혹적인 입술이라니! 정말 황홀합니다. 이렇게 매혹적인 분은 본 적이 없어요.

샤를로트 나리, 그렇게 말씀하시는 게 좋으신가 본데, 저를 놀리시려는 게 아닌지요.

동 쥐앙 제가 당신을 놀린다고요? 신이시여, 절대 그런 일은 없도록 해주시길! 당신을 얼마나 좋아하는데, 그럴 리가 없죠. 이건 진심으로 하는 말이랍니다.

샤를로트 그렇다면 정말 감사드려요.

동 쥐앙 천만에요, 제가 드리는 말씀에 고마워하실 필요는 전혀 없습니다. 그건 오로지 당신의 미모 덕분이니까요.

샤를로트 나리, 말씀을 너무 잘하시네요. 저는 나리께 답할 만한 말주변이 없는데요.

동 쥐앙 스가나렐, 아가씨의 손을 좀 봐라.

샤를로트 어머! 나리, 제 손은 뭐라 할 수 없을 만큼 시커먼데요.

동 쥐앙 그게 무슨 말씀이십니까? 세상에서 가장 아름다운 손인데요. 제발 그 손에 입 맞출 수 있게 해주십시오.

샤를로트 나리, 과분하게 대해 주셔서 황송해요. 진즉 알았더라면 겨로 손을 씻고 왔을 텐데.

동 쥐앙 말해 봐요, 아름다운 샤를로트, 아직 결혼은 안 했겠지요?

샤를로트 예, 나리. 하지만 이웃에 사는 시모네트 아줌마의 아들 피아로와 곧 결혼할 거예요.

동 쥐앙 뭐라고요? 당신처럼 아름다운 사람이 겨우 농부의 아내가 되다니요! 안 되지, 안 돼요. 그건 빼어난 미모에 대한 모독입니다. 당신은 시골에 살도록 태어난 사람이 아니에요. 그보다 나은 운명이 찾아와야 마땅한 분이라고요. 그 사실을 잘 알고 계신 하느님께서 저를 이곳까지 일부러 인도하신 겁니다. 이 결혼을 막고 당신의 매력에 합당한 보상을 해주도록 말이지요. 어쨌든 아름다운 샤를로트, 저는 진심으로 당신을 사랑합니다. 당신을 이 초라한 곳에서 끌어내어 당신에게 합당한 자리에 있도록 해드리고 싶어요. 그건 오로지 당신 마음에 달린 일입니다. 이런 사랑이 너무 성급하다 하시겠지요. 하지만 어쩌겠습니까! 당신이 너무 아름답기 때문인걸요. 다른 여자라면 여섯 달이 걸릴 것을, 당신을 보니 15분 만에 사랑에 빠지게 되네요.

샤를로트 나리 말씀을 듣자니 정말이지 어찌할 바를 모르겠네요. 나리가 해주신 말씀, 정말 기뻐요. 곧이곧대로 믿고 싶은 마음이 굴뚝같다고요. 하지만 나리들의 말을 절대 믿어서는 안 된다, 궁정 양반들은 그저 처녀들을 속일 생각밖에 없는 사기꾼들이다, 하는 얘기를 귀에 못이 박히도록 들어 왔거든요.

동 쥐앙 저는 그런 사람이 아닙니다.

스가나렐 그럴 생각이 없으시다고요.

샤를로트 이것 보세요, 나리, 누가 저를 속이는 건 하나도 기쁘지 않아요. 가난한 시골 처녀이지만 지켜야 할 명예가 있다고요. 모욕을 당하느니 차라리 죽어 버리는 게 나을 거예요.

동 쥐앙 아니, 당신 같은 분을 속일 만큼 내 심성이 그리 못됐을 거라는 말인가요? 당신을 모욕할 만큼 비열할 거라고요? 아닙니다, 아니에요, 그런 일은 내 양심이 허락하지 않아요. 샤를로트, 나는 당신을 사랑합니다. 나쁜 의도는 전혀 없어요. 제발 알아주세요. 진심으로 하는 말이라는 걸 입증하기 위해 당신과 결혼할 생각밖에 없답니다. 그보나 너한 증서를 원하시나요? 원하신다면 언세라도 해드릴 준비가 되어 있습니다. 여기 있는 이자를 내 말의 증인으로 세우지요.

스가나렐 그럼요, 아무 걱정 마세요. 나리는 당신이 원한다면 결혼해 드릴 겁니다.

동 쥐앙 아! 샤를로트, 나도 잘 압니다. 당신이 아직 나를 잘 모른다는 걸 말이죠. 하지만 다른 사람들에 비추어 나를 판단하는 건 정말 부당한 일이에요. 세상에는 그저 처녀들을 속이려 드는 음흉한 자들도 있긴 하지만, 나를 그런 치들과 같이 취급하면 안 되죠. 제 맹세의 진실성을 의심해서도 안 되고요. 게다가 당신의 아름다움이 모든 걸 보장해 주고 있잖아요. 당신처럼 아름답게 태어난 사람은 절대 그런 걸 걱정할 필요가 없답니다. 내 말을 믿어요. 당신은 남들에게 속아 넘어갈 사람 같아 보이지 않으니까. 그리고 솔직히 내가 손톱만큼이라도 당신을 배신할 생각을 한다면 이 심장을 수천 번이라도 찔러도 좋습니다.

샤를로트 세상에! 그 말씀이 진실인지 거짓인지는 모르겠지만 당신을 믿을 수밖에 없게 만드시네요.

동 쥐앙 당신이 나를 믿어 주는 건 내 정당함을 인정해 주는 겁니다. 아까 드린 약속을 다시 한 번 하지요. 그 약속을 받아 주시지 않겠습니까? 내 아내가 되어 주시지 않겠느냐고요.

샤를로트 그럴게요. 제 이모님이 허락만 해주신다면요.

동 쥐앙 당신이 그러겠다 하시니, 자 샤를로트, 악수합시다.

샤를로트 하지만 나리, 적어도 저를 속이진 말아 주세요, 제발. 나리께서도 양심이 있으실 거고, 보시다시피 저는 진심이니까요.

동 쥐앙 뭐라고요? 아직도 제 진심을 의심하는 것 같군요! 제가 무시무시한 맹세라도 하기를 원하시는 건가요? 하느님께 ―

샤를로트 세상에나, 아무것도 맹세하지 마세요. 당신을 믿을게요.

동 쥐앙 그러면 약속의 증표로 내게 살짝 입 맞춰 주시지요.

샤를로트 오! 나리, 제발 결혼할 때까지 기다려 주세요. 그 다음엔 당신이 원하시는 만큼 해드릴게요.

동 쥐앙 좋습니다! 아름다운 샤를로트, 뭐든 당신이 원하는 대로 하지요. 손만이라도 내주시겠습니까? 내가 지금 얼마나 황홀한지 무수한 입맞춤으로 표현해 드리죠…….

제3장

동 쥐앙, 스가나렐, 피에로, 샤를로트

피에로 (두 사람 사이에 끼어들어 동 쥐앙을 밀어내며) 진정하세요, 나리, 제발 이러지 마시라고요. 너무 열을 내시다간 늑막염에 걸리실지도 몰라요.

동 쥐앙 (피에로를 거칠게 밀어내며) 누가 이런 건방진 놈을 데려온 거야?

피에로 이러지 마시라고요. 남의 약혼녀를 그렇게 더듬지 마시라니까요.

동 쥐앙 (계속 피에로를 밀치며) 아! 정말 시끄럽구먼!

피에로 제기랄! 사람을 이렇게 밀치시면 안 되죠.

샤를로트 (피에로의 팔을 잡으며) 피아로, 그냥 내버려 둬.

피에로 뭐라고? 그냥 내버려 두라고? 그렇게는 못 해.

동 쥐앙 하!

피에로 기가 차서! 나리랍시고 면전에서 우리 여자들을 더듬으러 온다? 가서 당신 여자들이나 더듬으라고.

동 쥐앙 그래?

피에로 그래. (동 쥐앙이 피에로의 뺨을 때린다) 으앗! 때리지 마세요. (다시 한 대 때린다) 오! 이런! (또 한 대) 이크! (다시 한 대) 제기랄! 빌어먹을! 사람을 때리는 건 나쁜 짓이라고요. 물에 빠져 죽을 뻔한 나리를 구해 드렸는데 이렇게 보답하시면 안 되죠.

샤를로트 피아로, 화내지 마.

피에로 화낼 거야. 그리고 너 말이야, 다른 놈이 수작을 거는데 가만히 있다니 너도 나쁜 년이야.

샤를로트 오! 피아로, 네가 생각하는 그런 게 아니야. 나리가 나랑 결혼하고 싶으시대. 네가 화를 내면 안 된다고.

피에로 뭐라고? 빌어먹을! 너 나랑 약혼했잖아.

샤를로트 그게 무슨 상관인데, 피아로? 네가 날 사랑한다면 내가 귀부인이 되는 걸 좋아해 줘야 하는 거 아니니?

피에로 절대 아니야! 네가 딴 놈에게 가는 걸 보느니 차라리 네가 죽는 꼴을 보는 게 낫겠어.

샤를로트 자, 자, 피아로, 걱정 마. 내가 귀부인이 되면 너한테 돈벌이를 시켜 줄게. 우리 집에 버터와 치즈를 팔러 오라고.

피에로 이런 빌어먹을! 절대 너네 집엔 안 가져가. 값을 두 배로 쳐줘도 안 간다고. 그러니까, 저 작자 말을 그런 식으로 알아들은 거야? 제기랄! 이럴 줄 진즉 알았으면 절대로 물에서 건져 주지 않는 건데. 배 젓는 노로 대가리나 한 대 제대로 갈겨 줬겠지.

동 쥐앙 (피에로를 때리려고 다가가면서) 뭐라고 지껄이는 거지?

피에로 (샤를로트 뒤로 물러나면서) 제기랄! 나는 아무도 무섭지 않다고.

동 쥐앙 (피에로가 있는 쪽으로 넘어가며) 잠깐 기다려 보시지.

피에로 (샤를로트의 반대편으로 다시 넘어가며) 뭐라도 상관없다고.

동 쥐앙 (피에로를 쫓아가며) 어디 좀 보자.

피에로 (다시 샤를로트 뒤로 달아나며) 이미 많이 봤거든요.

동 쥐앙 어이!

스가나렐 저기, 나리, 이 불쌍한 놈은 내버려 두시지요. 저런 놈을 때리는 건 너무하잖아요. 자, 이 가련한 친구야, 물러나라고, 암말 말고.

피에로 (스가나렐 앞을 지나며 동 쥐앙을 향해 거드름을 피우며 말한다) 나는 말을 해야겠다고요.

동 쥐앙 (피에로의 뺨을 때리려고 손을 치켜드는데 피에로가 고개를 숙이는 바람에 스가나렐이 뺨을 얻어맞는다) 아! 내가 본때를 보여 주마.

스가나렐 (고개를 숙여 손찌검을 피한 피에로를 쳐다보며) 이런 나쁜 자식 같으니!

동 쥐앙 그게 네가 베푼 자비의 대가다.

피에로 좋아! 쟤 이모한테 이 짓거리를 다 일러바쳐야지.

동 쥐앙 이제야 내가 누구보다 행복한 남자가 되겠군요. 세상 무엇과도 이 행복을 바꾸시 않을 겁니다. 당신이 내 아내가 된다면 얼마나 기쁠까요! 그리고……

제4장

동 쥐앙, 스가나렐, 샤를로트, 마튀린

스가나렐 (마튀린을 알아보고는) 아! 아!

마튀린 (동 쥐앙에게) 나리, 거기서 샤를로트하고 도대체 뭘 하고 계신 거죠? 샤를로트한테도 사랑 얘길 하고 계셨나요?

동 쥐앙 (마튀린에게 목소리를 낮추어) 아니, 그 반대예요. 저 여자가 내 아내가 되고 싶다 하기에 이미 당신과 혼약을 했다고 대답하던 중이었죠.

샤를로트 마튀린이 나리께 도대체 뭘 바라는 거죠?

동 쥐앙 (샤를로트에게 목소리를 낮추어) 내가 당신하고 얘기하는 걸 보고 질투하는 겁니다. 나와 결혼하고 싶다는 거지. 하지만 내가 원하는 건 당신이라고 말해 주었소.

마튀린 뭐라고요? 샤를로트가 —

동 쥐앙 (마튀린에게 목소리를 낮추어) 무슨 말을 해도 소용없을 겁니다. 머릿속에 그 생각이 꽉 박혀 있으니.

샤를로트 그러니까 뭐예요! 마튀린이 —

동 쥐앙 (샤를로트에게 목소리를 낮추어) 말해 봐야 소용없어요. 제멋대로 상상하는 걸 절대 못 말릴 겁니다.

마튀린 그러니까 —

동 쥐앙 (마튀린에게 목소리를 낮추어) 이치에 따르도록 할 방법이 없군.

샤를로트 제가 바라는 건 —

동 쥐앙 (샤를로트에게 목소리를 낮추어) 악마들처럼 고집불통이라니까.

마튀린 정말이지 —

동 쥐앙 (마튀린에게 목소리를 낮추어) 아무 말 말아요. 미친 여자라니까.

샤를로트 제 생각엔 —

동 쥐앙 (샤를로트에게 목소리를 낮추어) 내버려 둬요, 괴상한 여자라니까.

마튀린 아니에요, 내가 샤를로트한테 얘기해야겠어요.

샤를로트 마튀린이 뭐라 하는지 좀 봐야겠다고요.

샤를로트 난 —

동 쥐앙 (마튀린에게 목소리를 낮추어) 내 장담컨대, 저 여잔 내가 결혼을 약속했다고 할 겁니다.

마튀린 뭐라고 —

동 쥐앙 (샤를로트에게 목소리를 낮추어) 저 여잔 틀림없이 이럴 겁니다. 내가 자기를 아내로 삼기로 약속했다고.

마튀린 이봐, 샤를로트, 남의 자릴 빼앗으려 드는 건 나쁜 짓이야.

샤를로트 마튀린, 나리가 나하고 얘기하신다고 질투하면 안 되지.

마튀린 나리가 먼저 본 건 나라고.

샤를로트 나리가 너를 먼저 봤다 해도 두 번째론 나를 보셨고 나한테 결혼을 약속하셨지.

동 쥐앙 (마튀린에게 목소리를 낮추어) 그것 봐요! 내가 뭐라고 했어요?

마튀린 정말 미안한데 나리가 결혼을 약속한 건 네가 아니라 나거든.

동 쥐앙 (샤를로트에게 목소리를 낮추어) 그럴 거라고 했지요?

샤를로트 다른 사람들한테나 그래 보시지. 분명히 말하지만 나라고.

마튀린 사람을 우습게 아는구나. 다시 한 번 말하지만 나란 말이야.

샤를로트 내 말이 사실인지 아닌지는 여기 나리께서 말씀해주실 거야.

마튀린 내 말이 거짓이라면 여기 나리께서 그게 아니라고 해주실 거야.

샤를로트 나리, 이 여자에게 결혼을 약속하셨나요?

동 쥐앙 (샤를로트에게 목소리를 낮추어) 날 놀리는 건가요?

마튀린 나리, 이 여자의 남편이 되겠다고 약속하신 게 사실인가요?

동 쥐앙 (마튀린에게 목소리를 낮추어) 어떻게 그런 생각을 할 수가 있어요?

샤를로트 보세요, 저렇게 우기고 있잖아요.

동 쥐앙 (샤를로트에게 목소리를 낮추어) 그냥 내버려 둬요.

마튀린 저렇게 우겨 대는 걸 직접 보고 계시잖아요.

동 쥐앙 (마튀린에게 목소리를 낮추어) 뭐라 하든 그냥 둬요.

샤를로트 아뇨, 안돼요, 진실을 알아야겠어요.

마튀린 진실을 가려야 한다니까요.

샤를로트 그래, 마튀린, 나리께서 네가 얼마나 어리석은지 알려 주셨으면 좋겠구나.

마튀린 그래, 샤를로트, 나리께서 네 코를 납작하게 만들어 주셨으면 좋겠구나.

샤를로트 나리, 제발 이 싸움을 끝장내 주세요.

마튀린 우리가 합의할 수 있게 해달라고요, 나리.

샤를로트 (마튀린에게) 두고 보면 알 거야.

마튀린 (샤를로트에게) 너야말로 두고 보면 알 거야.

샤를로트 (동 쥐앙에게) 말씀해 주세요.

마튀린 (동 쥐앙에게) 말씀해 달라고요.

동 쥐앙 (당황해서 두 사람에게 말한다) 내가 무슨 얘길 해주길 바라는 겁니까? 두 사람 다 내가 아내로 삼겠단 약속을 했다고 똑같이 주장하고 있어요. 내가 더 이상 설명하지 않아도 두 분 모두 각기 사실을 알고 있지 않나요? 어째서 내게 똑같은 말을 되풀이해 달라고 강요하는 거죠? 내가 실제 결혼을 약속한 분은 상대가 하는 말을 무시해 버릴 수 없는 건가요? 내가 약속을 지키기만 한다면 걱정할 필요가 있느냐 이 말입니다. 아무리 말을 해봐야 일이 진척되진 않아요. 말이 아니라 행동을 해야지. 말보다는 행동으로 결정하는 편이 낫단 말입니다. 그러니 당신들을 합의시키려 드는 게 뭐가 중요하겠습니까? 결혼할 때가 되면 둘 중 누가 내 마음을 사로잡았는지 알게 될 텐데요. (마튀린에게 목소리를 낮추어) 자기 마음대로 생각하게 내버려 둬요. (샤를로트에게 목소리를 낮추어) 멋대로 상상하고 좋아하게 내버려 둬요. (마튀린에게 목소리를 낮추어) 당신을 사랑해요. (샤를로트에게 목소리를 낮추어) 나는 온전히 당신 것이라오. (마튀린에게 목소리를 낮추어) 당신 곁에 있으면 누구나 못생겨 보인다오. (샤를로트에게 목소리를 낮추어) 당신을 보고 나면 다른 여자들은 더 이상 봐줄 수가 없어요. 아, 좀 시킬 일이 있어서, 난 15분 후에 돌아오겠어요.

샤를로트 (마튀린에게) 어쨌든 저분이 사랑하는 건 나야.

마튀린 저분은 나랑 결혼할 거라고.

스가나렐 아, 가련한 처자들! 당신들의 순진함이 가엾군요. 불행을 쫓아가는 꼴을 도저히 보고 있을 수 없을 정도예요. 둘 다 내 말 잘 들어요. 나리가 하는 꿈같은 소리에 놀아나지 말고 이 마을에 그냥들 계세요.

동 쥐앙 (돌아오면서) 스가나렐은 왜 따라오지 않는 거지?

스가나렐 우리 주인은 사기꾼이에요. 당신들을 속일 생각밖에 없다고요. 여러 다른 여자들을 속여 왔죠. 아무 여자하고나 결혼하려 드는 자 — (동 쥐앙을 보고는) 라고 하면 거짓이죠. 누구든 그런 말을 하면 거짓말이라고 해줘야 해요. 우리 주인님은 아무 여자하고나 결혼하는 분도 아니고, 사기꾼도 아니고, 당신들을 속일 생각도 없고, 다른 여자들을 속인 적도 없어요. 아! 저기 오시네요. 차라리 직접 물어보시지요.

동 쥐앙 그럼.

스가나렐 나리, 세상에 남을 헐뜯는 자들이 들끓는지라 제가 선수를 좀 쳤습지요. 저 처녀들한테, 누군가 와서 나리의 험담을 하면 절대 믿어서는 안 된다, 그리고 꼭 거짓말 말라고 해줘야 한다, 이렇게 얘기해 주는 중이었습니다.

동 쥐앙 스가나렐.

스가나렐 예, 나리는 점잖은 분입니다. 제가 보증하지요.

동 쥐앙 음!

스가나렐 그런 자들은 버릇없는 놈들이라고요.

제5장

동 쥐앙, 라 라메, 샤를로트, 마튀린, 스가나렐

라 라메 나리, 여기 계시면 좋지 않다는 걸 알려 드리러 왔습니다.

동 쥐앙 뭐라고?

라 라메 말을 탄 열두 명의 사내들이 나리를 찾고 있습니다.

잠시 후면 이곳에 도착할 겁니다. 어떻게 저들이 나리를 추적해 왔는지는 모르겠습니다만, 어느 농부에게서 이 소식을 들었습니다. 저들이 그 농부에게 이런저런 것들을 물어보고 나리의 인상착의를 말했답니다. 상황이 급박합니다. 한시바삐 이곳을 떠나시는 게 상책일 겁니다.

동 쥐앙 (샤를로트와 마튀린에게) 급한 일로 이곳을 떠날 수밖에 없게 되었습니다. 하지만 제가 드린 약속을 꼭 기억해 주시고, 내일 저녁이 되기 전에 제 소식을 전해 드릴 테니 절 믿어 주십시오. 수적으로 열셋이니 계략을 써서 내게 다가오는 불행을 피해야겠다. 스가나렐이 내 옷을 입고 나는 ─

스가나렐 나리, 농담이시겠죠. 저한테 나리 옷을 입혀 죽으라고 내버려 두시다니 ─

동 쥐앙 서둘러라, 네게 큰 영예를 베풀어 주는 것 아니냐. 주인을 위해 죽는 영광을 누릴 수 있는 자는 복되도다.

스가나렐 그런 영예, 고맙기도 하셔라. 오, 하느님, 목숨이 달린 일이니 당신의 은총을 내려 주시어 다른 사람으로 오인받지 않게 해주소서!

제3막

제1장

동 쥐앙(촌부 차림으로), 스가나렐(의사 차림으로)

스가나렐 나리, 제 말이 딱 맞았다고 해주셔야죠. 둘 다 끝내주게 변장을 했잖습니까. 나리가 애초에 계획하셨던 건 진짜 별로였다고요. 이렇게 하니까 나리가 하시려던 것보다 우리 모습을 더 잘 감출 수 있게 됐잖아요.

동 쥐앙 그래, 네놈한테 정말 잘 어울리는구나. 도대체 어디서 그 우스꽝스러운 도구 일습을 찾아낸 거냐?

스가나렐 예? 이건 제가 간 곳에 저당 잡혀 있던 늙은 의사의 옷인데요, 구하느라 돈 좀 들였죠. 그런데 나리 그거 아세요? 이 옷을 입은 것만으로도 존경을 받게 되더라고요. 만나는 사람들마다 인사를 하고, 제가 무슨 학식 있는 사람이라도 되는 양 진찰을 받으러 오더라니까요.

동 쥐앙 뭐라고? 그래서?

스가나렐 농부들과 아낙네들 대여섯 명이 제가 지나가는 것을 보더니 이런저런 질병에 대해 물어보더라고요.

동 쥐앙 그래서 아무것도 모른다고 대답했느냐?

스가나렐 제가요? 절대 아니죠. 제가 입고 있는 옷의 명예는 지키고 싶었거든요. 그래서 병에 대해 나름 생각을 해서 각기 처방을 내려 주었죠.

동 쥐앙 어떤 약을 처방해 주었는데?

스가나렐 그야 나리, 제가 주위들은 것들 중 골라 가지고는 닥치는 대로 처방을 해주었습죠. 만일 병자들이 나아서 고맙다는 인사라도 하러 온다면 재미있을 것 같은데요.

동 쥐앙 그러지 말란 법도 없지. 다른 의사들이 모두 가진 특권을 네가 못 가질 이유가 어디 있겠어? 병자들을 고치는 일에 너보다 나을 것도 없다고. 그들의 기술이라 해봤자 얼굴을 찌푸리는 것밖에 더 있겠어? 다행히 치료가 되면 그 공을 챙기는 것 말고는 하는 일이 없지. 그러니 너도 그 의사들처럼 환자의 행운을 이용해서 모든 걸 네 약의 공으로 돌릴 수 있다는 거야. 사실 치료야 자연의 힘에다가 우연이 호의적으로 작용해서 이루어지는 거지.

스가나렐 뭐라고요? 그럼 나리께선 의술도 믿지 않으시는 건가요?

동 쥐앙 의술이라는 건 인간들 사이에서 저질러지는 가장 큰 오류 가운데 하나지.

스가나렐 뭐라고요? 그럼 나리께선 관장제 센나[41]도, 계피[42]도, 구토제도 안 믿으시나요?

동 쥐앙 어째서 내가 그런 걸 믿길 바라는 거지?

---

41 *séné*. 식물의 한 종류. 그 잎이 완하제(緩下劑)로 쓰인다.
42 계피 역시 완하제로 쓰이며 감기 해열제나 지절통, 복통 등에도 쓰인다.

스가나렐 정말이지 아무것도 안 믿으시는군요. 하지만 아시잖아요. 얼마 전부터 구토제가 효험이 좋다고들 하던데. 절대 믿지 않던 사람들도 그 기적 같은 효험을 보고는 마음을 돌렸다고 하던데요. 저만 해도 그 놀라운 효과를 직접 본 지가 3주도 채 안 되었다고요.

동 쥐앙 그래, 어떤 효험인데?

스가나렐 엿새 동안 사경을 헤매고 있는 사람이 있었어요. 더 이상 무슨 처방을 해야 할는지도 모르고, 아무 약도 듣지 않는 상황이었죠. 그래서 결국 구토제를 주기로 했답니다.

동 쥐앙 그래서 살아났다 이거냐?

스가나렐 아니요, 죽었습니다.

동 쥐앙 효험 한번 대단하구먼.

스가나렐 뭐라고요? 엿새 동안 내내 죽지를 못했는데 단박에 죽게 해주었다니까요. 이보다 더 효과적인 걸 어떻게 바라겠어요?

동 쥐앙 네 말이 맞는구나.

스가나렐 하지만 나리께서 전혀 믿지 않으시는 의술 얘기는 그만하고 다른 얘기를 해보지요. 이 옷을 입고 있으니 생각이 떠올라서 주인님께 맞서 토론을 해보고 싶어지네요. 제게 금하신 건 훈계뿐이고 토론은 허락하셨잖아요.

동 쥐앙 그래서?

스가나렐 나리의 생각을 좀 더 깊이 알고 싶단 말입니다. 나리께선 하느님을 전혀 믿지 않으신다 하셨는데, 그게 가능한 일인가요?

동 쥐앙 그 문제는 내버려 두지.

스가나렐 그러니까 안 믿으신다는 거군요. 그럼 지옥은요?

동 쥐앙 에!

스가나렐 그것도 매한가지다. 그럼 악마도요?

동 쥐앙 그래그래.

스가나렐 그것도 거의 믿지 않으신다. 그럼 저세상도 전혀 믿지 않으시나요?

동 쥐앙 아! 아! 아!

스가나렐 정말 회심시키기 어려운 분이로군요. 그럼 말씀 좀 해주세요. 유령은 믿으세요? 예?

동 쥐앙 이 미련 곰퉁이 같은 놈아!

스가나렐 그건 도저히 받아들일 수가 없네요. 유령보다 확실한 건 없거든요. 제 목이라도 내놓겠어요. 그래도 세상에서 무언가를 믿어야 한다면 나리는 무엇을 믿으시겠어요?

동 쥐앙 내가 믿는 거?

스가나렐 예.

동 쥐앙 내가 믿는 건 2 더하기 2는 4에, 4 더하기 4는 8이라는 거야.

스가나렐 정말 훌륭한 신앙에 대단한 교리군요! 제가 보기에 나리의 종교는, 그러니까 산술이네요? 사람들 머릿속에는 이상한 광기가 들어앉아 있고, 많이 배우면 배울수록 대개는 더 어리석어진다고 해야겠어요. 저는 다행히 나리처럼 배우지도 않았고, 제게 무언가를 가르쳤다 뽐낼 수 있는 사람은 아무도 없을 겁니다. 하지만 짧은 감각과 판단만으로도 온갖 책보다 사물을 더 잘 본답니다. 그리고 눈앞에 보이는 이 세상이 하룻밤 사이에 저절로 생겨난 버섯 같은 게 아니라는 걸 잘 알고 있지요. 나리께 묻고 싶습니다. 저 나무와 바위들, 이 땅, 저 높은 하늘은 누가 만든 걸까요? 이 모든 게 저절로 생겨났을까요? 가령 나리가 지금 여기 계십니다. 나리께선 저 혼자 생겨나셨나요? 나리께서 생겨나기 위해 나리의 아버님께서 어머님을 수태시키셔야 하지 않았던가요? 사람의 몸을 구성하고 있는 이 모든 신의 발명품들을 볼 때마다 그것들이 어떻게 이리 잘 짜 맞춰져 있는지 감탄하지 않으실 수 있느냐 말입니다. 이 신경과 이 뼈와 이 핏줄과 이 동맥과, 이…… 이 허파, 이 심장, 이 간, 그리고 이 모든 다른 장기들, 몸속에 있는…… 그리고…… 아, 제기랄! 뭐라고 한마디 해주세요. 나리께서 제 얘기에 끼어들지 않으시면 토론을 할 수가 없잖아요. 일부러 아무 말씀 안 하시면서 고약스럽게 저만 떠들라고 내버려 두고 계시는 거죠?

동 쥐앙 네 주장이 끝나길 기다리고 있는 거다.

스가나렐 제가 주장하는 것은, 나리께서 뭐라 하시건 간에, 인간에게는 그 어떤 학자도 설명할 수 없는 무언가 감탄할 만한 것이 있다는 겁니다. 제가 여기 이렇게 있고, 제 머릿속에 무언가가 있어서 여러 가지를 한꺼번에 생각할 수 있다는 것, 머리가 원하는 대로 몸을 움직이게 만들 수 있다는 것, 정말 놀라운 일 아닌가요? 제가 손뼉을 치고 싶을 때, 팔을 올리거나 눈을 들어 하늘을 보거나 고개를 숙이거나 발을 움직이고 싶을 때, 오른쪽으로 가거나 왼쪽으로 가거나 앞으로 가거나 뒤로 가거나 돌아서고 싶을 ─
(돌아서다가 넘어진다)

동 쥐앙 그것 봐라! 네 주장이 엎어져 코가 깨지는구나.

스가나렐 젠장! 나리와 토론하며 시간을 죽이다니 제가 어리석은 놈이죠. 나리 믿고 싶은 대로 믿으세요. 반드시 지옥에 떨어지실 겁니다!

동 쥐앙 그런데 억지 논리를 펴다가 우리가 길을 잃은 것 같다. 저기 있는 사내를 불러 봐. 길 좀 묻게.

스가나렐 어이! 저기, 아저씨! 여보게! 어이, 친구! 말 좀 물읍시다.

제2장

동 쥐앙, 스가나렐, 거지

스가나렐 도시로 가는 길을 좀 가르쳐 주시오.

거지 이 길을 쭉 따라가시면 됩니다. 그런 다음 숲이 끝나는 데서 오른쪽으로 돌아가세요. 하지만 조심하셔야 합니다. 얼마 전부터 이 근처에 도적들이 나타난다더라고요.

동 쥐앙 고맙네, 신심으로 감사하네.

거지 괜찮으시면 제게 적선을 좀 해주시겠습니까?

동 쥐앙 아! 이제 보니 뭘 바라고 그런 얘길 해준 거였구먼.

거지 나리, 저는 10년 전부터 이 숲에 은둔해 살고 있는 빈자입니다. 나리에게 만복을 내려 주시기를 하느님께 잊지 않고 기도드리겠습니다.

동 쥐앙 어이! 남의 일에 상관 말고 네 옷이나 한 벌 내려 달라고 기도하시지.

스가나렐 이봐요, 당신은 우리 나리를 몰라. 이분은 2 더하기 2는 4에, 4 더하기 4는 8이라는 것밖에 안 믿는 분이라고.

동 쥐앙 이 숲 속에서 뭘 하고 지내나?

거지 제게 적선을 해주시는 선한 분들이 잘되라고 하루 종일 하느님께 기도하며 지내지요.

동 쥐앙 그렇다면 자네가 편안하지 않을 리가 없잖아?

거지 아! 나리 저는 더할 나위 없이 곤궁합니다.

동 쥐앙 농담이겠지. 하루 종일 하느님께 기도하는 사람인데 자기 일이 잘 안될 턱이 없잖아.

거지 정말입니다, 나리. 빵 한 조각 씹을 수 없는 날이 허다하다니까요.

동 쥐앙 거참 이상하네, 네 정성을 잘 알아봐 주시질 않는가 보구나. 아! 내가 곧 네게 금화 한 닢을 주도록 하지, 네가 신을 모독하기만 한다면 말이야.

거지 아! 나리, 제가 그런 죄를 짓기를 원하시는 겁니까?

동 쥐앙 네가 금화 한 닢을 얻고 싶은지 아닌지만 보면 돼. 여기 금화가 있다. 네가 저주를 하면 주지. 자, 저주를 해야 한다고.

거지 나리!

동 쥐앙 저주하지 않으면 못 갖는 게다.

스가나렐 자, 조금만 저주를 해봐, 별로 나쁠 것도 없다고.

동 쥐앙 자, 가져, 여기 있다고. 가지라니까. 하지만 그러려면 저주를 해.

거지 안 됩니다, 나리, 차라리 굶어 죽는 편이 낫겠습니다.

동 쥐앙 자, 인간에 대한 사랑으로 네게 주마. 그런데 저게 뭐지? 셋에서 한 사람을 공격하다니! 편이 너무 기울잖아. 저런 비열한 행동은 봐줄 수 없지. (사람들이 싸우는 곳으로 달려간다)

제3장

동 쥐앙, 동 카를로스, 스가나렐

스가나렐 자기와 아무 상관도 없는 위험에 뛰어들다니 우리 나리는 정말 미쳤어. 그런데 세상에나! 도와준 보람이 있네. 둘이서 세 사람을 쫓아내다니.

동 카를로스 (손에 칼을 든 채) 도적들이 달아나네요. 제게 너무도 큰 도움을 주셨습니다. 이리도 고귀한 행동에 감사를 드리고 싶습니다. 그리고 —

동 쥐앙 (칼을 든 채 돌아오며) 아닙니다. 제가 그러한 상황에 처했다면 당신도 그리하셨을 텐데요. 이건 우리의 명예가 걸려 있는 일 아닙니까. 저 비열한 악당들의 행동에 맞서지 않았다면 저자들 편을 드는 거나 매한가지였을 겁니다. 그런데 어쩌다가 저런 자들한테 걸려드신 겁니까?

동 카를로스 어떻게 하다 보니 동생과 일행들로부터 떨어져 길을 잃있습니다. 그들을 찾아 헤매다가 저 도적들을 만난 거죠. 저자들은 먼저 제 말을 죽이더군요. 당신이 용감하게 도와주지 않았더라면 저도 똑같이 당했을 겁니다.

동 쥐앙 도시 쪽으로 가시려던 참이었나요?

동 카를로스 예, 하지만 도시에 들이갈 생각은 없습니다. 우리 형제는 귀족으로서 가문의 명예를 지키기 위해 스스로를 희생할 수밖에 없는 그런 유감스러운 일 때문에 이곳을 떠나지 못하고 있습니다. 아무리 기분 좋게 성공을 해도 누군가는 죽어야 하고, 목숨을 잃지 않는다면 왕국을 떠나야 하는 그런 일이죠. 이런 점에서 귀족은 불행한 상황에 놓여 있다고 생각합니다. 제아무리 신중하고 정직하게 행동해도 안심할 수가 없고, 타인이 무절제하게 행동하면 명예의 법칙에 따라야 하니까요. 우리의 생명과 안식과 재산은 모두 누군가 무모한 자에게 달려 있다 할 수 있습니다. 언제가 될지는 모르나 그런 자가 모욕을 가해 오면 귀족으로서 목숨을 걸고 맞서 싸워야 할 테니까요.

동 쥐앙 장난삼아 우리에게 모욕을 가해 오려는 자들을 똑같은 위험에 빠뜨리고 고생시킬 수 있는 특권도 있잖습니까. 어떤 일로 그러시는지 여쭤 보면 실례가 될까요?

동 카를로스 더 이상 감출 일도 아닙니다. 일단 모욕을 당하고 나면 우리는 가문의 명예에 가해진 수치를 감추려 하지 않거든요. 복수하겠다는 뜻을 분명히 하고 심지어 그 계획을 널리 알리기까지 합니다. 그러니 당신께 숨김없이 말씀드리지요. 우리는 여동생이 당한 모욕에 대해 복수를 하려는 것입니다. 수녀원에 있던 그 애를 어떤 자가 유혹해 데려가 버렸죠. 이런 모욕을 가한 자는 동 루이 테노리오의 아들인 동 쥐앙 테노리오입니다. 우리는 며칠 전부터 그자를 찾고 있었는데, 그자가 오늘 아침 네댓 사람과 함께 말을 타고 이쪽으로 길을 잡아 떠났다는 하인의 보고를 듣고는 뒤를 쫓아온 겁니다. 하지만 모든 게 헛수고였어요. 그자의 행방을 찾을 수가 없었습니다.

동 쥐앙 지금 말씀하신 동 쥐앙이라는 자를 아십니까?

동 카를로스 저는 모릅니다. 한 번도 본 적이 없어요. 동생으로부터 그 생김새를 전해 들었을 뿐입니다. 그런데 평판이 정말 좋지 않더군요. 사는 게 —

동 쥐앙 그만하시지요. 그는 제 친구라 할 수 있는 사람입니다. 그를 비난하는 말을 듣고 있는 건 저로서는 비겁한 일이 될 겁니다.

동 카를로스 당신을 위해 아무 말도 하지 않겠습니다. 생명의 은인이신 당신께 진 빚에 비하면 그야 아무것도 아니지요. 당신이 알고 계시다는 그자에 대해서는 비난밖에 할 수 없으니 말입니다. 하지만 당신이 그자의 친구라 하더라도, 감히 바라건대 그자의 행동이 옳다고도, 우리가 복수하려는 것이 지나치다고도 생각지 말아 주십시오.

동 쥐앙 그럼요, 어떻게든 당신을 도와 불필요한 수고를 덜어 드리고 싶습니다. 제가 동 쥐앙의 친구라는 건 어쩔 수 없는 일이지만 그가 귀족들을 모욕하고도 벌을 받지 않는 건 당치 않은 일입니다. 제가 약속드리죠. 그가 당신들께 모욕의 대가를 치르도록 해드리겠습니다.

동 카를로스 이런 모욕에 대해 어떤 대가를 치를 수 있단 말입니까?

동 쥐앙 당신의 명예를 위한 것이라면 무엇이든지요. 더 이상 수고스럽게 동 쥐앙을 찾지 마십시오. 당신이 원하는 시간에, 원하는 장소로, 반드시 그를 데리고 가겠습니다.

동 카를로스 모욕을 당한 마음에 참으로 큰 희망을 주시는군요. 하지만 이렇게 은혜를 입은 당신을 결투의 상대로 대해야 하다니 정말 고통스러울 것 같습니다.

동 쥐앙 동 쥐앙은 저와 절친한 사이라서 제가 싸우지 않으면 그도 싸우지 않을 겁니다. 어쨌든 제가 확실히 책임을 질 테니 그가 언제 나타나면 좋을지 말씀만 해주시면 됩니다.

동 카를로스 잔인한 운명이군요! 생명의 은인이신 당신이 하필 동 쥐앙의 친구라니!

제4장

동 알롱스와 일행 세 사람, 동 카를로스, 동 쥐앙, 스가나렐

동 알롱스 거기서 말에 물을 먹여 데려오너라. 나는 좀 걷고 싶다. 오, 하느님! 이게 무슨 일입니까! 형님, 우리의 철천지원수와 같이 계시다니요!

동 카를로스 우리의 철천지원수라니?

동 쥐앙 (세 걸음 뒤로 물러선 후 거만하게 칼집에 손을 얹고서) 그렇소, 내가 바로 동 쥐앙이오. 수적으로 열세라 한들 내 이름을 감추진 않겠소.

동 알롱스 아! 이 악당, 너란 놈은 죽어야 ―

동 카를로스 아! 아우야, 멈춰라. 그자는 내 생명의 은인이다. 그가 도와주지 않았다면 나는 도적놈들 손에 죽었을 거야.

동 알롱스 그런 이유 때문에 복수를 그만두라는 말씀이십니까? 원수에게 어떤 도움을 받았건 마음까지 얽매일 가치는 없는 겁니다. 또한 은혜에 대한 도리는 모욕의 경중에 따라 정해질진대 형님의 감사하는 마음은 터무니없는 겁니다. 명예가 목숨보다 훨씬 소중한 것이니, 우리의 명예를 앗아 간 자가 생명을 구해 주었다 한들 우린 아무 은혜도 입지 않은 거나 마찬가지란 말입니다.

동 카를로스 아우야, 귀족으로서 그 둘을 구별해야 한다는 건 나도 안다. 그리고 입은 은혜에 고마워한다고 해서 모욕에 대한 내 원한이 사라진 건 절대 아니다. 하지만 저자가 내게 내어 준 것을 이 자리에서 돌려줄 수 있게 해다오.

우리의 복수를 뒤로 미룸으로써 내가 저자에게 진 생명의 빚을 즉시 갚고, 저자로 하여금 선행의 결실을 며칠만이라도 자유로이 누릴 수 있게 해주자는 말이다.

동 알롱스 아니요, 안 됩니다. 복수를 미룬다는 건 복수 자체를 위태롭게 하는 겁니다. 기회가 다시 오지 않을 수도 있다고요. 하늘이 우리에게 복수할 기회를 내려 주셨으니 그걸 이용해야 합니다. 명예에 치명적인 손상을 입었을 때는 절도를 지키겠단 생각을 하면 안 되지요. 힘을 보탤 마음이 없으시면 그냥 뒤로 물러나서 저자를 희생시키는 영예를 제게 맡겨 주십시오.

동 카를로스 아우야, 제발 —

동 알롱스 다 부질없는 얘기들입니다. 저자는 죽어야만 한다고요.

동 카를로스 아우야, 내가 그만두라고 했다. 누구라도 그의 생명을 해치는 것은 절대 용납하지 않을 게다. 하늘에 맹세코, 상대가 누구든 난 그를 지킬 거야. 그가 구해 준 이 생명으로 그의 방벽이 되어 줄 거란 말이다. 그러니 네가 공격을 하려면 먼저 나를 찔러야 할 거다.

동 알롱스 뭐라고요? 제게 맞서 우리 원수 편을 드시다니요. 저자를 보고 저와 똑같이 격노하셔야 할 형님이 저자를 이토록 유순하게 대하시다니요!

동 카를로스 아우야, 정당한 행동을 할 때는 절도 있는 태도를 보이도록 하자. 명예에 대한 복수를 하는 일에 너처럼 흥분해서는 안 되지. 용기를 갖되 우리가 제어할 수 있고 절대 야만스럽지 않은, 맹목적 분노에 휘둘리는 게 아니라 심사숙고한 후에야 나서는 그런 용기를 갖잔 말이다. 원수에게 빚을 진 채로 있고 싶진 않다, 아우야. 나는 그에게 은혜를 입었고, 무엇보다 먼저 그걸 갚아야 한다. 복수를 미룬다고 해서 그 빛이 바래지는 않을 터, 오히려 복수에 더 유리해질 거다. 그를 잡을 기회가 있었다는 사실 때문에 우리 복수의 정당함이 만천하에 드러날 거란 말이다.

동 알롱스 이렇게 말도 안 되게 나약하고 끔찍이도 무분별하실 수가 있나요! 말도 안 되는 은혜를 갚겠다는 터무니없는 생각으로 명예를 위태롭게 하다니요!

동 카를로스 아니다, 아우야, 염려하지 마라. 내가 잘못하고 있는 거라면 반드시 바로잡을 수 있을 거다. 내 책임지고 우리의 명예를 지키도록 하마. 명예를 위해 우리가 무얼 해야 하는지는 잘 알고 있다. 보은하려는 마음으로 이렇게 하루를 미룸으로써 명예를 지키려는 내 열의는 한층 더 뜨겁게 타오를 것이다. 동 쥐앙, 보시다시피 당신에게 받은 은혜를 내 이리 애써서 돌려 드리니, 차후 일도 이로써 판단해야 할 것이오. 내 빚진 것을 똑같은 열의로 갚았다는 것, 당신의 선행뿐 아니라 모욕에 대해서도 그대로 갚아 주리라는 것을 알아 두셔야겠소. 여기서 당신 생각을 말해 보라 강요하고 싶지는 않소. 충분히 생각한 연후에 당신이 어떻게 할지 결심하도록 하시오. 우리에게 얼마나 엄청난 모욕을 주었는지 잘 알고 있을 테니 어떻게 보상해야 할지 당신 스스로 판단해 보시오. 우리를 만족시키는 데는 온건한 방법도 있을 것이고, 격렬하고 피비린내 나는 방법도 있을 것이오. 어떤 선택을 하든 간에 동 쥐앙 자신이 보상토록 하겠다고 내게 약속을 했소. 부디 그렇게 해주시오. 그리고 잊지 마시오. 일단 이곳을 벗어나면 나는 오로지 명예만을 지킬 것이오.

동 쥐앙 나는 당신에게 아무것도 요구하지 않았소. 내가 약속한 건 지키겠소.

동 카를로스 가자, 아우야. 잠깐 온정을 베푼다고 해서 우리의 엄격한 의무를 저버리는 것은 아니니.

제5장

동 쥐앙, 스가나렐

동 쥐앙 어이, 스가나렐!

스가나렐 뭐라 하셨죠?

동 쥐앙 뭐라? 이놈, 내가 공격당하고 있는데 도망을 가?

스가나렐 용서하십시오, 나리. 근처에 있었을 뿐입니다. 제 생각엔 이 옷이 설사약 노릇을 하는 것 같아요. 이 옷을 입는 게 설사약을 먹는 것과 같난 말씀이죠.

동 쥐앙 이 망할 놈! 네 비겁함을 숨기려면 좀 더 그럴듯하게 하든가. 내가 생명을 구해 준 자가 누군지 아느냐?

스가나렐 저요? 저야 모르죠.

동 쥐앙 엘비르의 오빠야.

스가나렐 누구라 —

동 쥐앙 상당히 점잖은 사람이더군, 훌륭한 처신이었어. 그런 사람과 말썽이 생기다니 유감인걸.

스가나렐 만사를 원만히 해결하는 거야 어렵지 않을 텐데요.

동 쥐앙 그렇긴 하지. 하지만 엘비르에 대한 내 애정이 완전히 식어 버린걸. 결혼이라는 건 전혀 성미에 맞질 않아. 너도 알다시피 난 사랑에 있어서는 자유로운 게 좋거든. 사방으로 막힌 벽 안에 마음을 가둬 둘 수가 없다고. 네게 여러 번 말했다만, 천성적으로 마음이 끌리는 것에는 그냥 끌려가도록 내버려 두는 편이니. 내 마음은 모든 아름다운 여자들의 것이야. 어느 여자건 돌아가며 이 마음을 가져다가 능력껏 간직할 수 있지. 그건 그녀들에게 달린 일이야. 그런데 저기 나무들 사이로 보이는 멋진 건물은 뭐지?

스가나렐 저게 뭔지 모르세요?

동 쥐앙 정말 모르겠는데.

스가나렐 그러세요! 저건 그때 그 기사가 나리 손에 죽으면서 만들게 한 무덤이라고요.

동 쥐앙 아! 그렇구나. 그게 이쪽에 있는 줄은 몰랐네. 이 묘지와 기사의 석상이 아주 훌륭하다고 다들 그러던데, 가서 보고 싶구나.

스가나렐 나리, 절대 가지 마세요.

동 쥐앙 왜지?

스가나렐 자기가 죽인 사람을 보러 가는 건 예의에 어긋나는 짓이라고요.

동 쥐앙 그 반대지. 그에 대한 예의로 가보려는 거거든. 그가 신사라면 기꺼이 받아 줘야지.

무덤이 열리자 멋진 영묘(靈廟)와 기사의 석상이 보인다.

스가나렐 아! 정말 아름답네요! 아름다운 석상들! 아름다운 대리석! 아름다운 기둥들! 아! 정말 아름답다고요! 나리 생각은 어떠세요?

동 쥐앙 죽은 사람의 야망이 이보다 지나칠 수 있을까. 정말 놀라운 건 그저 평범한 집에서 살던 인간이 집을 쓰지도 못할 때를 위해서 더 근사한 집을 원한다는 거야.

스가나렐 여기 기사의 석상이 있네요.

동 쥐앙 이런! 로마 황제의 옷 같은 걸 입고 있으니 좋아 보이는군!

스가나렐 세상에, 나리, 정말 잘 만들어졌네요. 살아서 말을 할 것 같아요. 우리를 쳐다보는데, 저 혼자였다면 겁이 났겠죠. 우릴 보는 게 즐겁지 않은 눈치인데요.

동 쥐앙 그렇다면 잘못이지. 내가 그에게 예를 표하러 왔는데 그걸 제대로 받아 주지 않는 게 되잖아. 나와 같이 식사하러 오지 않겠느냐고 물어봐라.

스가나렐 그럴 필요까진 없을 것 같은데요.

동 쥐앙 물어보라고 했잖느냐.

스가나렐 농담이시죠? 석상에게 말을 걸다니 미친 짓이에요.

동 쥐앙 시키는 대로 해.

스가나렐 이게 무슨 이상한 짓이람! 석상 나리…… 저도 제가 하는 짓이 우습지만 주인님이 그렇게 시키신 거라고요. 석상 나리, 제 주인이신 동 쥐앙 나리께서 같이 저녁 식사를 하러 오시겠냐고 물으시는데요. (식상이 고개를 끄덕인다) 어이쿠!

동 쥐앙 뭐야? 왜 그래? 자, 얘기한 거야?

스가나렐 (석상이 한 것처럼 고개를 끄덕이며) 석상이…….

동 쥐앙 그래! 뭐라 하는 거냐, 이놈아?

스가나렐 제 말은 석상이…….

동 쥐앙 그래! 석상이? 말을 안 하면 때려 줄 테다.

스가나렐 석상이 제게 신호를 했다고요.

동 쥐앙 이 빌어먹을 놈!

스가나렐 저한테 신호를 했다니까요. 틀림없어요. 확인하고 싶으시면 직접 가서 말씀해 보세요. 아마 —

동 쥐앙 이리 와, 이 등신 같은 놈. 이리 오라니까! 네가 얼마나 겁쟁이인지 확실히 보여 주지. 잘 보라고. 기사님, 저와 같이 저녁 식사 하러 오시겠습니까?

석상이 다시 고개를 끄덕인다.

스가나렐 이런 일에 열 푼짜리 내기를 걸고 싶진 않아요. 자, 어때요, 나리?

동 쥐앙 자, 여기서 나가자.

스가나렐 아무것도 믿으려 들지 않는 무신론자 같으니라고!

제4막

제1장

동 쥐앙, 스가나렐

동 쥐앙 어쨌든 그 얘긴 그만두자고. 별일 아니야. 컴컴해서 잘못 봤을 수도 있고, 안개 때문에 시야가 흐려져서 그랬을 수도 있으니까.

스가나렐 아이고, 나리! 우리 두 눈으로 똑똑히 본 걸 부정하려 들지 마세요. 석상이 고개를 끄덕인 건 틀림없는 사실이라고요. 틀림없어요. 하느님께서 나리의 행실에 진노하시어 이런 기적을 보이신 거라고요. 나리를 설득하고 구해 내시려고 ―

동 쥐앙 잘 들어라. 그 멍청한 설교로 이 이상 나를 성가시게 한다면 말이다, 한마디라도 그런 소릴 더 한다면 말이지, 사람을 불러서 쇠심줄로 만든 채찍을 가져오게 한 다음 서너 사람을 시켜 너를 붙잡고 실컷 두들겨 패줄 테다. 알겠느냐?

스가나렐 그럼요, 나리, 확실히 알아들었습니다. 나리께서 분명하게 말씀하시니까요. 나리의 좋은 점은 뭐든 돌려 말하시는 법이 없다는 거죠. 놀라울 정도로 분명하게 말씀하시거든요.

동 쥐앙 자, 될 수 있는 대로 빨리 저녁 준비를 시켜 다오. 어이, 꼬마야, 의자 하나 가져오너라.

제2장

동 쥐앙, 라 비올레트, 스가나렐

라 비올레트 나리, 단골 상인 디망쉬 씨가 나리를 뵙겠다고 하는데요.

스가나렐 빚쟁이의 인사라니, 아주 딱 맞아떨어지는구먼. 도대체 무슨 생각으로 돈을 받으러 온 거지? 나리께서 안 계신다고 하질 않고!

라 비올레트 한 시간쯤 전에 그리 말했지만 믿으려 하질 않던걸요. 기다리겠다고 저기 앉아 있어요.

스가나렐 실컷 기다리라지.

동 쥐앙 아니다, 그러지 말고 들여보내. 집에 있으면서 없는 척하는 건 빚쟁이를 다루는 데 있어 서툰 방법이야. 뭐든 지불을 해줘야지. 한 푼 주지 않고도 저들을 만족시켜 돌려보내는 비결이 있다고.

제3장

동 쥐앙, 디망쉬 씨, 스가나렐, 시종

동 쥐앙 (깍듯이 예의를 차리며) 아! 디망쉬 씨. 이리 오시지요. 정말 반갑습니다. 얼른 안으로 모셨어야 하는 건데 제 하인들이 큰 실수를 했군요! 아무도 만나지 않겠다는 명을 내려 놓긴 했습니다만 당신껜 당치 않은 일이지요. 언제 오시든 환영입니다.

디망쉬 씨 나리, 정말 황송합니다.

동 쥐앙 (하인들에게) 이런 멍청한 것들! 디망쉬 씨를 대기실에 내버려 두다니, 본때를 보여 줘야겠다. 사람 분간하는 법을 가르쳐 주지.

디망쉬 씨 나리, 괜찮습니다.

동 쥐앙 뭐라? 내 절친한 벗인 디망쉬 씨에게 내가 집에 없다고 하다니!

디망쉬 씨 나리, 황송합니다. 제가 찾아뵌 것은 ─

동 쥐앙 자, 얼른 디망쉬 씨께 의자를 내드려라.

디망쉬 씨 나리, 이대로도 괜찮습니다.

동 쥐앙 그건 안 됩니다. 저와 마주 앉으셔야지요.

디망쉬 씨 그러실 필요 없다니까요.

동 쥐앙 이 접이의자를 치우고 안락의자를 내와라.

디망쉬 씨 나리, 그런 농담을…….

동 쥐앙 아닙니다, 당신께 얼마나 큰 신세를 지고 있는데요. 우리 둘 사이에 차이를 두는 건 용납할 수 없어요.

디망쉬 씨 나리 ─

동 쥐앙 자, 앉으시지요.

디망쉬 씨 괜찮습니다, 나리, 한 말씀만 드리면 됩니다. 제가 온 것은 —

동 쥐앙 여기 앉으시라니까요.

디망쉬 씨 아닙니다, 나리, 저는 괜찮습니다. 제가 이렇게 찾아뵌 것은 —

동 쥐앙 아니요, 앉지 않으시면 아무 말도 듣지 않겠습니다.

디망쉬 씨 나리, 말씀대로 하지요. 저는 —

동 쥐앙 이런! 디망쉬 씨, 아주 좋아 보이시네요.

디망쉬 씨 네, 나리, 덕분에요. 제가 온 것은 —

동 쥐앙 생기 있는 입술에 불그레한 안색하며 초롱초롱한 두 눈까지, 정말 놀랄 만한 건강을 타고나셨습니다그려.

디망쉬 씨 제 용건은 —

동 쥐앙 디망쉬 부인께선 어떻게 지내시나요?

디망쉬 씨 다행히도 아주 잘 지냅니다, 나리.

동 쥐앙 아주 친절하신 분이지요.

디망쉬 씨 나리 덕분입니다. 제가 찾아뵌 이유는 —

동 쥐앙 따님 클로딘은 잘 지내나요?

디망쉬 씨 아주 잘 있습니다.

동 쥐앙 정말 어여쁜 아가씨예요! 진심으로 좋아한답니다.

디망쉬 씨 지나친 영광입니다, 나리. 저는 나리께 —

동 쥐앙 그 꼬마 콜랭은요? 여전히 북을 가지고 시끄럽게 구나요?

디망쉬 씨 여전하지요, 나리. 저는 —

동 쥐앙 그 브뤼스케라는 강아지는요? 여전히 잘 짖어 대고 찾아온 손님들 다리를 물어 대나요?

디망쉬 씨 그 어느 때보다 더하답니다. 나리도 어쩌지 못하실 거예요.

동 쥐앙 온 집안 식구들 소식을 묻는다고 놀라진 마십시오. 마음이 많이 쓰여서 그런 거니까요.

디망쉬 씨 정말 감사합니다, 나리. 저는 —

동 쥐앙 (손을 내밀며) 그럼 내 손을 잡으시지요, 디망쉬 씨. 당신은 내 친구죠?

디망쉬 씨 나리, 이리 황송할 데가요.

동 쥐앙 이런! 나는 진심으로 당신 사람입니다.

디망쉬 씨 과분한 말씀이십니다. 저는 —

동 쥐앙 당신을 위해서라면 못 할 게 없지요.

디망쉬 씨 나리, 제게 너무 친절하시네요.

동 쥐앙 아무 이해타산 없이 그런다는 걸 알아주셨으면 합니다.

디망쉬 씨 저는 그런 은혜를 입을 만한 자격이 없습니다. 그런데 나리 —

동 쥐앙 오! 디망쉬 씨, 격식 차리지 말고 우리 저녁 식사나 같이할까요?

디망쉬 씨 아닙니다, 나리, 얼른 돌아가야 합니다. 저는 —

동 쥐앙 (일어나며) 자, 디망쉬 씨가 돌아가신다니 얼른 횃불을 가져오너라. 네댓 명이 총을 들고 호위해 드리도록.

디망쉬 씨 (같이 일어나며) 나리, 그러실 필요 없습니다. 혼자 가도 괜찮습니다. 그런데 —

스가나렐이 재빨리 의자를 치운다.

동 쥐앙 뭐라고요? 호위를 해드리고 싶습니다. 당신께 몹시 마음이 쓰여요. 나는 당신의 시종이며 채무자이니까요.

디망쉬 씨 아! 나리 —

동 쥐앙 아무한테도 숨기지 않는 일이죠. 누구에게나 그렇게 말한답니다.

디망쉬 씨 혹시 —

동 쥐앙 제가 배웅해 드릴까요?

디망쉬 씨 아! 나리, 당치 않은 말씀을, 나리 —

동 쥐앙 그럼 나를 안아 주시지요. 다시 한 번 말씀드리지만, 나는 전적으로 당신 사람이며 당신을 위해서라면 못 할 일이 없다는 걸 알아주셨으면 합니다. (무대에서 나간다)

스가나렐 우리 나리께서 당신을 진짜 좋아하시네요.

디망쉬 씨 정말 그래요. 너무 친절하시고 너무 치켜세우시는 통에 돈 달란 얘기는 꺼내지도 못했어요.

스가나렐 내 장담하건대 당신을 위해서라면 나리의 일가 사람 모두가 목숨이라도 바칠 거예요. 당신한테 무슨 일이라도 일어났으면 싶구먼. 가령 누군가 당신에게 몽둥이찜질을 한다던가. 그러면 당신도 알게 될 텐데요. 어떤 식으로 —

디망쉬 씨 잘 알지요. 하지만 스가나렐, 제발 부탁이니 나리께 내 돈 얘기를 좀 해주겠소?

스가나렐 오! 염려 마시라고요. 깨끗이 지불해 주실 테니까.

디망쉬 씨 그런데 스가나렐, 당신도 내게 빚이 좀 있는데.

스가나렐 훙! 그 얘기는 관두시지.

디망쉬 씨 뭐라고요? 내가 —

스가나렐 당신한테 빚이 있다는 걸 내가 모를 것 같아요?

디망쉬 씨 그래요, 하지만 —

스가나렐 자, 디망쉬 씨. 당신 갈 길을 밝혀 드리죠.

디망쉬 씨 하지만 내 돈은 —

스가나렐 (디망쉬 씨의 팔을 잡으며) 지금 장난해요?

디망쉬 씨 내가 원하는 건 —

스가나렐 (그를 잡아끌며) 어허!

디망쉬 씨 내 말은 —

스가나렐 (그를 떠밀며) 별것도 아닌 걸 가지고.

디망쉬 씨 하지만 —

스가나렐 (그를 떠밀며) 흥!

디망쉬 씨 나는 —

스가나렐 (그를 무대 밖으로 완전히 밀어내며) 흥! 그러게 내가 뭐랬어.

제4장

동 루이, 동 쥐앙, 라 비올레트, 스가나렐

라 비올레트 나리, 아버님께서 오셨습니다.

동 쥐앙 아! 잘됐군. 그래, 이렇게 찾아오셔야지. 그래야 내 화를 돋우시지.

동 루이 어지간히 성가신 모양이구나. 내가 오지 않았더라면 좋았겠지. 사실 너와 난 이상하게 서로 맞질 않아. 너도 나를 보는 게 싫겠지. 나 역시 네 행실에 진저리가 난다. 아! 우리에게 필요한 일을 살펴 주십사 하느님께 전적으로 의탁하지 않을 때, 우리가 하느님보다 더 영리해지려고 할 때, 그리고 우리가 맹목적인 소원과 무분별한 기원으로 하느님을 괴롭힐 때, 우리가 무슨 짓을 하고 있는 건지 알기나 하는 건지! 나는 열렬하게 아들을 원했어. 끊임없이, 믿기지 않을 만큼 열성적으로 아들을 달라 청했지. 그런데 이렇게 기도로 하느님을 괴롭히다시피 해서 얻은 아들이, 내 삶의 기쁨이자 위안이 되어 주리라 믿었던 내 아들이 이젠 내 삶의 슬픔이자 형벌이 되었구나. 이 숱한 비행들, 아무리 봐주려 해도 추악함이 가시지 않는 그 악행들, 끊이지 않는 이 못된 짓거리들을 내가 어떻게 두고 볼 수 있을 거라 생각하는 게냐? 국왕께서 호의를 베푸시는 것도 한두 번이지, 그런 짓거리들을 계속하면 내가 국왕께 충성한 공로도, 내 친구들의 신용도 바닥나 버릴 거다. 아! 너란 놈은 얼마나 천박하기 그지없는지! 태생에 걸맞지 않게 행동하는 너 자신이 부끄럽지도 않으냐? 말 좀 해봐라. 귀족이라고 자랑할 만한 자격이 있느냐 말이다. 네가 세상에서 귀족답게 한 일이 도대체 뭐가 있느냐? 귀족 가문의 이름과 문장(紋章)만 가지면 그만이고, 치욕스럽게 살면서도 귀족 가문 출신이면 영예롭다고 생각하는 게냐? 아니다, 아니야, 미덕을 갖추지 않는다면 태생은 아무 소용도 없어. 조상들의 영광을 함께 누리려면 그만치 그분들을 닮으려고 애써야 하는 거다. 조상들이 우리에게 찬란한 위업을 남겨 놓으셨으니 우리 역시 그분들을 영예롭게 해드려야지. 그분들의 참된 자손으로 인정받고 싶으면 그분들이 남긴 발자취를 따라가고, 그분들의 미덕을 더럽혀선 안 된다는 말이다. 그러니 네가 그분들의 후손이라 해도 아무 소용 없는 게지. 그분들은 네가 그분들의 핏줄이라는 걸 부인하실 게고, 그분들의 빼어난 업적도 네게는 아무 도움이 못 될 테니. 오히려 가문의 명성은 네 치욕만을 드러낼 것이고, 그분들의 영광은 네 수치스러움을 만인의 눈에 비춰 주는 횃불이 될 거다. 그러니 잘 알아 둬라. 올바르게 살지 않는 귀족은 자연계의 괴물과 같아. 미덕이 귀족의 첫 번째 자격인 게지. 나는 이름보다 행실을 중시한다. 너처럼 사는 왕후장상의 아들보다 상놈의 자식이라도 정직한 자를 더 존중할 거란 말이다.

동 쥐앙 아버님, 앉으시면 말씀하시기가 더 편하실 텐데요.

동 루이 싫다, 이놈, 앉고 싶지도 않고 더 이상 말하고 싶지도 않다. 내가 무슨 말을 하건 네 영혼에 아무런 힘도 미치지 못한다는 걸 잘 알아. 하지만 이 불손한 자식아, 잘 알아 두어라. 네 행실 때문에 아비로서의 내 애정도 바닥나 버렸다. 네가 생각하는 것보다 더 빨리 네 방종을 끝장내 주겠다. 하느님의 진노가 네게 내리기 전에 내 손으로 너를 벌할 게야. 그리하면 너를 낳은 수치를 씻을 수 있겠지. (퇴장)

제5장

동 쥐앙, 스가나렐

동 쥐앙 어이! 되도록 빨리 세상을 떠나세요, 그게 아버님이 하실 수 있는 최선입니다. 각자 자기 차례가 있는 법인데 아버지들이 아들만큼 오래 사는 걸 보면 울화가 치민다니까. (안락의자에 앉는다)

스가나렐 아! 나리, 잘못하신 거예요.

동 쥐앙 내가 틀렸다고?

스가나렐 나리…….

동 쥐앙 (의자에서 일어나며) 내가 틀렸어?

스가나렐 예, 나리. 그러니까, 아버님 말씀을 잠자코 듣고 계셨던 게 잘못이라고요. 집 밖으로 쫓아 버리셨어야지요. 그보다 무례한 짓이 어디 있겠습니까? 아버지가 아들에게 훈계를 하러 와서는 행실을 고쳐라, 가문을 생각해라, 정직하게 살아라, 뭐 그런 바보 같은 소리를 잔뜩 늘어놓다니요! 어떻게 살아야 하는지를 잘 알고 계신 나리 같은 분이 그걸 참고 계시다니요! 참을성이 정말 대단하시네요. 제가 나리였다면 얼른 내쫓았을 겁니다. 오, 이 저주스러운 아첨이라니! 도대체 난 왜 이렇게밖에 할 수 없는 거지?

동 쥐앙 금방 식사할 수 있겠나?

제6장

동 쥐앙, 엘비르, 라고탱, 스가나렐

라고탱 나리, 베일을 쓴 부인이 나리를 뵙겠다고 오셨습니다.

동 쥐앙 도대체 누구지?

스가나렐 만나 보시면 되죠.

엘비르 동 쥐앙 님, 이 시간에 이런 차림으로 온 걸 보고 놀라지 마십시오. 화급한 일이라 이렇게 찾아뵐 수밖에 없었습니다. 이제부터 말씀드리려는 것은 한시도 미룰 수 없는 일입니다. 아까처럼 분노에 가득 차서 여기 온 게 아닙니다. 오늘 아침과는 전혀 다른 모습이라는 걸 당신도 보면 아실 겁니다. 당신을 벌해 달라 기원하고, 격분해서 그저 위협하고, 복수만을 생각하던 그 엘비르가 아니란 말입니다. 하느님께서는 당신에 대한 그 당치 않은 열정도, 죄스러운 집착으로 들끓던 격정도, 속세의 천한 사랑으로 수치스럽게 격노하던 마음도 모두 제 영혼에서 씻어 내주셨습니다. 주님께서 제 마음속에 남겨 두신 것은 모든 감각적 관계가 정화된 순수한 열정, 성스러운 애정, 모든 집착에서 벗어난 사랑, 결코 스스로를 위해 작용하지 않으며 오로지 당신을 위해 애를 쓰는 사랑뿐입니다.

동 쥐앙 (스가나렐에게) 너, 울고 있지?

스가나렐 용서하세요.

엘비르 이 완전하고 순수한 사랑 때문에 제가 당신을 위해 여기까지 온 것입니다. 당신에게 하느님의 뜻을 알려 주고 벼랑 끝으로 달려가고 있는 당신을 구해 내기 위해서요. 그래요, 동 쥐앙 님, 나는 당신이 살면서 저질러 온 방탕을 다 알고 있습니다. 제 마음에 오셔서 제 잘못된 행실을 돌아보게 해주신 바로 그 하느님께서 당신을 찾아가 이 말을 전하라 하셨습니다. 당신의 죄는 하느님의 자비로도 용서할 수 없는 지경에 이르렀고, 주님의 가공할 분노가 하시라도 당신에게 떨어질 것이니 당신은 속히 회개하여야 그것을 피할 수 있을 것이며, 최악의 불행을 피할 수 있는 날이 채 하루도 남지 않았을 수도 있다고요. 어떤 세속의 사랑으로도 저는 이제 당신에게 집착하지 않습니다. 하느님의 은총으로 모든 어리석은 생각에서 벗어났습니다. 속세를 떠나기로 결심했지요. 그저 제가 저지른 잘못을 속죄하고 엄격한 고행으로 비난받아 마땅할 격정적인 정념에 빠져 있던 저의 어리석음을 용서받을 수 있을 만큼만 더 살았으면 합니다. 하지만 이리 은둔을 한다 해도 제가 사랑하던 소중한 분이 하느님 심판의 본보기가 되어 죽음을 맞이한다면 저는 너무도 괴로울 겁니다. 당신을 위협하고 있는 그 끔찍한 징벌이 당신 머리 위에 떨어지는 걸 막을 수 있다면 제게는 큰 기쁨이 될 겁니다. 그러니 동 쥐앙 님, 제발 마지막 호의를 베풀어 주세요. 제게 이런 위안을 베풀어 달란 말입니다. 제가 눈물로 간청하는 당신의 구원을 거절하지 마십시오. 당신에게 이롭다는 것으로 마음이 동하지 않는다면 제 간구로라도 마음을 바꿔 주세요. 당신이 영벌(永罰)을 받는 걸 보지 않게 해주세요. 그 끔찍한 비탄만은 면하게 해달란 말입니다.

스가나렐 가여운 부인!

엘비르 저는 당신을 끔찍이 사랑했습니다. 세상 그 무엇도 당신만큼 소중하진 않았죠. 당신으로 인해 제 의무를 잊었고 당신을 위해서 무엇이든 다 했습니다. 그 보답으로 당신에게 바라는 것은 당신의 삶을 바로잡고 파멸을 피하시라는 것뿐입니다. 제발 부탁이니 당신 자신을 생각해서, 아니면 저를 생각해서 당신을 구하십시오. 동 쥐앙 님, 다시 한 번 눈물로 부탁드립니다. 당신이 사랑했던 사람의 눈물만으로 충분치 않다면 무엇이든 당신의 마음을 가장 잘 움직일 수 있는 것[43]으로 그리하시기를 간청합니다.

---

43 이는 분명 동 쥐앙의 지금 애인들을 가리키는 것인데, 배신당한 아내로서는 지고의 희생이며 헌신이라 할 수 있겠다.

스가나렐 잔인한 분!

엘비르 드릴 말씀은 다 드렸으니 저는 이제 가보겠습니다. 당신에게 드리려 했던 얘기는 이게 전부입니다.

동 쥐앙 부인, 야심한데 여기서 묵었다 가시지요. 최고로 모시겠습니다.

엘비르 아닙니다, 동 쥐앙님. 더 이상 저를 잡지 마세요.

동 쥐앙 부인, 여기서 묵으신다면 더할 나위 없는 기쁨일 텐데요.

엘비르 아니라고 말씀드리지 않았습니까. 부질없는 얘기로 시간 낭비하지 마시지요. 어서 떠나도록 해주십시오. 저를 마음대로 해보시겠다 고집 쓰지 마시고 제가 드린 경고를 어찌 받아들일지만 생각하십시오.

제7장

동 쥐앙, 스가나렐, 시종

동 쥐앙 스가나렐, 너 그거 아느냐? 내가 엘비르한테 마음이 약간 동했다니까. 지금껏 보지 못했던 야릇한 모습에 매력을 느꼈다고. 아무렇게나 입은 옷, 쇠잔한 모습 그리고 눈물 때문에 말이야. 꺼졌던 사랑의 불씨가 조금 되살아났다고나 할까?

스가나렐 그러니까 마님 말씀이 나리에겐 아무 효과도 없었다는 거군요.

동 쥐앙 얼른 저녁이나 먹자.

스가나렐 알아 모십지요.

동 쥐앙 (식탁에 앉으며) 스가나렐, 하지만 행실을 고칠 생각도 해야겠어.

스가나렐 세상에! 뭐라고요?

동 쥐앙 그렇다니까! 행실을 고쳐야지. 이런 생활을 20~30년 더 하고 난 다음에는 우리 생각도 해야 되겠지.

스가나렐 허!

동 쥐앙 뭐라 하는 게지?

스가나렐 아무것도 아닙니다. 저녁 식사가 왔네요.

　　　　　스가나렐이 요리 한 조각을 집어 입에 넣는다.

동 쥐앙 네놈 볼이 부은 것 같은데. 뭐냐? 말을 해봐. 뭐냐고!

스가나렐 아무것도 아닙니다.

동 쥐앙 좀 보자니까. 이런! 볼에 염증이 생겨서 부어올랐나 보구나. 짜내게 얼른 메스를 가져오너라. 이 불쌍한 놈, 더 이상은 안 되겠는데. 종기 때문에 숨이 막히겠다. 자, 얼마나 곪았는지 봐라. 아니! 이 나쁜 녀석!

스가나렐 맙소사! 나리, 저는 그저 요리사가 소금이나 후추를 너무 많이 넣지 않았나 보려 했던 겁니다.

동 쥐앙 자, 거기 앉아서 먹어라. 저녁을 먹고 나서 네 녀석한테 볼일이 있다. 보아하니 배가 고픈 모양인데.

스가나렐 (식탁에 앉는다) 그렇습니다, 나리. 아침부터 아무것도 못 먹었는걸요. 이걸 좀 드셔 보세요. 최곱니다.

　　　　　스가나렐의 접시에 먹을 것이 놓이자마자

한 시종이 접시를 치워 버린다.

내 접시! 내 접시! 제발 천천히 좀 하라고. 제기랄! 이봐 친구, 깨끗한 접시를 주는 솜씨가 좋은걸! 그리고 너, 라 비올레트, 넌 마실 걸 제때 아주 잘 가져다주는구먼!

한 시종이 스가나렐에게 마실 것을 주는 동안
다른 시종이 또다시 접시를 가져가 버린다.

동 쥐앙 도대체 누가 저렇게 문을 두드리는 거야?
스가나렐 어떤 미친놈이 우리 식사를 방해하러 온 거죠?
동 쥐앙 저녁이라도 조용히 먹었으면 하니 아무도 들이지 마.
스가나렐 맡겨 두십시오. 제가 직접 가보겠습니다.
동 쥐앙 뭐냐? 무슨 일이냐고!
스가나렐 (석상이 했던 것처럼 고개를 끄덕이며) 그자가…… 저기 왔습니다!
동 쥐앙 가보자, 무슨 일이건 내 꿈쩍도 않는다는 걸 보여 주자고.
스가나렐 아! 가여운 스가나렐, 어디로 숨는다지?

제8장

동 쥐앙, 기사의 석상(식탁에 와서 앉는다), 스가나렐, 시종

동 쥐앙 의자하고 식기 한 벌을 얼른 가져오너라. (스가나렐

에게) 자, 식탁에 앉아라.

스가나렐 나리, 이제 배가 고프지 않은데요.

동 쥐앙 거기 앉으라니까. 마실 것을 가져오너라. 자, 기사님을 위하여. 스가나렐, 너도 같이 축배를 들지. 여기 스가나렐에게 포도주를 따라 줘라.

스가나렐 나리, 저는 목이 마르지 않은데요.

동 쥐앙 마셔. 그리고 기사님 기쁘시도록 노래를 불러라.

스가나렐 감기에 걸렸는데요, 나리.

동 쥐앙 상관없다. 자, 너희들도 와서 스가나렐과 같이 노래를 불러.

석상 동 쥐앙, 이만하면 됐소. 내일 저녁 식사에 당신을 초대하겠소. 그럴 용기가 있을지……?

동 쥐앙 네, 가지요. 스가나렐만 데리고 가겠습니다.

스가나렐 감사합니다만 내일은 제가 단식하는 날인데요.

동 쥐앙 (스가나렐에게) 이 횃불을 들어라.

석상 하느님의 인도를 받게 되면 불빛은 필요치 않은 법이오.

제5막

제1장

동 루이, 동 쥐앙, 스가나렐

동 루이 뭐라? 아들아, 선하신 하느님께서 내 기도를 들어주셨다고? 네가 한 말이 틀림없는 진실이렷다! 나를 속여 헛된 희망을 주려는 건 아니겠지? 네가 뜻밖에 이리 회심을 하다니, 믿어도 되겠느냐?

동 쥐앙 (위선적으로 행동하며) 그렇습니다. 아버지께서 보시다시피 제 모든 잘못을 깨달았습니다. 저는 이제 어젯밤의 제가 아닙니다. 하느님께서 제 안에서 모두가 경악할 만한 갑삭스러운 변화를 일으키셨습니다. 제 마음에 성령이 임하시어 제 눈을 뜨게 해주셨습니다. 무분별하게 살아온 그 오랜 세월, 이제껏 살면서 저지른 방탕한 죄악들을 돌아보니 끔찍할 따름입니다. 그 가증스러운 행위들을 하나하나 돌이켜 보노라니 하느님께서 그토록 오랫동안 인내하시고 두려운 심판을 면하게 해주신 게 놀라울 따름입니다. 저의 죄를 전혀 벌하지 않으신 하느님의 크신 은총을 이제야 깨달았습니다. 그 은총을 마땅히 받아들여 제 삶이 얼마나 급격히 변했는지를 모두에게 확실히 보여 주려 합니다. 그럼으로써 남들을 죄악으로 이끌던 제 과거 행실을 속죄하고 하느님의 전적인 용서를 구할 생각입니다. 이게 제가 하려는 일입니다. 아버지, 제발 제 이런 계획에 함께해 주시고, 저를 인도해 주실 분을 선택할 수 있게끔 도와주십시오. 그분의 인도하에 이제 제가 계획한 길로 확실히 들어설 수 있도록 말입니다.

동 루이 아! 아들아, 아비의 사랑은 금세 되살아나는 법. 뉘우치는 말 한마디면 아들의 모든 잘못이 금세 사라져 버리지! 네게 당했던 그 숱한 불쾌한 일들이 벌써 하나도 생각나지 않는구나. 그 모든 게 네가 방금 한 말로 다 사라져 버렸어. 정말이지 정신이 하나도 없구나. 기뻐서 눈물이 난다. 내 모든 기도가 이루어졌어. 더 이상 하느님께 청할 게 없다. 나를 안아 다오, 아들아. 제발 부탁이니 그 훌륭한 생각 변치 않도록 해라. 나는 이 길로 네 어미에게 가서 이 즐거운 소식을 전하고 황홀한 기쁨을 함께 나눠야겠다. 그리고 네가 이런 결심을 할 수 있도록 성령을 내려 주신 하느님께 감사를 드려야겠다.

제2장

동 쥐앙, 스가나렐

스가나렐 아! 나리, 나리께서 회심하신 것을 보니 얼마나 기쁜지 모르겠습니다! 오래전부터 그렇게 되기를 바라고 있었는데 하느님의 은총으로 제 모든 소원이 이루어졌네요.

동 쥐앙 멍청한 녀석, 꺼져 버려라!

스가나렐 뭐라고요? 멍청이라니요?

동 쥐앙 뭐라고? 내가 한 말을 곧이곧대로 받아들인 게냐? 내 입에서 나온 말이 속마음과 같다고 생각했느냐고!

스가나렐 뭐라고요? 그게 아니라면……. 나리가 아니……. 나리의……. 오! 대단한 양반이군! 대단한 양반이야! 대단한 양반이라고!

동 쥐앙 안 되지, 안 돼. 나는 전혀 변하지 않았어. 내 감정은 한결같다고.

스가나렐 석상이 움직이고 말을 하는 그 놀라운 신비를 보시고도 굴하지 않으신단 말입니까?

동 쥐앙 거기에 좀 이해할 수 없는 구석이 있긴 해. 하지만 그게 무엇이건 간에 내 정신이 굴하거나 마음이 흔들릴 수는 없지. 내가 행실을 고치고 모범적으로 살고 싶다고 한 건 순전히 정략적인 계획이야. 유용한 계략이자 내게 필요한 위장술이라고. 내겐 아버지가 필요해. 내가 억지로라도 이렇게 하려는 건 아버지의 비위를 건드리지 않고, 사람들 틈에서 일어날 수도 있을 성가신 일들을 피하기 위해서지. 스가나렐, 네겐 모든 걸 다 털어놓고 싶구나. 내 속마음을 훤히 알고, 내가 그럴 수밖에 없는 진짜 이유를 알고 있는 증인이 있다는 게 정말 마음이 놓이거든.

스가나렐 뭐라고요? 신앙심도 없으면서 선한 사람 행세를 하고 싶으시다고요?

동 쥐앙 안 될 게 뭐야? 나 같은 사람들이 얼마나 많은데. 이런 일에 엮이면 다들 세상 사람들을 속이기 위해 똑같은 가면을 쓴다고!

스가나렐 아! 대단한 양반이군! 대단한 양반이야!

동 쥐앙 요즘 세상에 그러는 건 전혀 수치스러운 일이 아니야. 위선은 유행하는 악덕이라고. 어떤 악덕이라 해도 유행하기만 하면 미덕으로 간주되지. 선한 사람인 척 연기하는 것은 오늘날 가능한 최고의 배역이야. 위선의 서원(誓願)[44]을 하면 엄청난 득을 보게 되거든. 그런 재주를 지닌 사람은 아무리 위선을 저질러도 항상 존중받지. 그 위선이 드러난다 해도 감히 비난 한마디 못 하는 거야. 인간의 다른 악덕은 비난받기 마련이고 누구나 마음대로 소리 높여 공격할 수 있어. 하지만 위선은 특별 대우를 받는 악덕이야. 그것 자체로 세상 사람들의 입을 막아 버리고 아무 걱정 없이 절대적인 면책권[45]을 누리게 되거든. 가면을 쓰게 되면 같은 편 사람들끼리 극도로 밀착되지. 그중 한 사람이 타격을 받게 되면 같은 편 사람들이 모두 달려들게 된

---

44 *profession*. 〈자신의 종교나 신앙을 엄숙히 공언하는 것〉이며 〈수도원에서 청빈, 정결, 순종이라는 수도의 세 가지 맹세를 지키기로 엄숙히 서약하는 것〉이다. 동 쥐앙 역시 〈사회〉라는 악마적인 수도회, 위선자들의 수도회에 엄숙히 서원하고 있는 것이다. 신학적인 용어를 빌어 종교에 비판적인 동 쥐앙의 태도를 드러내 주는 표현이다 — 원주.

45 군주나 하느님이 누릴 만한 특권.

다고. 정직하게 행동한다, 진정한 신앙심을 갖고 있다, 그렇게 알려진 사람들은 남들한테 쉽게 속아 넘어가는 법이거든. 위선적으로 점잔 빼는 자들에게 그대로 속아 넘어가서는 그 원숭이 같은 자들을 무조건 지지해 준단 말이야. 이런 책략으로 젊은 시절의 방당했던 생활을 교묘하게 가리고 있는 자들을 내가 얼마나 많이 알고 있는데! 이런 자들은 종교를 방패막이로 삼고, 이 존경받는 옷만 차려입고 있으면 세상에서 가장 못된 자라 해도 무탈하다고 여기는 거지. 그들의 간계를 알아차리고 정체를 알아본다 해도 아무 소용 없어. 그렇다 해도 그자들은 이미 세상 사람들의 신망을 얻고 있으니까. 고개를 몇 번 떨구고 고통스러운 한숨을 내쉬며 두어 번 눈을 굴리면 그들이 무슨 짓을 하건 세상에선 다 정당화된다니까. 나는 이렇게 편리한 피난처에 몸을 숨겨 일신상의 안전을 도모하려는 거야. 내 절대 사랑 놀음을 그만두진 않을 테지만 조심스레 숨어서 조용히 재미를 볼 거라고. 설사 발각이 된다 해도 손가락 하나 까딱 않을 거야. 그 도낭늘이 모두 나서서 내 편을 들어 줄 거거든. 상대가 누구든 그들이 나를 방어해 줄 거라고. 이거야말로 내가 원하는 걸 멋대로 하면서도 벌을 면할 수 있는 최선의 방법이지. 타인의 행실을 검열하겠다고 나서면서 모든 사람이 다 나쁘고 오로지 나만 옳다고 할 거야. 조금이라도 내 마음을 상하게 하는 자가 있으면 절대 용서하지 않고 마음속으로 언제까지나 증오할 거라고. 하느님의 뜻을 받들어 내가 대신 벌을 내릴 거란 말이지. 이렇게 편리한 구실을 내세워 내 적수들을 괴롭히고 불경죄로 몰아세워 분별없는 열성 신도들을 격분하게 만드는 거야. 그들은 이유도 모르면서 내 적수들을 공공연히 비난하고 욕설을 퍼부으며 자기들 권한을 내세워 그들에게 영벌을 내리겠지. 이런 식으로 인간의 약점을 이용해야 하는 거야. 영리한 사람은 이런 식으로 시대의 악덕에 순응하는 거지.

스가나렐 오, 하느님! 제가 지금 무슨 소리를 듣고 있는 겁니까! 나리라는 분께 부족한 것이 위선뿐이었다니, 하느님에 대한 불경이 그야말로 극에 달했군요. 나리 말씀에 화가 나서 도저히 얘기를 안 할 수가 없네요. 저를 때리든, 때려눕히든, 죽이든, 뭐든 나리 마음대로 하십시오. 제 속마음을 털어놓고 충직한 하인으로서 할 말을 해야겠습니다. 나리, 위험한 일을 하시다가는 결국 화를 당하고 만다는 걸 알아 두십시오. 누군가가 멋들어지게 말한 것처럼 이 세상 사람은 나뭇가지 위의 새와 같단 말입니다. 가지는 나무에 달려 있고, 나무에 달려 있는 자는 훌륭한 교훈을 따르지요. 훌륭한 교훈은 감언이설보다 낫고 감언이설은 궁정에 있으며 궁정에는 궁정인들이 있고 궁정인들은 유행을 따르고요. 유행은 환상에서 비롯되며 환상은 영혼의 능력이고 영혼은 우리에게 생명을 주지요. 생명은 죽음으로 끝나고 죽음은 우리에게 하늘을 떠올리게 하며 하늘은 땅 위에 있고요. 땅은 바다가 아니고 바다에는 폭풍우가 치기 쉽고 폭풍우는 배들을 괴롭히며 배에는 좋은 항해사가 필요하지요. 좋은 항해사는 신중하고 신중함은 젊은이들에게는 없는 것이며 젊은이들은 노인들에게 복종해야 하고요. 노인들은 재물을 좋아하고 재물이 부자들을 만들며 부자들은 가난뱅이가 아니지요. 가난뱅이들은 필요한 게 있고 필요 앞에는 법률도 소용없으며 법이 없는 자는 짐승처럼 삽니다. 고로 나리께서는 악마들이 들끓는 지옥에 떨어지실 거라고요.

동 쥐앙 오, 훌륭한 추론이로구나!

스가나렐 이렇게 말씀드렸는데도 물러서지 않으신다면 나리께는 안된 일이지요.

제3장

동 카를로스, 동 쥐앙, 스가나렐

동 카를로스 동 쥐앙, 마침 잘 만났소. 당신의 결심이 섰는지 물어봐야 하는데 당신 집보다는 여기가 낫겠군. 당신도 알다시피 이건 내가 신경 써야 할 일이고 당신 눈앞에서 내가 떠맡은 일이기도 하오. 나야 솔직히 일이 조용히 처리되기를 간절히 바라고 있소. 당신이 정신을 차려 그 길을 택하고 내 여동생이 당신의 아내라 공표하는 모습을 볼 수만 있다면 못 할 게 없을 거요.

동 쥐앙 (위선적인 어조로) 아! 진정 당신이 원하시는 대로 해드리고 싶소만, 그게 하느님께서 원하시는 것과 정반대라 봐서요. 내 마음에 성령이 임하시어 내 삶을 완전히 바꿔 놓으셨소. 이제 내 생각은 오직 하나, 세상에 대한 모든 집착을 끊고 하루속히 일체의 헛된 세상사에서 벗어나 맹목적인 젊음의 혈기에 이끌려 저질렀던 모든 방탕한 죄악들을 엄격한 행실로 바로잡고 싶을 뿐이오.

동 카를로스 동 쥐앙, 그런 계획은 내가 하는 얘기와 전혀 상충될 게 없소. 합법적인 아내와 살아가는 것은 하느님께서 당신에게 내려 주셨다는 그 훌륭한 생각과 잘 맞아떨어진단 말이오.

동 쥐앙 아! 전혀 그렇지 않소. 이건 당신 여동생이 스스로 결정한 거요. 그녀는 속세를 떠날 결심을 했소. 우리 두 사람 마음이 동시에 움직인 것이지.

동 카를로스 여동생이 속세를 떠난 것으로는 만족할 수 없소. 그건 당신이 여동생과 우리 가문을 모욕한 탓이기도 하니까. 우리의 명예를 되찾기 위해 필요한 것은 여동생이 당신과 같이 사는 것이오.

동 쥐앙 분명히 말씀드리지만 그건 불가능한 일이오. 나로서야 정말이지 그렇게 하고 싶었지. 오늘 재차 하느님의 뜻을 여쭙기까지 했소. 하지만 그때 이런 소리가 들려오더군. 당신 여동생은 꿈도 꾸지 말아라, 같이 살다가는 절대 구원받지 못할 것이다, 하는 말씀이었소.

동 카를로스 동 쥐앙, 그따위 그럴싸한 변명으로 우릴 현혹시킬 수 있다 생각하오?

동 쥐앙 난 하느님의 말씀에 따르는 거요.

동 카를로스 뭐라? 그런 빈말에 내가 만족하길 바라는 거요?

동 쥐앙 그러길 바라시는 건 하느님이오.

동 카를로스 여동생을 수도원에서 나오게 만든 게 이렇게 버리기 위해서였단 말이오?

동 쥐앙 하느님께서 그리 명하고 계시오.

동 카를로스 우리 가문에 가해진 이런 오욕을 참으란 말이오?

동 쥐앙 하느님을 원망하시오.

동 카를로스 뭐요? 여전히 하느님 타령이오?

동 쥐앙 하느님께서 그리 되길 바라고 계시오.

동 카를로스 그만두시오, 동 쥐앙, 잘 알았소. 여기서 당신과 결투를 벌이고 싶지는 않소. 장소가 적절하지 않으니. 그러나 머지않아 당신을 찾아올 거요.

동 쥐앙 원하시는 대로 하시오. 당신도 알다시피 내게 용기가 없는 것도 아니고 필요할 땐 칼도 쓸 줄 안다고. 잠시 후 난 대수도원에 이르는 그 외딴 골목을 지나갈 거요. 하지만 나로서 분명히 해두고 싶은 말은, 싸우고자 하는 사람은 절대 내가 아니라는 거요. 하느님께서 내게 그런 생각을 금하셨거든. 만일 당신이 나를 공격한다면 어떻게 될지 두고 봅시다.

동 카를로스 두고 봅시다, 그래, 두고 보자고.

제4장

동 쥐앙, 스가나렐

스가나렐 나리, 왜 그리 고약하게 구십니까? 이건 그 무엇보다 나쁜 짓이에요. 차라리 예전 모습이 훨씬 더 나았어요. 저는 항상 주인님의 구원을 바라 왔지만 이젠 절망적이네요. 이제까지 나리를 봐주셨던 하느님도 마지막으로 하신 이 사악한 짓은 절대 용납하실 수 없을 겁니다.

동 쥐앙 자, 자, 하느님은 네가 생각하는 것처럼 어김없는 분이 아니야. 인간들이 매번 ─

스가나렐 아! 나리, 하느님이 말씀하시는 거라고요. 하느님께서 나리께 통보하시는 거란 말입니다.

동 쥐앙 하느님이 나한테 통보를 하시려면 좀 더 분명히 말씀하셔야지. 내가 그 말을 듣길 원하신다면 말이야.

제5장

동 쥐앙, 유령(베일을 쓴 여인의 모습), 스가나렐

유령 동 쥐앙이 하느님의 자비를 누릴 수 있는 시간은 이제 얼마 남지 않았다. 여기서 뉘우치지 않으면 그의 파멸은 피할 수 없다.

스가나렐 나리, 들리세요?

동 쥐앙 감히 누가 저런 말을 하는 거지? 누구 목소린지 알 것 같은데.

스가나렐 아! 나리, 저건 유령이에요. 걷는 걸 보니 알겠는데요.

동 쥐앙 유령이건 귀신이건 악마건 그 정체를 봐야겠다.

유령의 모습이 손에 낫을 든 시간의 여신으로 바뀐다.

스가나렐 오, 하느님! 나리, 모습이 바뀌는 거 보이세요?

동 쥐앙 아니, 아니야. 그 어떤 것도 내 안에 공포를 심을 순 없어. 내 칼로 이게 영인지 육인지 시험을 해봐야겠다.

동 쥐앙이 치려는 순간 유령이 사라진다.

스가나렐 아, 나리, 이리 많은 증거를 보셨으면 항복을 하셔야지요. 얼른 뉘우치시라고요.

동 쥐앙 아니, 안 되지. 무슨 일이 있어도 내가 뉘우칠 순 없어. 자, 나를 따라오너라.

제6장

석상, 동 쥐앙, 스가나렐

석상 거기 서시오, 동 쥐앙. 나와 식사하러 오겠다고 어제 약속하지 않았소?

동 쥐앙 그랬지요. 어디로 가면 됩니까?

석상 내 손을 잡으시오.

동 쥐앙 자, 여기 있습니다.

석상 동 쥐앙, 죄에 무감각해지면 죽음을 피할 수 없는 법, 하느님의 은총을 거절하면 벼락을 맞게 되는 법이오.

동 쥐앙 이럴 수가! 이게 무슨 느낌이지? 눈에 보이지 않는 불길이 내 몸을 태우는구나. 더 이상 견딜 수가 없다. 내 온 몸이 —

스가나렐 아! 내 월급, 내 월급! 자, 나리가 죽어 모두가 만족스러워하는구나. 모독당하신 하느님, 어겨진 법, 농락당했던 처자들, 명예를 훼손당한 가문들, 모욕당한 부모, 유혹당한 아내들, 궁지에 몰렸던 남편들, 모두가 만족이야. 불행한 건 나뿐이로구나. 내 월급, 내 월급, 내 월급!

인간 혐오자

등장인물

알세스트　셀리멘의 연인
필랭트　알세스트의 친구
오롱트　셀리멘의 연인
셀리멘　알세스트의 연인
엘리앙트　셀리멘의 사촌
아르지노에　셀리멘의 친구
아카스트, 클리탕드르　후작
바스크　셀리멘의 하인
법원 관리
뒤 부아　알세스트의 하인

장소

파리

제1막

제1장

필랭트, 알세스트

필랭트
도대체 왜 그러나? 무슨 일이야?

알세스트
      제발 날 좀 내버려 두게.

필랭트
그래도 말 좀 해보게. 뭐가 그리 잘못되었기에 ―

알세스트
내버려 두라 하지 않았나. 내 눈 앞에서 얼른 사라지라고.

필랭트

그래도 사람들 얘길 들을 때 화는 내지 말아야지.

알세스트

나는 말이지, 화를 내고 싶어. 아무 말도 듣고 싶지 않다고.

필랭트

그리 버럭 화를 내는 건 당최 이해할 수가 없군.
우리가 친구 사이이긴 하지만, 나부터도 —

알세스트

내가 자네 친구라고? 어림없는 소리.
내 이제껏 자네 친구인 줄 알았네만
방금 자네가 하는 짓거리를 보고 나니   10
더 이상 자네와 친구 할 수 없겠더군. 분명히 말함세.
정신이 썩어 빠진 자들과 어울리고 싶진 않다고.

필랭트

자네는 그러니까 내가 큰 잘못을 했다는 거로군.

알세스트

그래, 수치심에 죽을 지경이었어야지.
그런 행동을 용납할 수는 없을 거야.
명예를 아는 자라면 의당 분노했어야지.
조금 전에 자네가 어떤 사람의 비위를 맞춰 가며
너무도 다정하게 대하는 걸 보았네.

그 사람에게 온갖 것을 언약하고 제안하고 맹세하며
요란하게 포옹하더군.
그 사람이 가고 나서 누구냐고 물었더니만
자네는 그저 이름만 아는 자라고 했어.
언제 그랬냐는 듯 그 사람에 대한 열정은 사라지고
아무 관심 없는 사람인 양 내게 이야기하더군.
맙소사! 그렇듯 비굴하게 본심을 속이는 건
부당하고 비열한 짓이야. 야비한 짓이라고.
혹여 내가 불행히도 그런 짓을 했다면
후회막급으로 여기며 즉시 목을 맸을 거야.

필랭트

그런 일로 목을 맬 것까지는 없다고 보는데.
제발 부탁이네만 자네가 내린 선고를 집행치 않더라도
너그러이 받아 주시고
그만한 일로 내 목을 매달지는 말아 주시게나.

알세스트

그런 억지스러운 농담하고는!

필랭트

그럼 진지하게 말해 보게. 내가 어찌하길 바라는 건가?

알세스트

진실하게 행동하라는 거지. 명예를 아는 자라면
마음에 없는 말을 해서는 안 된다는 거야.

필랭트

어떤 사람이 와서 자네를 반갑게 끌어안으면
자네도 똑같이 대해 줘야 하지 않겠나.
친절한 태도에는 가능한 맞춰 주고,
호의에는 호의로, 맹세에는 맹세로 답해야 하지 않겠나. 40

알세스트

아니, 자네같이 세태를 좇는 인간들이 좋아라 하는
그런 비열한 태도를 나는 참을 수가 없어.
되는대로 맹세를 남발해 대는 자들,
별것도 아닌데 너무 격식 차려 포옹을 해대는 자들,
점잔 빼며 쓸데없는 말을 늘어놓는 자들,
그런 자들의 우스꽝스러운 짓거리를 난 무엇보다 혐오해.
그런 작자들은 누가 더 예의 바른지 경쟁이라도 하듯
교양 있는 사람과 어리석은 자를 똑같이 대하지.
누가 자네를 끌어안고 우정과 신의, 열성과 존경,
애정을 맹세하며 자네에게 현란한 찬사를 늘어놓더니 50
곧바로 형편없는 자에게 달려가 똑같은 행동을 한다면
도대체 그게 자네에게 무슨 득이 된단 말인가?
아닐세, 아니야. 정신이 똑바로 박힌 사람이라면
그런 싸구려 존경은 결코 바라지 않을 게야.
온갖 사람들과 똑같이 취급받는다는 걸 알게 되면
아무리 영광스러운 찬사를 받아도 별 가치가 없는 게지.
무얼 근거로 우리를 존경하든 간에,
모두를 존경한다는 건 아무도 존경하지 않는단 얘기야.
자네가 이런 못된 세태에 빠져 있는데

어찌 나와 어울릴 수 있겠는가!
사람의 자질을 가리지 않고
모두의 비위를 맞추려 드는 자를 나는 받아들일 수 없네.
나는 남들과 나를 구별해 줬으면 하네. 분명히 말하는데
아무하고나 친구가 되는 건 내가 할 만한 일이 아니지.

필랭트

하지만 사교계 사람이라면 관행에 따라
겉으로는 예절을 지켜야 하지 않겠나.

알세스트

아닐세, 우정입네 하며 교제하는 건 수치스러운 일이야.
그런 건 가차 없이 응징해야 한단 말이지.
내가 원하는 건 누구든 사람답게,
어떤 만남에서나 자기 속내를 그대로 드러내는 거야.
진심으로 말해야 하며, 우리 감정을
쓸데없는 잔사 속에 묻어 버려선 안 된나는 셰시.

필랭트

경우에 따라서 너무 솔직하게 구는 건
우스꽝스럽게 보이고 받아들여지기 힘들 수 있어.
자네처럼 명예에 엄격한 사람한텐 거슬리겠지만
때로는 속내를 숨기는 게 좋을 때도 있거든.
숱한 사람들에게 그들을 어떻게 생각하는지
일일이 말해 주는 게 적절하고 예의에 맞는 일일까?
또 어떤 사람이 싫거나 마음에 들지 않는다고

그 사람한테 그대로 말해 줘야 하겠느냔 말일세.

알세스트

그래야지.

필랭트

뭐라고? 그럼 자네는 나이 든 에밀리 부인에게
그 나이에 예쁘게 보이려는 건 부적절한 일이며
그렇게 분칠하고 다니면 눈살이 찌푸려진다고 할 수 있겠나?

알세스트

물론이지.

필랭트

그럼 도릴라스에게 그가 너무 성가신 사람이며
자기 용맹과 가문의 영광에 대해 어찌나 떠들고 다니는지
궁정에선 누구나 귀를 틀어막을 지경이라고 할 수 있겠어?

알세스트

당연하지.

필랭트

농담이겠지.

알세스트

절대 농담이 아니야.

난 그 점에 있어서는 누구도 예외로 봐주지 않는다고.
눈에 거슬리는 게 너무 많아. 궁정에서건 파리 시내에서건
보이느니 울화가 치미는 일들뿐이라니까.
저런 짓거리들을 하는 작자들 사이에 끼여 사는 나를 보면
우울해지고 너무 슬퍼져.
보이느니 사방에 비열한 아첨에다
불의, 이해타산, 배신, 사기 행각뿐이야.
분노가 치밀어서 더 이상 참을 수가 없어.
나는 모든 사람들과 정면으로 맞설 작정이라네.

필랭트

철학자연하는 비애로 사람들을 밀어내는 건 좀 지나쳐.
자네가 그리 우울해하는 걸 보니 웃음이 나네그려.
우리 둘을 보면 마치
「남편들의 학교」[46]에 등장하는 두 형제처럼
한 부모 밑에서 자랐으되 —

알세스트

제발! 싱거운 비교 집어치우게.

필랭트

그건 아니지. 어쨌든 이런 공격적인 태도는 버리게나.
자네가 그런다고 세상이 바뀌지는 않아.

---

46 L'école des maris. 몰리에르의 다른 희곡으로 1661년 초연되었다. 이 극에 등장하는 두 형제 중 스가나렐은 권위적이고 신경질적인 데 반해 아리스트는 관대하고 온화하다.

그리도 솔직한 게 좋다 하니
내 솔직히 말함세. 그렇게 병적으로 집착하다가는
어딜 가건 사람들의 웃음거리가 될 거야.
요즘 세태에 대해 그렇게 화를 내다가는
뭇 사람들 앞에서 조롱당할 거라고.

알세스트
차라리 잘된 일이지! 잘되고말고. 내가 바라던 바야.
아주 좋은 징조군. 정말 기뻐.
인간들 전체가 얼마나 가증스러운지
그들 눈에 내가 현명해 보인다면 화가 날 지경이거든.

필랭트
자네는 인간 본성을 너무 나쁘게만 보는군!

알세스트
그래, 나는 인간 본성을 끔찍이 혐오해.

필랭트
단 한 사람의 예외도 없이 이 모든 가련한 인간들을
그리 혐오할 거란 말인가?
그래도 지금 우리가 사는 시대에는 아직 —

알세스트
아니, 예외는 없어. 나는 모든 사람들을 증오하네.
어떤 사람들은 심술궂고 악독하기 때문이고,

120　또 다른 사람들은 못된 놈들에게 알랑거리면서
그들을 뼛속까지 증오하지 않기 때문이야.
덕망 있는 자라면 악행에 대해 의당 그래야 하는데 말이지.
심지어 나와 소송 중인 그 순 악당에게마저 알랑거린다고.
지나친 거지. 부당한 일이라고.
아무리 가면을 써도 그자가 사기꾼이라는 건 뻔한 사실이야.
어딜 가든 그자의 됨됨이를 모르는 사람이 없기에
그자가 눈알을 굴리며 은근한 어조로 말을 걸어도
여기 사람이라면 속아 넘어가질 않지.
옴짝달싹 못 하게 해야 할 상스러운 인간이라고.
130　다들 알고 있지. 그자가 부정한 방법으로 출세를 해서
그 팔자가 저리 폈다는 걸 말이야.
인재들이 화낼 일이지. 덕망 있는 이들이 얼굴 붉힐 일이야.
사방에서 그자를 치욕적인 이름으로 불러 대도
그자가 명예로운 자라며 편들어 줄 사람은 아무도 없어.
그자를 사기꾼, 파렴치한, 가증스러운 악당이라 불러 보게.
모두들 그렇다 하지, 아니라 할 사람은 아무노 없다네.
그런데도 그자가 점잔 빼며 다니면 어디서든 환대를 받지.
다들 웃으며 맞아 줘. 어디서든 교묘히 환심을 산단 말이네.
만일 그자가 수작을 부려서 어떤 자리를 차지하려 들면
140　아무리 교양 있는 사람이라도 당해 낼 수가 없어.
제기랄! 악행에 저리 뜨뜻미지근하게 대응하다니
나로선 정말 견딜 수 없는 일이야.
그래서 때로는 갑작스러운 충동에 사로잡히기도 한다네.
사막에라도 가서 사람들을 피하고 싶어진단 말이지.

필랭트

제발이지, 세태에 대한 걱정은 그만 접고
인간 본성에 좀 더 관대해 지세나.
인간 본성을 너무 까다롭게 살피려 들지 말고
결점을 좀 너그럽게 받아 주자는 말일세.
세상을 살자면 유연함의 미덕도 필요하다네.
사람이 너무 똑똑해도 욕을 먹을 수 있거든. 150
정말 분별력이 있다는 건 모든 극단을 피하고
적당히 똑똑하게 구는 거라네.
지난 시대의 미덕들은 너무 경직되어서
요즘 시대의 일반적 관행과는 잘 맞지가 않아.
사람들에게 지나친 완벽함을 기대한단 말이지.
고집부리지 말고 시대에 따라 줘야 한다네.
세상을 바로잡겠다고 나대는 것만큼
정신 나간 짓은 없어.
자네 말처럼 일상사 중에는 내가 보기에도
다른 식으로 가면 더 좋지 않을까 싶은 일들이 많아. 160
하지만 순간순간 무슨 일을 보게 되건
나는 자네처럼 화를 내진 않는다네.
사람들을 있는 그대로 관대하게 받아들이고
마음을 다스려 그들의 행동을 참아 내지.
내 생각엔 궁정이나 도시에서
내 점액은 자네의 흑담즙만큼이나 철학자연한다네.[47]

---

47 고대 로마 시대의 의학자이자 해부학자 갈레노스Claudios Galenos의 체액 이론에 근거한 내용이다. 점액은 흑담즙과 반대로, 쉽게 화를 내지 않으며 인내심 많고 온화한 성격을 지닌 사람의 기질을 비유적으로 지칭한다.

알세스트

하지만 그리도 합리적으로 생각하는 자네의 그 점액이
그 무엇에도 분노하지 않을 수 있을까?
만약에 친구가 자네를 배신하거나
170 자네 재산을 가로채려고 음모를 꾸미거나
자네에 대해 고약한 소문을 퍼뜨리고 다니는데,
그 꼴을 보고도 화를 내지 않겠느냔 말이지.

필랭트

그래, 자네가 탓하는 그런 결점들이
인간 본성에서 비롯된 악덕들인 것 같긴 해.
하지만 먹을 것을 찾는 굶주린 독수리나
심술궂은 원숭이, 사나운 늑대들을 볼 때든지
부당하게 제 욕심만 챙기려는 사기꾼을 볼 때든지
마음이 상하기는 매한가지야.

알세스드

내가 어찌해 볼 도리도 없이 배신당하고,
180 풍비박산이 나고, 도둑맞고 하는데…….
제기랄! 말도 하기 싫군. 말도 안 되는 논리라고.

필랭트

맙소사! 자네는 아무 말 않는 편이 낫겠어.
소송 상대에 대한 감정을 자제하고
재판에 좀 신경을 쓰란 말일세.

알세스트

난 그럴 생각이 없으니 그 얘긴 다시 하지 말게.

필랭트

그럼 누가 판사에게 자네 입장을 대변해 주길 바라나?

알세스트

누구냐니? 이성과 나의 정당한 권리와 공정성이지.

필랭트

그럼 어떤 판사도 찾아가지 않겠다는 건가?

알세스트

물론. 내 주장이 부당한가? 의심스러워?

필랭트

나야 자네 편이네만 상대가 계책을 부리면 성가신 데다가, 190
또 —

알세스트

  아니야. 내 결심했네. 아무것도 하지 않기로.
내가 옳든가 그르든가 둘 중 하나겠지.

필랭트

                 과신하지 말게.

알세스트

나는 꿈쩍도 않을 거야.

필랭트

자네 상대는 강해.
작당을 해서 자기 쪽으로 유리하게 끌어갈 수도 —

알세스트

상관없어.

필랭트

실수하는 걸 수도 있어.

알세스트

그럴 수도 있겠지. 그 결과를 보고 싶네.

필랭트

하지만 —

알세스트

재판에 져도 기꺼이 받아들일 거라고.

필랭트

하지만 그래도 —

알세스트

이번 소송을 보면 알겠지.
만천하에 대고 내가 부당하다고 할 만큼
인간들은 그렇게 뻔뻔하고 고약하고
비열하고 타락했는지 아닌지를 말일세.

필랭트

자네란 사람은!

알세스트

아무리 큰 대가를 치르더라도
난 소송에서 지고 싶네. 진다는 것 자체가 너무 훌륭하거든.

필랭트

자네가 그런 식으로 말하는 걸 들으면
남들이 얼마나 비웃을까.

알세스트

비웃어도 할 수 없지.

필랭트

그런데 자네가 사랑하는 사람은
자네가 매사에 그리도 철저히 추구하는 엄격함과
그렇게 고집하는 정직성을 완벽하게 갖추고 있던가?
내가 보기에 너무 놀라운 건 말이지
아예 인간이라는 종족 자체와 사이가 틀어진 듯한 자네가

210 　　도대체 무얼 찾았기에
　　인간을 혐오스럽게 비추는 그 모든 것을 무시하고서까지
　　그녀에게 그리 현혹되었는가 하는 걸세.
　　게다가 더더욱 놀라운 건
　　자네가 어찌 그리 이상한 선택을 했는가 하는 거야.
　　신실한 엘리앙트가 자네에게 마음을 둔 게 분명하고
　　그 새침한 아르지노에도 다정한 눈길을 보내는데
　　자네는 이런 여인들의 마음을 외면하고
　　셀리멘을 좋아하고 있으니 말일세.
　　남자들에게 교태 부리고 남 헐뜯기 좋아하는 그녀야말로
220 　　요즘 세태에 푹 빠져 있는 인물인 듯한데 말이지.
　　도대체 요즘 세태를 그리도 혐오하면서
　　어떻게 그녀가 그러는 건 용납할 수 있는 건가?
　　사랑하는 사람에겐 그게 결점이 될 수 없는 건가?
　　자네 눈엔 그게 보이지 않는가? 아니면 용서가 되는 건가?

알세스트

아닐세. 그 나이 어린 과부를 사랑한다고 해서
그녀의 결점까지 모르쇠 대는 건 절대 아니네.
그녀를 보고 내 열정이 불타올랐다 해도
난 누구보다 먼저 그녀의 결점을 보고 비난할 사람이네.
하지만 내가 무얼 할 수 있는지와는 무관하게
230 내 약점을 털어놓자면, 그녀는 날 사로잡는 재주가 있어.
아무리 그녀의 결점을 보고 비난해 봐도 소용이 없다네.
어쨌든 그녀를 사랑하지 않을 수가 없어.
그녀의 매력엔 저항할 수가 없네. 내 사랑이라면 아마

시대의 악덕에 물든 그녀의 영혼을 정화시킬 수 있을 거야.

필랭트

자네가 한다면 적당히 하지는 않겠지.
그러면 그녀가 자네를 사랑한다고 믿는가?

알세스트

물론이지!
그게 아니라면 나는 그녀를 사랑하지 않을 거야.

필랭트

그녀의 사랑이 그리 확실하다면
경쟁자들 때문에 괴로워하는 이유가 뭔가?

알세스트

사랑에 빠진 이는 상대가 온전히 자기 사람이길 바라니까. 240
여기 온 건 오로지 그녀에게 그 얘길 하기 위해서라네.
그러한 점에서 내게 어떤 감정이 밀려드는지를 말이야.

필랭트

나라면 말일세, 그게 마음만 먹으면 되는 일이었다면,
나는 셀리멘의 사촌 엘리앙트에게 마음을 주었을 게야.
그녀는 자넬 좋게 보고 있네. 그 마음이 굳건하고 신실하니
그녀를 택하는 게 자네한테도 더 적절하고 나은 일일 텐데.

알세스트

자네 말이 맞아. 내 이성도 내게 매일 그렇다고 한다네.
하지만 누구를 사랑할지는 이성으로 정해지는 게 아니야.

필랭트

자네의 사랑이 너무 염려스러워. 그리 희망을 품고 있다가
혹여······.

제2장

오롱트, 알세스트, 필랭트

오롱트

250 아래층에서 엘리앙트와 셀리멘이
뭔가 살 게 있어 나갔다는 얘길 들었습니다만
선생께서 여기 계신다고 해서
진정으로 이 말씀을 드리고 싶어 올라왔습니다.
저는 선생을 이루 말할 수 없이 존경해 왔고
그 때문에 오래전부터
선생과 친분을 맺고 싶다는 열망을 품게 되었습니다.
네, 저는 재능의 가치를 기꺼이 인정하는 사람입니다.
그래서 우리가 우정으로 맺어지길 간절히 바라고 있지요.
나 정도 지위에 있는 사람이 친구가 되자는데
260 절대 거절하진 않으시겠죠.

여기서 알세스트는 완전히 몽상에 잠겨
오롱트가 하는 말을 못 듣고 있는 듯하다.

저기, 지금 선생께 드리는 말씀인데요.

알세스트

저요?

오롱트

그럼요. 제 얘기에 마음이 상하셨나요?

알세스트

그런 건 아닙니다. 하지만 너무 놀랍군요.
기대하지 않았던 영예라 놔서요.

오롱트

제가 선생을 존경한다고 해서 놀라실 일은 아니지요.
모든 사람의 존경을 받을 만하신걸요.

알세스트

오롱트 씨 —

오롱트

궁정 관리들도 당신만큼
재능이 뛰어나지는 못할 겁니다.

알세스트

오롱트 씨 —

오롱트

   그래요. 저는 궁정의 어느 고관대작보다
선생께 더 호감을 가지고 있습니다.

알세스트

오롱트 씨 —

오롱트

   제 말이 거짓이라면 벼락을 맞을 겁니다!
그러니 제 마음을 당신께 확인시켜 드릴 수 있도록
선생을 뜨겁게 포옹할 수 있게 해주시고
제게 우정을 베풀어 주십시오.
자, 그럼 악수해 주시지요. 약속하시는 거죠?
당신의 우정 말입니다.

알세스트

  오롱트 씨 —

오롱트

      아니, 거절하시는 겁니까?

알세스트

오롱트 씨, 제게 과분한 영광을 베푸시는군요.

하지만 우정에는 약간의 격식이 필요한지라
아무 데나 우정이란 이름을 갖다 붙이는 건
분명 우정을 모독하는 일이 될 겁니다.
우정은 분별력 있게 선택해서 생겨나는 것이지요.
친분을 맺기 전에 서로를 더 잘 알아야 하고요.
상대의 어떤 기질 때문에
친구가 된 걸 둘 다 후회하게 될 수도 있으니까요.

오롱트

그렇군요! 그리 현명하신 말씀을 듣고 보니
선생에 대한 존경심이 더 커지는군요.
그러면 시간을 두고 우정이 생겨날 때까지 기다립시다.
그동안이라도 저는 선생께 전적으로 헌신하겠습니다.
혹시 궁정에 출사하시도록 길을 터드려야 한다면,
다들 아시다시피 제가 전하 눈에 든 사람이거든요.
전하께서는 제 말을 경청하시고 무슨 일에서든
저를 세상에서 가장 정중하게 대하시지요.
어쨌든 제가 당신 사람이고
선생의 판단력이 탁월하시니
우리의 아름다운 우정을 시작하는 뜻에서
제가 방금 지은 소네트를 보여 드리죠.
이 작품을 사람들에게 보여도 될는지 알고 싶어서요.

알세스트

오롱트 씨, 저는 그런 걸 결정할 만한 사람이 못 됩니다.
그 부탁은 거두어 주시지요.

오롱트
왜 그러시죠?

알세스트
제 단점이
필요 이상으로 솔직하다는 거거든요.

오롱트
제가 부탁드리는 게 바로 그겁니다.
선생께 전적으로 내맡기고 솔직한 말씀을 기대하는데
저를 속이거나 감추시는 게 있다면 선생을 원망할 겁니다.

알세스트
그리하는 게 좋으시다니 한번 해보지요.

오롱트
〈소네트……〉 이건 소네트입니다.
〈희망……〉 제 사랑에 희망의 불길을 지핀 귀부인이죠.
〈희망은……〉 그리 거창한 시는 아니에요. 그저 감미롭고
부드러우며 고뇌하는 마음을 담은 소박한 시이지요.

낭송을 멈출 때마다 알세스트를 쳐다본다.

알세스트
두고 보면 알겠지요.

오롱트

〈희망은······.〉 선생이 보시기에
웬만큼 명료하고 쉽게 쓰인 문체일지, 310
시어의 선택이 만족스러우실지 모르겠네요.

알세스트

시를 보면 알겠죠.

오롱트

게다가 곧 아시게 되겠지만
저는 겨우 15분 만에 이 시를 완성했답니다.

알세스트

한번 봅시다. 시를 짓는 데 시간이 중요하진 않으니까요.

오롱트

희망은 진정 우리를 위로해 주고
잠시 우리의 근심을 달래 주네.
허나 필리스와의 사랑에 아무 진전이 없으니
이 무슨 초라한 영광이란 말인가!

필랭트

몇 줄만 들어도 황홀하네요.

알세스트

(목소리를 낮추어)

320   뭐라고? 이걸 멋지다고 하다니 자네 정말 뻔뻔하군!

오롱트

당신은 제게 친절하셨지요.
하지만 그러지 않으셨어야지요.
그렇게 애쓰지 않으셨어야지요.
제게 그저 희망만을 주시려는 것이었다면요.

필랭트

아! 정말 멋진 사랑의 언어로 표현하셨네요!

알세스트

(목소리를 낮추어)
맙소사, 비열한 아첨꾼! 이런 말도 안 되는 시를 칭찬해?

오롱트

내 열렬한 사랑이 고통스레
끝나지 않을 기다림을 감내해야 한다면
죽음이 내 구원이 될 터.

330   당신이 애를 써도 내 마음 돌릴 수 없으니
아름다운 필리스, 나는 늘 기대하면서도
절망하고 있다오.

필랭트

아름답고 사랑스럽고 멋진 마무리네요.

알세스트

(목소리를 낮추어)
빌어먹을 마무리 같으니!
성가신 인간, 이리 형편없는 시를 지어 놓고는!

필랭트

이리 훌륭한 시는 처음 들어봅니다.

알세스트

원 세상에!

오롱트

들기 좋으라고 하시는 말씀이죠. 당신은 아마 —

필랭트

아닙니다. 절대 아니에요.

알세스트

(목소리를 낮추어)
대체 뭐라는 거야? 이 음흉한 인간아.

오롱트

하지만 선생께선 우리 약속을 알고 계실 테니
제발 솔직하게 말씀해 주십시오.

340

알세스트

작품 평을 한다는 건 항시 까다로운 일이지요.
누구나 자신의 재기를 칭찬받고 싶어 하니까요.
하지만 이름을 밝힐 수 없는 어느 분께 언젠가
그분의 시에 대해 이렇게 말씀드린 적이 있습니다.
신사라면 아무리 글을 쓰고 싶어 근질근질해도
항상 자제할 줄 알아야 하며
그렇게 시간을 낭비해 쓴 글로 명성을 얻고자
조바심치지도 말아야 한다고 말입니다.
자기 작품을 보여 주고 싶은 열망에 휩쓸린 나머지
남들에게 형편없는 인간으로 비칠 수도 있으니까요.

오롱트

선생 말씀은 그러니까
제가 발표하려는 것이 잘못이라는……?

알세스트

                                    그런 말이 아닙니다.
그분께 드린 말씀, 감동 없는 글은 사람을 질리게 할 뿐이며
그런 결점만으로도 평판을 떨어뜨리기에 충분하다는 거죠.
아무리 다른 방면으로 재주가 뛰어나도
대개는 안 좋은 쪽으로 사람을 보게 되니까요.

오롱트

그럼 제 소네트에 결점이 많단 말씀이신가요?

알세스트

그런 말이 아닙니다. 하지만 글을 쓰려는 열망이 이 시대
얼마나 많은 교양인을 망쳤는지 똑똑히 알려 드렸습니다.
다시는 글을 쓰고 싶은 생각이 들지 않도록 말이죠.

오롱트

제가 글을 못 씁니까? 그런 사람들과 닮았나요?

알세스트

그런 말이 아닙니다. 어쨌든 제가 그분께 드린 말씀은
도대체 얼마나 급박한 욕구에서 시를 쓰게 되었으며
어떤 작자가 그걸 출판까지 하도록 두었냐는 것이었지요.
형편없는 책이 나오는 걸 용인하는 것은
생계를 위해 글을 쓰는 불행한 자들에게나 가당한 일입니다.
제 말을 믿고 그런 유혹에 넘어가지 마십시오.
대중들에게 그런 일거리를 안기지 마시란 말입니다.
그 누가 아무리 당신을 부추겨도 절대
탐욕스러운 인쇄업자의 농간에 넘어가
궁정의 교양인이라는 이름을 버리고
우스꽝스럽고 형편없는 작가의 이름을 얻지 마십시오.
제가 그분께 이해시키려 했던 것은 바로 이런 내용입니다.

오롱트

훌륭한 말씀이십니다. 무슨 뜻인지 알 것 같네요.
그런데 제 소네트의 경우는 어떤지 알 수 없을까요……?

알세스트

솔직히 말씀드리면, 장 속에 넣어 두시는 편이 낫겠습니다.
형편없는 모델을 따라 지은 데다가
표현도 전혀 자연스럽지 않습니다.
〈잠시 우리의 근심을 달래 주네〉라든가,
380 〈필리스와의 사랑에 아무 진전이 없으니〉가 뭡니까?
〈그렇게 애쓰지 않으셨어야지요.
제게 그저 희망만을 주시려는 것이었다면요〉는 또 뭐고요?
〈필리스, 나는 늘 기대하면서도
절망하고 있다오〉는 뭐라는 거죠?
사람들은 이런 비유적인 문체가
좋은 성격과 진실에서 나오는 것이라 떠들어 대지만
이건 그저 말장난에다 순 가식일 뿐이에요.
하나도 자연스럽지가 않다고요.
그런 점에서 이 시대의 고약한 취향이 전 걱정스러워요.
390 거칠긴 했어도 우리 조상들의 취향이 더 나았다고요.
제가 보기엔 요즘 사람들이 감탄해 마지않는 모든 것보나
제가 이제 들려 드릴 옛 노래가 더 나은 것 같습니다.

> 국왕께서
> 제게 파리라는 대도시를 주시며
> 사랑하는 임과
> 헤어져야 한다고 하시면
> 저는 앙리 국왕께 이리 말씀드리리다.
> 〈파리를 도로 가져가십시오.
> 저는 사랑하는 제 임이 더 좋습니다.

저는 사랑하는 제 임이 더 좋습니다.〉⁴⁸

운율도 빈약하고 문체도 낡긴 했지만
양식 있는 자라면 비난해 마지않을 저 하찮은 시들보다
그래도 이 시가 훨씬 낫지 않습니까?
사랑의 정열을 순수하게 이야기하고 있지 않나요?

> 국왕께서
> 제게 파리라는 대도시를 주시며
> 사랑하는 임과
> 헤어져야 한다고 하시면
> 저는 앙리 국왕께 이리 말씀드리리다.
> 〈파리를 도로 가져가십시오.
> 저는 사랑하는 제 임이 더 좋습니다.
> 저는 사랑하는 제 임이 더 좋습니다.〉

진정 사랑에 빠진 사람이 할 수 있는 말은 바로 이런 겁니다.
(필랭트에게)
그래, 늘 웃는 낯인 자네, 자네들이 아무리 재기를 뽐내도,
사람들이 찬탄해 마지않는 저 화려하고 허황된 시들보다
나는 우리 선조들의 시를 더 높이 평가한다네.

오롱트

하지만 저는 제 시가 아주 훌륭하다고 생각하는데요.

---

48 이 시는 1670년 이전에 출판된 어떤 시집에서도 찾아볼 수 없으나 17세기 말엽부터 개작 형태로 널리 유포되었다 — 원주.

알세스트

그렇게 생각하시는 데는 그만한 이유가 있겠죠.
하지만 제게도 다른 이유가 있음을 인정해 주시겠죠.
420 반드시 선생의 견해에 따르지 않아도 되는 이유 말입니다.

오롱트

남들이 제 것을 존중해 주기만 한다면야 그럴 수도 있겠죠.

알세스트

속마음을 감출 줄 알면 그러겠죠. 하지만 전 그리 못 해서요.

오롱트

그럼 선생께서 그런 재기를 타고나셨다는 말씀이신가요?

알세스트

제가 선생 시를 칭찬한다면 더 큰 재기를 가졌다 하시겠죠.

오롱트

제 시를 칭찬하실 필요는 없습니다.

알세스트

그런 건 기대하지 않으셔야 할 겁니다.

오롱트

그럼 같은 주제에 대해
선생은 과연 어떤 시를 쓰실지 보고 싶군요.

281

알세스트

불행히도 저 역시 선생처럼 형편없는 시를 쓸 수 있겠죠.
하지만 그걸 남들에게 보이지는 않을 겁니다.

430

오롱트

아주 단호하시군요. 하지만 그리 자만하시다가는 ―

알세스트

제 집 말고 다른 데 가셔서 칭찬해 줄 분을 찾으시죠.

오롱트

별 볼 일 없는 양반, 잘난 척 좀 그만하시지.

알세스트

아이고! 대단하신 나리, 그럴 만하니 그러는 겁니다.

필랭트

(두 사람 사이에 끼어들며)
어이! 두 분 다 지나치시네요. 제발 그만두십시오.

오롱트

아! 제가 잘못 생각했군요. 인정합니다. 제가 나가지요.
황송하오나 이만 실례하겠사옵니다.

알세스트

저는 진정 괜찮사옵니다.

제3장

필랭트, 알세스트

필랭트

자! 봤지? 지나치게 솔직하게 굴다가
이리 난처한 일이 생기지 않았나.
내 보아하니 오롱트는 칭찬을 받으려고 —

알세스트

그 얘긴 관두세.

필랭트

하지만 —

알세스트

더 이상 사람들과 사귀지 않을 거야.

필랭트

너무 그러지 마.

알세스트

내버려 두라니까.

필랭트

저기, 내가 —

알세스트

아무 말 말게.

필랭트

뭐라고 —

알세스트

안 들려.

필랭트

하지만 —

알세스트

그래도?

필랭트

사람을 모욕하면 —

알세스트

정말 환장하겠군! 너무하잖아. 따라오지 좀 말게.

필랭트

상관 말게나, 난 자네를 떠나지 않을 테니.

제2막

제1장

알세스트, 셀리멘

알세스트

부인, 제가 분명하게 말씀드려도 될까요?
부인의 행동 방식에 너무도 실망하고
그 때문에 울화가 치밀어서
450 부인과 결별해야겠다는 생각이 듭니다.
그래요, 다르게 말한다면 당신을 속이는 게 될 겁니다.
우리는 틀림없이 조만간 헤어지게 될 거예요.
당신과 헤어지지 않겠다고 수백 번 약속을 해도
그럴 수가 없을 겁니다.

셀리멘

보아하니 저와 다투시려고
집에 오자 하신 거군요?

알세스트

다투려는 게 아닙니다. 하지만 부인께선
아무한테나 너무 쉽게 마음을 내주십니다.
당신이 정신을 팔고 있는 애인들이 너무 많아요.
그 때문에 제 마음이 편하질 않다고요. 460

셀리멘

남자들이 저를 좋아하는 게 제 잘못이란 말인가요?
사람들이 저를 좋아하는 걸 어찌 막을 수 있겠어요?
저를 만나려고 그리 애쓰는 사람들을
몽둥이를 들고 집 밖으로 쫓아내기라도 해야 하나요?

알세스트

그게 아닙니다. 몽둥이를 드시라는 게 아니라
그들의 구애에 너무 쉽게, 상냥하게 대하지 말라는 겁니다.
저도 알지요. 어디서건 당신의 매력이 어디 가겠습니까.
하지만 당신의 눈길에 혹한 남자들을 환대하고
당신에게 넘어간 남자들을 다정히 대해 주니
당신의 매력에 마음을 빼앗겨 버리는 겁니다. 470
당신이 그들에게 지나친 희망을 주니
당신 주변을 열심히 맴돌고 있는 거지요.
당신이 조금만 덜 친절하게 대하면
당신의 사랑을 얻겠다고 그리 모여들진 않을 겁니다.
그런데 이것 하나만이라도 말씀해 주세요. 도대체
클리탕드르 같은 자가 어떻게 당신의 환심을 산 거죠?
그자에게 대체 무슨 재능과 미덕이 있기에

영광스럽게도 당신의 호평을 받고 있느냐 말입니다.
새끼손톱을 길게 기르고 있어서
480 그자를 좋게 봐주시는 건가요?
저 훌륭한 사교계 인사들처럼 당신도
그자의 번쩍이는 금빛 가발에 넘어가신 건가요?
바지 아래 달린 고급 레이스 때문에 사랑하게 되셨나요?
주렁주렁 달린 리본들에 매료되신 건가요?
그자의 헐렁한 반바지가 멋져서[49]
당신의 노예를 자처하는 그자에게 마음을 빼앗기셨나요?
그것도 아니라면, 그자가 웃음이나 계집애 같은 목소리로
당신을 감동시킬 수 있는 비결이라도 찾아낸 건가요?

셀리멘

그 사람을 질투하시는 건 정말 부당한 일이에요!
490 제가 왜 그 사람의 비위를 맞추는지 정말 모르세요?
그 사람이 제게 약속했듯이, 그는 어떻게든
제 재판에 자기 친구들을 개입시킬 수 있는 사람이라고요.

알세스트

부인, 차라리 의연하게 패소하세요.
그자의 비위를 맞추지 마시라고요. 제 마음이 상하거든요.

셀리멘

당신은 온 세상 사람들을 다 질투하시는군요.

---

49 여기서 묘사된 클리탕드르는 1660년대의 최신 유행 복장을 하고 있다.

알세스트

그건 당신이 온 세상 사람들을 환대하기 때문이고요.

셀리멘

바로 그러니까 분노를 가라앉히셔야지요.
제가 모든 사람을 친절하게 대하니까요.
제가 어느 한 사람에게만 친절을 베푸는 거라면
그게 더 치욕스러우실 텐데요.

500

알세스트

그렇게 제가 질투심이 많다고 비난하시는데
그러면 제가 남들보다 더 가진 게 도대체 뭐죠?

셀리멘

제가 당신을 사랑하는 걸 알잖아요. 그 행복을 가지셨죠.

알세스트

이렇게 애가 타는데 무슨 근거로 그걸 믿겠습니까?

셀리멘

제가 당신에게 고백을 했잖아요.
그렇게 마음 쓴 걸로 충분하다고 보는데요.

알세스트

하지만 당신이 남들에게도 똑같은 고백을 하지 않았다는 걸
누가 보장해 줄 수 있겠습니까?

셀리멘

정말이지 사랑의 말치고 달콤하기 이를 데 없네요.
510 저를 헤픈 사람 취급하시는군요.
좋아요. 그런 걱정은 덜어 드리지요.
조금 전에 드린 말씀은 모두 취소할게요.
이제 당신 자신 말고는 누구도 당신을 속일 수 없을 거예요.
그걸로 만족하세요.

알세스트

제기랄! 그래도 당신을 사랑해야 하는지!
아! 당신에게 사로잡힌 내 마음을 되찾을 수 있다면
그 놀라운 행운을 주시는 하늘에 감사드릴 겁니다!
솔직히 말하건대 나는 최선을 다하고 있습니다.
이 끔찍한 집착에서 벗어나려고요.
하지만 아무리 노력해도 지금까진 소용이 없었습니다.
520 당신을 이리 사랑하는 게 그저 내 죄인 게지요.

셀리멘

맞아요, 나에 대한 당신의 열정은 비할 데가 없어요.

알세스트

그래요. 그거라면 누구와도 맞설 수 있지요.
내 사랑은 상상할 수 없을 정도에요.
그 누구도 나처럼 사랑한 사람은 없답니다.

셀리멘

그렇긴 해요. 당신처럼 사랑하는 건 정말 처음 봐요.
상대에게 시비를 걸기 위해 사랑을 하잖아요.
사랑을 표현하신다는 게 온통 언짢은 말뿐이죠.
그렇게 불평만 해대는 사랑은 본 적이 없어요.

알세스트

이 근심이 사라지고 말고는 오직 당신에게 달렸습니다.
제발 부탁이니 이제 그만 다투고   530
터놓고 얘기해 봅시다. 어찌해야 그만 다툴 수 ―

제2장

셀리멘, 알세스트, 바스크

셀리멘

무슨 일이냐?

바스크

아카스트 나리께서 오셨습니다.

셀리멘

                그래! 이리 모셔라.

알세스트

아니! 당신과 단둘이 얘기하는 건 절대 안 되는 일인가요?
항시 사람들을 맞이할 준비가 되어 있으신가 보죠?
단 한 번만이라도 마음먹고
집에 없다고 하실 순 없나요?

셀리멘

그분하고 무슨 말썽이라도 생기길 바라시는 거예요?

알세스트

그 사람을 그리 배려하시는 게 저한테 기분 좋을 리야 없죠.

셀리멘

그분은요, 제가 그분 만나기를 불편해했다는 걸 알면
절대 저를 용서하지 않을, 그런 분이라고요.

알세스트

그래도 당신이 그렇게까지 어려워할 이유가 —

셀리멘

맙소사! 그런 분들의 호감을 사는 게 중요하다고요.
이유는 모르겠지만 그분들은 궁정에서
목소리를 높일 수 있는 분들이에요.
모든 대화에 참여하는 분들이라고요.
도움이 되지는 못해도 해를 끼칠 수는 있어요.
다른 사람들에게서 도움을 받을 수 있다 해도

결코 이런 분들과 사이가 틀어져서는 안 된다고요.

알세스트

결국 상황이 어떻든, 무슨 근거로든,
온갖 사람들을 맞아들일 핑계를 찾아내는군요.　　　550
당신의 신중한 판단이라는 것도 —

제3장

바스크, 알세스트, 셀리멘

바스크

마님, 클리탕드르 나리도 오셨는데요.

알세스트

(나가려는 듯한 몸짓으로)

　　　　　　　　　　　　　딱 맞춰 오셨구먼.

셀리멘

어딜 가시게요?

알세스트

가보겠습니다.

셀리멘

그냥 계세요.

알세스트

무엇 때문에요?

셀리멘

그냥 계시라니까요.

알세스트

못 해요.

셀리멘

제가 원하는데요.

알세스트

그게 문제가 아니에요.
그런 대화들이 나는 괴롭기만 한데
그런 걸 참고 있으라니 지나치신 거죠.

셀리멘

제가 원한다니까요.

알세스트

안 돼요. 나로선 불가능한 일입니다.

셀리멘

좋아요! 그럼 가세요. 나가시라고요. 마음대로 하세요.

제4장

엘리앙트, 필랭트, 아카스트, 클리탕드르,
알세스트, 셀리멘, 바스크

엘리앙트

두 후작께서 우리와 함께 오셨는데
말씀 들으셨어요?

셀리멘

      들었어. 손님들께 의자를 내드려라.   560
(알세스트에게)
안 가셨어요?

알세스트

      네, 안 갔습니다. 부인의 마음이
저분들에게 있는지, 아니면 제게 있는지 말씀해 주시지요.

셀리멘

가만히 좀 계세요.

알세스트

오늘은 속마음을 밝히셔야 할 겁니다.

셀리멘

제정신이 아니시군요.

알세스트

난 멀쩡합니다. 속마음을 밝히시지요.

셀리멘

아!

알세스트

어느 편인지 정하시지요.

셀리멘

농담하시는 거죠?

알세스트

아닙니다. 이제 선택을 하시지요. 더는 참을 수가 없으니.

클리탕드르

원, 세상에! 지금 루브르 궁에서 오는 길인데,
전하의 기상 의례에 참석한 클레옹트가
얼마나 우스꽝스럽게 보이던지. 도대체가 행실에 대해
자비롭게 충고해 줄 친구가 아무도 없나 봅니다.

셀리멘

사실인즉 그 사람은 사교계에서 대단한 웃음거리지요.
어디서건 눈에 거슬리는 태도를 보이거든요.
좀 뜸하다가 다시 보게 되는 경우에도
여전히 괴상망측한 행동을 하고 있더라고요.

아카스트

세상에나! 엉뚱한 행동을 하는 사람들 얘기라면
그중에서도 제일 피곤한 자에게 방금 당하고 오는 길입니다.
이런 말씀 죄송합니다만, 추론가연하는 다몽이라는 자에게
이 땡볕에 마차 밖에서 한 시간이나 붙들려 있었답니다.

셀리멘

그 사람은 정말 말을 이상하게 해요.
늘 거창하게 말하는데 내용은 아무것도 없더라고요.
그가 하는 말은 도무지 알아들을 수가 없고
그저 소음처럼 느껴질 뿐이지요.

엘리앙트

(필랭트에게)
시작이 심상치 않군요.
주변 사람들을 아주 제대로 헐뜯어 대겠어요.

클리탕드르

부인, 티망트 역시 아주 웃기는 사람입니다.

셀리멘

머리부터 발끝까지 도무지 알 수 없는 인물이지요.
지나가다 넋을 놓고 쳐다보질 않나,
아무 일도 없으면서 늘 분주해 보이죠.
떠벌릴 때는 얼마나 표정을 꾸며 대는지
590 듣는 사람들을 다 질리게 만들고요.
항시 대화를 끊어 놓으려고 목소리를 한껏 낮추어
비밀 얘기를 하겠다지만 그 비밀이란 게 아무것도 아니에요.
별것도 아닌 걸 가지고 침소봉대를 하고
안녕하시냐는 인사조차 귓속말로 한답니다.

아카스트

제랄드는요, 부인?

셀리멘

　　　　　오, 지겹게 떠들어 대는 사람이죠!
지체 높은 귀족들 얘기만 해대고
항시 그런 사람들과 교제하면서
공작이나 왕자, 공주 얘기가 아니면 입에도 안 올려요.
신분에만 열을 올리다 보니 그가 하는 얘기라곤
600 말이며 의장(衣欌), 사냥개에 관한 것뿐이죠.
아주 지체 높은 분들 얘기를 할 때도 하대를 하려다 보니
〈아무개 씨〉라는 말은 절대 쓰질 않지요.

클리탕드르

그 사람은 벨리즈와 절친한 사이라고들 하던데요.

셀리멘

아, 그 머리가 텅 빈 여자, 그 재미없는 대화라니!
그 여자가 나를 만나러 오면 괴로워 죽을 지경이에요.
할 말을 찾느라 계속 진땀을 빼야 하는데
얼마나 무미건조하게 말을 하는지
매번 대화가 끊기곤 해요.
그 어색한 침묵을 깨기 위해
온갖 흔해 빠진 이야기들을 주워대도 소용이 없어요. 610
날씨가 좋다거나 비가 온다거나 춥다거나 덥다거나,
그녀와는 이런 얘기들도 금방 바닥이 나버리죠.
이렇게 견디기 힘든데도 그녀는
한번 오면 끔찍할 만큼 오래 눌러앉는답니다.
그래서 시간도 묻고 연신 하품도 해보지만
그녀는 목석처럼 꿈쩍도 안 해요.

아카스트

아드라스트는 어떤가요?

셀리멘

                    아! 대단히 오만한 사람이죠!
정말 자만심으로 가득 찬 사람이에요.
자기 능력으로는 궁정이 결코 성에 차지 않는다지요.
매일 하는 일이라곤 궁정을 비난하는 것이고요. 620
자기가 보기엔 공적을 인정할 수 없는 자에게만
직책과 임무와 은전이 하사된다는군요.

클리탕드르

요즘 가장 고상한 분들이 즐겨 찾아가는
클레옹이라는 젊은이는 어떻게 생각하시나요?

셀리멘

그 사람이야 자기 요리사를 내세워서 그러는 거죠.
사람들은 그의 식탁에 앉으려고 찾아가는 거라고요.

엘리앙트

훌륭한 요리를 대접하려고 애를 쓰시던데.

셀리멘

예, 하지만 그 사람은 제발 식탁에 나오지 않았으면 싶어요.
제 입맛에는 그 어리석은 위인 자신이
그가 내놓는 모든 식사를 망치는 형편없는 요리 같거든요.

필랭트

클레옹의 숙부 다미스는 평판이 꽤 괜찮던데
부인 생각은 어떤가요?

셀리멘

그분도 제 지인 중 한 분이시죠.

필랭트

제가 보기엔 교양도 있고 아주 현명하신 것 같던데요.

셀리멘

예, 하지만 너무 지적으로 보이고 싶어 해서 짜증 나요.
그 양반은 항시 부자연스러워요. 말을 할 때면
좋은 말을 골라 하려고 애쓰는 게 보인다니까요.
자기가 유식하다는 생각이 머리에 박힌 후로는
취향에 맞는 게 없어요. 그만큼 까다로워진 거죠.
사람들 글이라면 어디서건 결점을 찾아내려 하고
칭찬하는 건 지적인 사람이 할 일이 아니라고 생각하죠.   640
흠잡을 거리를 찾아내야 유식한 것이지
감탄하고 웃어 대는 것은 어리석은 자들이나 할 짓이고
요즘 나오는 어떤 작품도 인정하지 않아야
자기가 누구보다 우월해진다고 생각하는 거예요.
심지어 사람들 대화에서도 나무랄 거리를 찾아낸답니다.
자기가 끼어들기에는 너무 수준 낮은 대화라나요.
그래서 팔짱을 끼고는 고고한 태도로
사람들이 무슨 말을 하건 측은하다는 듯 쳐다보죠.

아카스트

원 세상에! 정말 그 사람 생긴 그대로네요.

클리탕드르

사람들을 기막히게 그려 내시는군요.   650

알세스트

자, 훌륭하신 궁정 나리들, 어디 계속해 보시지요.
사람들을 돌려 가며 누구도 봐주시질 않는군요.

하지만 그중 누구라도 당신들 앞에 나타나면
서둘러 달려 나가 악수를 청하거나
그 사람의 환심을 사려고 볼에 입을 맞추면서
충실히 섬기겠단 맹세들을 하시던데요.

클리탕드르

아니, 우리한테 왜 그러시죠?
얘기가 거슬리면 셀리멘 부인을 나무라셔야죠.

알세스트

아니, 당신들 탓입니다. 당신들의 그 상냥한 미소 때문에
부인 머릿속에서 그런 험담이 쏟아져 나오는 거니까요.
바로 당신들의 잘못된 아부가
부인의 빈정대는 기질을 끊임없이 부추긴다고요.
잘한다고 박수받지 못한다는 걸 알았더라면
남들을 조롱하는 데 그리 재미를 붙이진 않았을 겁니다.
그러니 사람들이 악덕에 빠지는 건
어디서건 이런 아첨꾼들 탓으로 돌려야지요.

필랭트

그 사람들을 자네도 똑같이 비난할 거면서
그 사람들에 대해 웬 관심인가?

셀리멘

알세스트 씨야 당연히 반대로 얘기하지 않겠어요?
저분이 남들과 똑같이 얘기해 주길 바라시는 건가요?

반대를 일삼는 성질을 타고났는데
그 천성을 어디 감출 수 있겠어요?
다른 사람의 감정은 절대 저분 마음에 차지 않아요.
항상 반대 의견을 갖고 계시죠.
남들 눈에 자기와 누군가의 의견이 같은 걸로 보이면
평범한 사람으로 비치게 된다 생각하실 거예요.
반박하는 것을 명예로 여기고 그러는 데 몰두한 나머지
자신에 대해서도 종종 비수를 들이대신답니다.
자기 본심이라 해도 다른 사람 입에서 그 얘기가 나오면
바로 반박을 하시거든요. 680

알세스트

조롱꾼들이 모두 당신 편이니 그걸로 얘기는 끝난 거죠.
제 험담도 하시면 되겠네요.

필랭트

하지만 사람들이 하는 말에 자네가 항시
발끈 화를 내는 건 사실이지 않은가.
자네 스스로 인정하다시피 그 우울한 기질 때문에
비난이나 칭찬을 그대로 못 받아들인다는 것도 말일세.

알세스트

그건 말이지, 사람들이 올바른 판단을 하는 법이 없어서야.
사람들에 대해서는 늘 우울한 기분이 들 수밖에 없다는 거지.
내가 보기에, 사람들은 매사에 분별없이 칭찬을 하든지
아니면 경솔하게 비난을 한다네. 690

셀리멘

하지만 —

알세스트

　　아니, 아니에요, 부인. 제가 죽을 지경인데도
부인은 제가 도저히 용납할 수 없는 짓을 즐기고 계세요.
그리고 저자들이 남들을 흠잡는 일에 몰두하도록
부인을 부추기는 건 잘못된 처사라고요.

클리탕드르

저는 잘 모르겠네요. 하지만 분명히 말씀드릴 수 있는 건
저는 지금까지 부인에겐 결점이 없다고 생각했다는 겁니다.

아카스트

제가 보기에 부인에겐 우아함과 매력이 넘칩니다.
결점이라고는 눈에 띄지 않아요.

알세스트

제 눈에는 그 모든 결점들이 뚜렷이 보입니다.
700　그걸 숨기기는커녕 부러 책망하는 걸 부인도 알고 있죠.
누군가를 사랑하면 할수록 아첨은 삼가야 합니다.
무엇도 용서하지 않을 때 순수한 사랑이 드러나는 겁니다.
나라면 내 모든 감정에 순순히 따르고
무슨 말을 하건 나긋나긋 친절하게 받아 주면서
상궤(常軌)를 벗어난 행동에 아첨을 해대는
그런 비열한 연인들은 몽땅 쫓아 버릴 겁니다.

셀리멘

그러니까 당신 말씀을 그대로 따르자면,
제대로 된 사랑이라면 다정한 말도 해선 안 된다는 거군요.
완전한 사랑이라면 사랑하는 사람을 제대로 모욕하는 걸
최고의 명예로 여겨야 할 테고요.　　　　　　　　　　710

엘리앙트

사랑은 대개 그런 법칙과는 맞지 않아요.
연인들은 항상 자신들의 선택을 자랑하거든요.
열정 때문에 상대방이 흠잡을 데 없어 보이고
모든 것이 사랑스러워 보이죠.
상대방의 결점을 완벽한 것으로 여기고
그럴싸한 이름으로 불러 줄 줄도 안답니다.
창백한 여자는 눈부시게 새하얀 재스민에 비유되고
질겁할 만큼 새까만 여자는 사랑스러운 갈색 피부가 되지요.
마른 여자는 몸매가 좋고 유연하다 하고
뚱뚱한 여자는 풍모에 위엄이 있다 하고요.　　　　　　720
별 매력도 없고 우아하지도 않은 여자는
옷차림에 무심한 미인이라 불리지요.
거인처럼 큰 여자는 여신 같아 보이고
난쟁이 여자는 천상의 경이로움을 압축한 것 같다지요.
오만한 여자는 여왕에 걸맞은 심성을 지녔다 하고
교활한 여자는 재치 있다, 어리석은 여자는 선하다 하고요.
말이 너무 많은 여자는 성격이 좋다 하고
말없는 여자는 정숙하다 하지요.
이렇듯 극단적인 열정에 사로잡히면

730　　상대방의 결점까지도 사랑하게 되는 법이랍니다.

알세스트
하지만 나는, 내 생각에는 —

셀리멘
　　　　　　　이런 얘기는 그만두십시다.
회랑으로 산책이나 가시지요.
아니, 후작님들은 가시려고요?

클리탕드르와 아카스트
　　　　　　　아닙니다, 부인.

알세스트
저분들이 떠날까 봐 몹시 마음이 쓰이시나 보네요.
후작님들, 원하시면 언제든 가십시오. 미리 말씀드리는데
저는 여러분이 떠나신 다음에야 갈 겁니다.

아카스트
부인께 폐가 되는 게 아니라면,
저는 하루 종일 다른 볼일이 없습니다.

클리탕드르
저도 폐하께 저녁 문안 드리는 것 말고는
740　　다른 용무가 없습니다.

셀리멘

농담들이신 것 같은데요.

알세스트

절대 그렇지 않습니다.
당신이 가꿨으면 하는 사람이 나인지는 두고 보면 알겠죠.

제5장

바스크, 알세스트, 셀리멘, 엘리앙트,
아카스트, 필랭트, 클리탕드르

바스크

어떤 분이 나리께 드릴 말씀이 있다고 하는데요.
지체할 수 없는 일이랍니다.

알세스트

나는 그리 급한 일이 없다고 가서 전해라.

바스크

그분은 금장식이 들어가고 옷자락에 주름이 잡힌
관리 복장을 하고 계시던데요.

셀리멘

무슨 일인지 가보세요.

아니면 그를 들어오게 하시든가요.

알세스트

대체 무슨 일이죠?
들어오십시오.

제6장

법원 관리, 알세스트, 셀리멘, 엘리앙트,
아카스트, 필랭트, 클리탕드르

법원 관리
나리, 잠깐 드릴 말씀이 있습니다.

알세스트
내게 알려 줄 게 있으면 큰 소리로 말씀하셔도 됩니다.

법원 관리
제가 명을 받드는 귀족 법원 판사들께서
나리께 신속히 출두하시라는 명을
내리셨습니다.

알세스트
누구? 나 말입니까?

법원 관리

예, 나리요.

알세스트

무슨 일이죠?

필랭트

오롱트와 자네 사이의 그 우스꽝스러운 사건 때문이겠지.

셀리멘

사건이라뇨?

필랭트

오롱트가 지은 짤막한 시를
알세스트가 칭찬하지 않아서 조금 전 두 사람이 다퉜답니다.
일을 근본적으로 수습하고 싶은 모양이네요.

알세스트

나는 절대 비굴하게 아첨하지 않을 걸세.

필랭트

하지만 명령에는 따라야지. 자, 준비하고 —

알세스트

도대체 우리 사이에 무슨 타협안을 찾겠다는 거지?
논쟁이 되었던 시를 좋게 평가하라고?

760

판사들이 내게 그런 판결이라도 내릴 건가?
나는 내가 한 말을 절대 취소하지 않을 거야.
그 시는 형편없다고.

필랭트

하지만 좀 더 너그러운 마음으로 ―

알세스트

절대 소신을 굽히지 않을 거라니까. 그자의 시는 끔찍해.

필랭트

좀 유연한 태도를 보여 줘야 한다고.
자, 가세.

알세스트

가긴 하겠지만 어떻게 해도
내 말을 번복시킬 수는 없을 거야.

필랭트

법정에 출두하세나.

알세스트

저 골칫덩이 시를 좋게 평해 주라는
폐하의 지엄한 명이 내린다면 모를까,
나는 그의 시가 형편없고 그걸 쓴 사람은
목을 매고 죽어 마땅하다는 주장을 꺾지 않을 거네.

(웃고 있는 클리탕드르와 아카스트에게)
이런 빌어먹을 양반들이 있나! 난 그 정도로
우습게 보일 만한 사람이 아니라고.

셀리멘

서둘러
법정에 가세요.

알세스트
가겠습니다, 부인.
돌아와서 하던 얘기를 마저 하도록 하죠.

제3막

제1장

클리탕드르, 아카스트

클리탕드르

이보게 후작, 자네 아주 기분이 좋아 보이는군.
모든 게 즐겁고 아무 걱정거리도 없나 보지?
솔직히 눈이 멀지 않고서야
뭐 그리 대단히 즐거울 이유가 있는 건가?

아카스트

아무렴! 곰곰이 생각해 봐도 내겐
딱히 우울해 할 이유가 없다네.
재산도 있고 나이도 젊은 데다가
당당하게 귀족이라 내세울 수 있는 가문 출신이잖나.
또 조상 대대로 물려받은 지위가 있으니
내가 얻지 못할 직위도 거의 없고.

우리가 무엇보다 중시해야 할 용기만 해도
자랑은 아니네만 내게는 부족함이 없다네.
어느 결투에선가 내가 아주 강하고 담대하게
밀어붙이는 모습을 보지 않았나.   790
분명 재기도 있고 훌륭한 취향도 갖췄지.
따로 배우지 않아도 모든 것을 판단하고 추론할 수 있네.
내 연극을 아주 좋아하는데, 새로운 작품이 공연될 때면
무대 위쪽 좌석[50]에 앉아 조예가 깊은 관객으로서
어디가 탄성이 나올 만한 대목인지 판단하여
주도적으로 갈채를 보낼 수 있거든.
나는 섬세한 사람이야. 풍채도 인물도 잘났고
특히 치아까지 좋은 데다 몸매도 아주 잘빠졌지.
자랑은 아니네만 잘 차려입는 일이라면
감히 나와 겨룰 사람이 없을 거라 생각하네.   800
존경도 받을 만큼 받고 있는 데다가
여자들에게도 인기 좋고 전하께서도 나를 총애하시지.
친애하는 후작 친구, 이 모든 장점을 지녔으니
어디서건 나 자신에게 만족할 수 있을 거라 생각하네만.

클리탕드르

그렇군. 그런데 다른 데서는 쉽게 여자들의 호감을 사면서
여기서는 왜 그리 쓸데없이 한숨만 짓고 있는 건가?

---

50 당시 극장에는 무대 위에 좌석이 일부 마련되어 있었는데, 입장료가 상당히 비싼 이 좌석은 젊은이들 사이에서 매우 유행했다.

아카스트

내가? 맙소사! 내 몸매로 보나 성격으로 보나
미녀에게 냉대당할 사람은 아니지.
생긴 것도 형편없고 별 내세울 것도 없는 자들이나
810 쌀쌀맞은 미녀들 앞에서 한결같은 사랑을 불태운다네.
그 발밑에서 번민하며 그녀들의 매정함에 괴로워하지.
한숨과 눈물의 힘을 빌리고
오랫동안 공들여 쫓아다니면서
능력이 없어 거절당한 것을 얻으려 애쓴단 말일세.
하지만 나 같은 풍모를 지닌 사람들은
언제 얻을지 모르는 사랑을 위해 모든 걸 감수할 수 없어.
그네들이 아무리 출중한 미모를 지녔다 해도
다행히 나 또한 그네들 정도는 된다고 생각하네.
나 같은 사람의 마음을 얻는 것만 해도 영광인데,
820 그걸 위해 아무 수고도 하지 않는다면 불합리한 일이야.
적절히 균형을 맞추려면 적어도
가까워지기 위해 둘이 같이 노력을 해야지.

클리탕드르

그러면 후작, 자네는 여기 일이 잘 되어 간다고 생각하나?

아카스트

그렇게 생각할 만한 이유가 있다네.

클리탕드르

내 말 듣고 그리 지독한 착각에서 벗어나시지.

자넨 우쭐해서 판단력을 잃은 거야.

아카스트

사실이야. 내가 우쭐해서 눈이 멀었네.

클리탕드르

자네가 그리 비길 데 없이 행복하다고 판단하는 이유가 뭔데?

아카스트

내가 우쭐해서 그렇다니까.

클리탕드르

그렇게 생각하는 근거가 뭐냐고.

아카스트

내가 눈이 멀어서 그렇다니까.

클리탕드르

확실한 증거라도 있나? 830

아카스트

말했잖아, 내가 착각하고 있는 거라고.

클리탕드르

셀리멘이 은밀히 자네를 사랑한다고 고백이라도 한 건가?

아카스트

아니, 난 제대로 대접을 못 받고 있어.

클리탕드르

제발, 똑바로 대답해 보게.

아카스트

내게 그냥 퇴짜를 놓았다니까.

클리탕드르

농담은 그만하자고.
그녀가 자네에게 어떤 희망을 주었는지 말해 보라니까.

아카스트

나는 불쌍한 인간이고 자네는 행운아야.
그녀는 나라는 사람을 너무 싫어해.
그래서 조만간 목을 매고 죽어야 할 것 같다고.

클리탕드르

그래, 그럼 우리 연애 문제나 조정할 겸
둘이서 한 가지 합의를 하면 어떨까?
우리 둘 중 누구든 셀리멘의 마음을 얻었다는
확실한 증거를 보여 줄 수 있게 되면
다른 사람은 양보를 하고
셀리멘을 그만 쫓아다니자는 말일세.

아카스트

아! 자네가 그렇게 말해 주니 반갑군.
기꺼이 그렇게 하지. 내 약속함세.
쉿, 조용!

제2장

셀리멘, 아카스트, 클리탕드르

셀리멘

아직 계셨어요?

클리탕드르

    사랑이 발을 붙잡는군요.

셀리멘

방금 마차 들어오는 소리를 들었는데
누군지 아세요?

클리탕드르

    모르겠는데요.

제3장

바스크, 셀리멘, 아카스트, 클리탕드르

바스크

    마님, 아르지노에 부인께서
마님을 뵈러 올라오십니다.

셀리멘

    그 부인이 무슨 볼일일까?

바스크

엘리앙트 아씨께서 그분과 말씀을 나누고 계십니다.

셀리멘

그 부인이 무슨 생각으로, 누구 때문에 여기 온 걸까요?

아카스트

어디서나 아주 근엄한 분으로 통하던데요.
신앙심이 열렬하셔서 —

셀리멘

    그래요, 아주 있는 대로
점잔을 빼고 다니는 분이죠. 마음은 속세에 있기에
갖은 애를 써서 남자를 하나 낚아 보려 하지만
뜻을 못 이루고 있죠. 그러니 남자들이

한 여자를 쫓아다니는 걸 보면 질투가 날밖에요.
별로 내세울 게 없어 누구도 거들떠보지 않으니
세상이 눈이 멀었다고 항상 화만 내고 있거든요.   860
그녀에게선 지독한 외로움이 묻어나요.
그걸 가리려고 정숙함이라는 거짓된 베일을 쓰고 있죠.
그녀가 여성의 매력을 죄악시하는 건
특별한 매력이 없는 자신의 명예를 지키려는 거고요.
하지만 누구든 구애하는 남자만 있다면 아주 반길걸요.
심지어 알세스트 같은 남자한테도 연정을 품고 있으니까요.
알세스트가 내게 공들이는 건 자기 매력을 모욕하는 짓이며,
내가 자기 애인을 빼앗아 가는 거라고 치부하려 들어요.
나에 대한 질투심을 가까스로 감추고는 있지만
어디서건 은연중에 드러나곤 하죠.   870
어쨌든 그렇게 어리석은 짓은 본 적이 없어요.
그녀는 너무도 격에 맞지 않는 사람인 데다가
또 —

제4장

아르지노에, 셀리멘

셀리멘
여기까지 와주시다니 얼마나 기쁜지요!
솔직히 저는 부인 걱정을 하고 있었답니다.

아르지노에

저도 부인께 꼭 충고해 드릴 일이 있어 왔습니다.

셀리멘

아, 그러세요! 부인을 뵙게 되어 정말 기뻐요!

아르지노에

때마침 후작들께서 나가시네요.

셀리멘

앉으실까요?

아르지노에

    그럴 것까진 없습니다,
부인, 우정이라는 건 무엇보다
우리에게 가장 중요할 법한 일에서 발휘되어야 하죠.
저는 부인의 명예에 관한 충고를 드리러 왔습니다.
우리에게 명예와 예절보다
더 중요한 건 없으니
이로써 부인에 대한 제 우정을 보여 드릴 수 있겠죠.
어제 제가 아주 덕망 있는 분들 댁에 갔었는데
거기서 부인이 화제에 오르더군요.
어디서나 소란을 일으키고 다니시는 부인의 행실을
그분들은 불행히도 칭찬하지 않으셨어요.
부인께서 집으로 맞아들이는 그 숱한 남자들,
부인의 연애 행각과 그로부터 빚어진 소문들을

그분들은 필요 이상으로 심하게 비난하셨죠.
제 예상을 훨씬 뛰어넘을 정도로 가혹하시더군요.
제가 어떤 입장을 취했는지는 부인도 능히 짐작하실 겁니다.
부인을 지켜 드리기 위해 할 수 있는 바를 다했답니다.
부인의 의도를 적극적으로 옹호하고,
속마음은 그렇지 않을 거다 보증해 드리려 했지요.
하지만 부인도 아시다시피 살다 보면
아무리 하고 싶어도 변명할 수 없는 일이 있잖습니까?
그래서 저도 동의할 수밖에 없었죠.
부인의 처신에 문제가 좀 있고 그 때문에   900
부인에 대한 좋지 않은 평판이 사교계에 생겨나서
어딜 가나 듣기 거북한 얘기가 오간다는 데 대해 말입니다.
부인이 마음만 먹는다면 처신에 대해
그리 좋지 못한 평을 듣지는 않을 겁니다.
부인이 정절을 지키지 못했다고는 결코 생각지 않습니다.
하늘에 맹세코 절대 있을 수 없는 일이지요!
하지만 죄의 기미만 보여도 사람들은 쉽게 믿어 버리니
자기만 잘 산다고 되는 건 아니더군요.
부인께선 너무도 지각 있는 분이시니
이 유용한 충고를 곡해하지 않으실 거라 믿습니다.   910
전적으로 부인에게 득이 되고자 하는
제 속 깊은 마음 탓이려니 여겨 주시겠지요.

셀리멘

부인께 정말 감사드려야겠네요.
그런 충고야 고맙지요. 그걸 곡해할 리가 있겠습니까.

부인의 명예와도 관련된 충고인데
부인의 호의를 금세 알아챘고말고요.
사람들이 저에 대해 퍼뜨린 소문을 알려 주시면서
제게 친구 된 모습을 보여 주셨으니
저도 부인의 그 친절한 선례를 따르도록 하겠습니다.
920 사람들이 부인을 두고 하는 말들을 알려 드리지요.
일전에 어떤 곳을 방문했다가
아주 덕망 높은 분들을 만나게 되었는데 그분들은
바르게 사는 사람이 진정 어디에 마음을 쓰는지 얘기하던 중
부인을 화제에 올렸답니다.
부인의 근엄한 태도나 열렬한 신앙심을 그분들은
그리 좋은 본보기로 들지 않으시더군요.
겉으로 짐짓 근엄한 태도를 꾸며 대거나
항상 지혜와 명예 이야기만 하는 것,
좀 모호하긴 해도 순수한 의미로 받아들일 수 있는 단어에
930 외설적인 뜻이 있다며 낯을 찌푸리고 소리를 지르는 것,
자기 자신을 과대평가하는 것,
모든 사람들을 측은하다는 듯 내려다보는 것,
순수하고 잘못된 것도 없는 일들에 대해
설교를 늘어놓고 신랄하게 비판하는 것,
부인께 솔직히 말씀드리건대, 이 모든 것들을
그분들은 한결같이 비난하셨습니다.
이렇게들 말씀하시더군요. 〈정숙하고 현명한 척하지만
나머지를 보면 하나도 그렇지 않으니 다 무슨 소용인가?
그 여자는 시간 맞춰 꼬박꼬박 기도를 하지만
940 자기 하인들을 때리고 급료도 주지 않는다더군.

종교적인 곳에서는 열렬한 신앙심을 과시하지만
얼굴에 분칠을 하고 예쁘게 보이려 든다지.
알몸이 그려진 그림은 가리라고 하지만
실제 알몸은 좋아한다 하더군.〉
저는 부인 편을 들면서 그런 건 다 비방이라고
그분들 한 분 한 분께 장담을 했지요.
하지만 모두들 제 말을 물리치셨어요.
그러고는 부인께서 남의 행동에 신경을 좀 덜 쓰고
스스로의 행동에 관심을 기울이는 게
낫겠다는 결론을 내리시더군요. 950
남들을 비난할 생각을 하기 전에
자기 자신을 성찰해 봐야 한다는 것이지요.
남들에게 고쳐 주고 싶은 점이 있다면
모범적인 삶을 살아가는 데 치중해야 하며
꼭 고쳐 줘야 할 경우에도, 하늘로부터 그 임무를 부여받은
성직자들에게 맡겨 놓는 편이 낫다고 말이지요.
부인, 저 역시 부인이 너무도 지각 있는 분이신지라
이 유용한 충고를 좋게 받아들여 주실 거라 믿습니다.
그저 당신에게 도움이 되고 싶은 열망에 이끌려
저도 모르게 이리 된 것이라 여겨 주시겠지요. 960

아르지노에

누군가를 질책하려면 뭐든 감수해야겠지만
이런 식의 답변은 뜻밖이네요.
이리 가시 돋친 대답을 하시는 걸 보니
저의 진심 어린 충고에 마음이 상하신 모양입니다.

셀리멘

천만에요. 현명한 사람들이라면
서로 이렇게 충고를 주고받을 수 있겠죠.
선의에서 우러나온 행동이라면
스스로에 대한 무지에서 벗어날 수도 있을 거고요.
이렇게 열과 성을 다해 서로를 충실히 보살피고
970 남들이 저와 부인에 대해 하는 말들을
들은 대로 성심껏 전해 줄 것인지,
그건 오로지 부인 마음에 달린 일입니다.

아르지노에

아! 부인 말씀을 전혀 이해할 수가 없네요.
제가 비난받을 일이 많을 거라는 말씀이신가요?

셀리멘

부인, 저는 뭐든 칭찬하고 또 비난할 수 있다고 생각해요.
나이나 취향에 따라 나름대로 이유가 있을 테니까요.
연애하기에 좋은 시절이 있는가 하면
근엄한 척하는 게 어울리는 시절도 있지요.
젊은 날의 광채가 사그라지면
980 타산적으로 그런 태도를 취할 수 있어요.
애석하게도 볼품없어진 외모를 가리는 데 도움이 되니까요.
제가 부인과 같은 길을 가지 않을 거란 얘기는 아닙니다.
세월이 모든 걸 가져갈 테니까요. 하지만 아시다시피
스무 살인 제가 근엄한 척할 때는 아닌 것 같군요.

아르지노에

정말이지 부인은 별것도 아닌 걸 과시하면서
자신의 젊음을 요란하게 떠들어 대고 있군요.
부인보다 더 젊은 사람도 얼마든지 있을 텐데
그렇게 대단히 뽐낼 만한 일도 아니잖아요.
부인이 왜 이리 흥분해서
저를 몰아붙이는지 모르겠네요. 990

셀리멘

저 역시 부인께서 왜 가시는 곳마다
저를 두고 그리 흥분하시는지 모르겠네요.
부인의 마음이 괴롭다고 계속 저를 비난하셔야겠어요?
부인께 가야 할 남자들의 애정을 제가 가로채기라도 했나요?
남자들이 저에 대한 사랑의 감정으로
하루가 멀다 하고 구애를 하는 것도 어쩔 수 없고,
부인이 그걸 빼앗고 싶어 해도 저로선 어쩔 도리가 없어요.
제 탓이 아니니까요. 부인께선 마음대로 하세요.
남자들을 사로잡을 만한 매력을 갖지 못하도록
제가 부인을 방해하는 일은 없을 테니까요. 1000

아르지노에

세상에나! 부인이 과시하는 연인들의 숫자에
제가 신경이나 쓸 줄 아세요?
무슨 수로 그렇게 남자들을 끌어모으는지
쉽게 짐작할 수 없을 거라 생각하시나 보죠?
일이 어떻게 돌아가는지를 다 봤는데,

그 숱한 남자들이 순전히 부인의 미덕에 매료되어
고결한 사랑을 불태우고 있을 뿐이며 부인의 정숙함에 반해
환심을 사려 드는 거라 믿게 하시려고요?
그렇게 둘러대는 소리에 넘어갈 사람은 없어요.
1010 사람들은 바보가 아니거든요. 제가 아는 부인 몇몇은
사랑의 감정을 불러일으킬 만한 용모를 지니고도
자기 집에 연인들을 붙잡아 두지 않는답니다.
그런 걸 보면 이런 결론을 내릴 수 있죠.
남자들의 마음을 얻으려면 가까이 다가가야 한다는 것,
여인들의 아름다운 눈만 보고 끌리는 남자는 없다는 것,
남자들의 호의를 얻으려면 대가를 치러야 한다는 것이죠.
그러니 그리 변변치 않은 성과를 거둔 걸 가지고
무슨 대단한 영광인 양 자만하지 마십시오.
그걸 가지고 자신이 매력적이라 생각하며
1020 사람들을 깔보려 드는 오만함도 좀 고치시고요.
부인이 눈길로 남자들을 얻은 게 부럽다면
우리 같은 여자늘도 그저넘 할 수 있을 서예요.
신중한 처신을 접어 두고 애인을 만들겠다 마음만 먹으면
얼마든지 그럴 수 있다는 걸 보여 줄 수 있다고요.

셀리멘

그러시지요, 부인. 그러고서 일이 어떻게 되나 봅시다.
그 특별한 비결로 어디 연인을 만들어 보시라고요.
그러니까 그러지 말고 —

아르지노에

이런 얘기는 그만두죠, 부인.
계속하다가는 도를 넘어서겠어요.
마차 때문에 기다릴 수밖에 없었는데
그것만 아니었다면 벌써 떠났을 겁니다. 1030

셀리멘

부인 원하시는 만큼 계셔도 됩니다.
아무도 그만 가보시라 재촉하지 않으니까요.
하지만 체면치레로 부인을 성가시게 하진 않겠습니다.
부인과 시간을 보내기에 더 알맞은 분을 소개해 드리죠.
우연입니다만 때를 잘 맞추어 오셨네요.
저를 대신해 부인과 더 좋은 대화를 나눠 주실 겁니다.
알세스트 씨, 저는 편지를 쓰러 가야 합니다.
더 이상 미룰 수 없는 일이라서요.
부인과 함께 계셔 주시지요. 그러면 부인께서도
저의 결례를 쉽게 용서하실 거예요. 1040

제5장

알세스트, 아르지노에

아르지노에

보시다시피, 셀리멘은 제가 마차를 기다리는 동안
알세스트 씨와 잠시 대화를 나눴으면 하는군요.

당신과 이렇게 대화를 하게 되다니
지금껏 그녀가 배려한 것 중 제일 마음에 드는 일이에요.
능력이 빼어난 분들은 누구에게나 사랑과 존경을 받지요.
분명 당신에겐 은근히 마음을 끄는 구석이 있어요.
그래서 전 어찌하면 당신이 잘될까 하는 일에
온통 정신이 팔려 있답니다.
제가 바라는 건 궁정에서도 호의적인 시선으로
1050 당신을 정당하게 평가해 주었으면 하는 거예요.
당신이 불평하시는 것도 당연해요. 궁정에서 당신을
전혀 배려하지 않는 것을 볼 때마다 저도 화가 나거든요.

알세스트

제가요, 부인? 제가 무슨 근거로 그런 걸 바라겠습니까?
제가 국가에 봉사하는 걸 본 사람이라도 있나요?
도대체 궁정에서 저를 전혀 배려하지 않는다고 불평할 만큼
무슨 특출한 일을 한 게 있어야죠!

아르지노에

궁정에서 호의적으로 보는 사람이라고 해서
모두 국가에 대단한 봉사를 한 건 아니랍니다.
필요한 건 기회와 권력이에요.
1060 그리고 당신이 보여 주시는 능력이라면
틀림없이 ―

알세스트

    세상에! 제발 제 능력일랑 내버려 두십시다.

궁정에서 도대체 뭐에 신경 쓰길 바라시는 거죠?
궁정에선 할 일이 무척 많을 겁니다. 사람들의 능력까지
찾아내야 한다면 신경 쓸 일이 너무 많을 거예요.

아르지노에

뛰어난 능력이야 저절로 드러나지요.
어디서나 당신의 능력을 아주 높이 사고 있답니다.
그거 아세요? 어제 두 군데 아주 중요한 자리에 갔었는데
상당히 영향력 있는 분들이 당신을 칭찬하더군요.

알세스트

부인, 요즘엔 누구나 칭찬을 받는답니다.
지금 시대에 그걸로는 아무것도 구분할 수가 없어요. 1070
누구나 똑같이 뛰어난 능력을 지녔다고들 하니
칭찬받는다고 딱히 영예로울 것도 없지요.
찬사가 넘쳐 나고 누구에게나 칭찬을 해대니
심지어 제 하인도 신문에 날 지경이랍니다.

아르지노에

제가 바라는 건 말이죠, 당신이 더 잘나 보이게끔
궁정의 직책에 관심을 가지셨으면 하는 거랍니다.
조금이라도 그런 마음이 있으시다면
제가 당신을 위해 수완을 발휘할 수 있을 텐데요.
제가 움직일 수 있는 사람들이 있거든요.
그 사람들이 어떻게든 수월한 길을 터드릴 겁니다. 1080

알세스트

부인은 제가 궁정에서 무얼 하길 바라시나요?
제 기질대로라면 저는 궁정을 떠나고 싶습니다.
궁정의 분위기와 어울릴 수 있는
성정을 타고나지 못했거든요.
궁정에서 성공하고 일을 잘 꾸려 나가는 데
필요한 덕목들이 제게는 없습니다.
솔직하고 진실하다는 게 저의 최고 장점이지요.
저는 절대 감언이설로 어떤 사람인 척 연기를 못 해요.
그리고 자기 속내를 감출 줄 모르는 사람은
1090 절대 궁정에 있어서는 안 되죠.
물론 궁정 밖에 있으면 그런 뒷배나
영예로운 지위들을 누릴 수가 없겠죠.
하지만 그런 특권을 잃는 동시에
멍청한 바보 노릇을 해야 하는 서글픔 또한 면하게 된답니다.
쓰레기같이 끔찍한 인간들을 견뎌 내야 할 필요도 없고
이러저러한 나리들의 시를 찬양할 필요도 없고
어떤 부인에게 아첨할 필요도 없고
잘난 후작들의 기지 넘치는 언행을 참아 줄 필요도 없으니까요.

아르지노에

당신이 그러시다니 궁정 얘기는 그만두겠습니다.
1100 하지만 당신의 사랑을 보면 제 마음이 안타까워요.
제 생각을 말씀드리자면
저는 당신의 열정이 제자리를 찾았으면 한답니다.
당신이 마음을 빼앗긴 그 부인은 당신께 합당치 않아요.

당신은 훨씬 더 평온한 운명을 누려야 마땅할 분인걸요.

알세스트

그런데 지금 그 말씀을 하시면서
그 사람이 당신 친구라는 사실은 염두에 두고 계신가요?

아르지노에

그럼요. 하지만 셀리멘이 당신께 못하는 걸 더 참다가는
정말이지 제 양심에 상처를 입을 것 같아요.
당신의 처지를 보니 제 마음이 너무 아프네요.
당신께 주의드리죠. 그녀는 당신의 사랑을 배신하고 있어요. 1110

알세스트

부인, 제게 애정 어린 마음을 보여 주시는군요.
연인이나 할 법한 주의를 주시다니요!

아르지노에

그래요. 셀리멘이 제 친구이긴 하지만
점잖은 분의 마음을 구속하기엔 합당치 못한 여인이에요.
그녀의 마음에는 당신에 대한 진실한 사랑이 없답니다.

알세스트

그럴 수도 있겠지요. 사람의 마음을 볼 수는 없으니까요.
하지만 제 마음에 그런 생각이 들게 하시다니,
그런 호의는 자제해 주셨으면 좋았을 것을…….

아르지노에

당신이 미망에서 깨어나길 원치 않으시니
아무 말도 말아야겠네요. 그거야 쉬운 일이죠.

알세스트

그런 게 아닙니다. 하지만 사랑에 관해 무슨 얘기를 하건
의심하는 것보다 더 괴로운 건 없답니다.
제게 분명히 확인시켜 줄 수 있는 것만
말씀해 주셨으면 하는 겁니다.

아르지노에

좋습니다. 충분히 알아들었습니다.
이 문제에 대해 확실히 알게 되실 거예요.
당신 두 눈으로 모든 걸 똑똑히 확인하시길 바랍니다.
그저 제 집까지 함께 가주기만 하시지요.
당신이 사랑하는 셀리멘의 부정을 밝혀 줄
확실한 증거를 보여 드리겠습니다.
그리고 당신이 다른 여인을 사랑하실 수 있다면
당신에게 위로가 될 사람을 소개해 드릴 수 있을 거예요.

제4막

제1장

엘리앙트, 필랭트

필랭트
정말이지 저렇게 다루기 힘든 사람은 처음이에요.
합의를 보게 하기가 이렇게 힘들었던 적도 없고요.
그 친구 마음을 돌리려고 아무리 애를 써도 소용이 없어요.
자기 생각을 절대 바꾸지 않더라고요.
귀족 법원의 판사들도
이렇게 이상한 사건은 맡아 본 적이 없을 거예요.
알세스트는 그러더군요. 〈아니요, 절대 취소 못 합니다.
그것만 아니라면 무엇이든 동의하지요.
뭣 때문에 감정이 상했답니까? 무슨 말이 하고 싶대요?
글재주가 없다는 게 자기 명예가 걸린 일이라도 된답니까?
그 사람, 제 의견을 곡해했어요. 제 의견이 뭘 어쨌는데요?
교양 있는 사람이라도 시를 잘 못 지을 수가 있어요.

이런 문제는 명예와는 무관하다고요.
저는 그 사람이 모든 면에서 신사라고 생각해요.
귀족이고 유능하고 용감하고, 원하신다면 뭐든 하라죠.
하지만 작가로선 형편없어요.
원하신다면 그의 재력이나 씀씀이,
1150 승마술, 무예, 춤 실력도 칭찬해 드리겠어요.
하지만 그의 시를 칭송하는 일이라면 사양하겠습니다.
시를 잘 쓰는 복을 타고나지 않았을 때는
목에 칼이 들어올 지경이 아닌 바에야
절대 시를 쓰겠다는 욕심을 부려선 안 된다고요.〉
결국 온갖 배려와 타협 끝에 애써 감정을 추스르고는
자기 딴에는 어조를 누그러뜨려서 한다는 말이,
〈선생, 제가 너무 까다롭게 군 것에 대해서는
유감스럽게 생각합니다.
선생을 생각해서 조금 전 그 소네트를
1160 기꺼이 더 좋게 평가해 드렸으면 좋았을 것을요.〉
그런 다음 두 당사자가 포옹하는 가운데
모든 소송 절차가 서둘러 봉합되었답니다.

엘리앙트

그분의 행동 방식은 정말 특이해요.
하지만 솔직히 저는 그런 점을 높이 산답니다.
그분이 자부하시는 마음의 진실성이라는 데에
나름 고귀하고 영웅적인 구석이 있거든요.
요즘 같은 시대에는 보기 드문 미덕이지요.
그분과 같은 미덕을 저는 어디서나 보고 싶답니다.

필랭트

저로서는 그 친구를 보면 볼수록 무엇보다 놀라운 것이
지금 그가 온통 사랑에 빠져 있다는 사실입니다.
천성적으로 그런 기질을 타고난 친구가
어떻게 사랑할 마음이 생겼는지 도무지 알 수가 없어요.
더더욱 알 수 없는 건 그의 마음이 어떻게
당신 사촌 셀리멘한테 쏠릴 수 있는가 하는 겁니다.

엘리앙트

그런 걸 보면 사람들 마음속에서 사랑이 싹트는 게 항상
기질적인 관계에서 비롯되진 않는다는 걸 십분 알 수 있죠.
서로 사랑을 느끼게 된다는 이유들이
이 경우엔 하나도 들어맞질 않잖아요.

필랭트

하지만 셀리멘이 그를 사랑한다고 보시나요?

엘리앙트

그 점은 정말 알기가 쉽지 않아요.
셀리멘이 진실로 그를 사랑하는지 어떻게 알 수 있겠어요?
그녀 스스로도 자기감정을 확신하지 못할 텐데요.
마음이란 게 때로는 자기도 모르는 새 사랑하기도 하고
때로는 사실이 아닌데도 사랑한다 생각하기도 하거든요.

필랭트

제가 보기엔 그 친구가 당신 사촌 곁에 있다가는

생각보다 더 큰 괴로움을 겪게 될 것 같아요.
사실 말이지 그 친구가 나랑 같은 마음이라면
다른 데 가서 사랑하는 사람을 찾았을 겁니다.
보다 올바른 선택을 해서
1190 당신이 내비치는 호의를 받아들였을 거라고요.

엘리앙트

제가 허심탄회하게 말씀드릴게요.
그런 문제에 있어서는 솔직해야 한다고 생각해요.
저는 그분의 사랑을 반대하지 않습니다.
오히려 마음으로 지지하고 있지요.
만일 제 뜻대로 할 수 있는 일이라면
제 손으로 그분을 사랑하는 사람과 맺어 드릴 겁니다.
하지만 그런 선택에서야 무슨 일이든 일어날 수 있으니,
만일 그분의 사랑이 운명의 반대에 부딪치게 된다면
그래서 셀리멘이 다른 남자와 결혼하게 된다면
1200 제가 그분의 사랑을 받아들일 수도 있겠지요.
그분이 셀리멘에게 거절을 당하더라도
그것 때문에 꺼려 하지는 않을 거예요.

필랭트

저로 말씀드리자면, 매력적인 당신이
그에게 호감을 갖는 데 반대하지는 않습니다.
제가 얼마나 애를 써서 이 얘기를 했는지
알세스트 본인이 당신께 알려 드릴 수도 있을 겁니다.
하지만 만일 저 두 사람이 결혼을 하게 되어

당신이 알세스트의 사랑을 받을 수 없게 된다면,
당신이 그에게 베풀었던 그 따뜻한 마음을,
그 대단한 호의를 청하는 사람은 아마도 제가 될 겁니다.   1210
당신 마음에서 그를 지울 수 있게 되었을 때,
당신 마음이 저를 향할 수 있다면 얼마나 좋을까요.

엘리앙트

농담이시겠죠, 필랭트.

필랭트

아닙니다, 부인.
진심으로 말씀드리고 있는 겁니다.
저는 당당히 나설 수 있는 기회를 기다리고 있어요.
그때가 오기를 학수고대하고 있답니다.

제2장

알세스트, 엘리앙트, 필랭트

알세스트

부인, 제가 당한 이 모욕을 좀 보상해 주십시오.
셀리멘에 대한 제 한결같은 사랑이 이리 짓밟혔답니다.

엘리앙트

무슨 일이세요? 무엇 때문에 그리 흥분하신 건데요?

알세스트

1220 죽어도 상상할 수 없는 일이 일어났습니다.
온 세상이 미쳐 날뛴다 해도
이보다 괴롭진 않을 겁니다.
끝장났습니다. 제 사랑이…… 입에 담을 수도 없네요.

엘리앙트

어떻게든 정신을 좀 차려 보세요.

알세스트

하느님! 가장 비열한 인간이나 할 법한 가증스러운 악행을
그렇게 매력적인 사람이 꼭 해야만 할까요?

엘리앙트

도대체 누가 당신께 —

알세스트

아! 모든 게 끝장났어요.
제가, 제가 배신을 당했습니다. 죽은 거나 다름없어요.
셀리멘……. 이게 믿을 수 있는 일일까요?
1230 셀리멘은 저를 속였습니다. 그저 부정한 여자라고요.

엘리앙트

그렇게 믿을 만한 정당한 근거라도 있는 건가요?

필랭트

섣부르게 의심을 품은 것이겠지.
자네, 질투심 때문에 가끔 헛된 망상을 품지 않나 —

알세스트

이런, 빌어먹을! 자네는 내 일에 상관 말게.
셀리멘이 배신한 게 명약관화하다고. 그녀가 쓴 편지가
주머니에 들어 있단 말일세. 예, 부인, 그녀가 오롱트에게 쓴
이 편지를 보고 알게 됐습니다. 제가 그녀의 사랑을 잃었고
그녀가 수치스러운 짓을 했다는 사실을요.
오롱트라니. 셀리멘이 그의 구애를 피한다고 생각했기에
연적들 중에서도 제일 경계하지 않았던 자랍니다. 1240

필랭트

편지의 표면적인 내용만 보고 잘못 생각했을 수도 있어.
때로는 생각만큼 크게 잘못된 일이 아닐 수도 있다네.

알세스트

다시 한 번 말하지만 제발 날 좀 내버려 두게.
자네 일이나 신경 쓰라고.

엘리앙트

흥분을 가라앉히셔야 해요. 그리고 당신이 당한 모욕이 —

알세스트

부인, 일은 이제 당신께 달렸습니다.

이 참을 수 없는 비탄에서 벗어나기 위해
오늘 진심으로 당신께 도움을 청합니다.
셀리멘은 비열하게도 한결같았던 제 사랑을 배신했습니다.
1250 저 파렴치하고도 배은망덕한 셀리멘에게 복수해 주세요.
당신도 끔찍해하실 이런 악행에 앙갚음을 해달란 말입니다.

엘리앙트

앙갚음을 해달라고요? 어떻게요?

알세스트

제 마음을 받아 주시면 됩니다.
저 부정한 여인 대신 제 마음을 받아 주십시오, 부인.
그렇게 하면 그녀에게 복수가 될 겁니다.
당신에게 진실한 마음을 바치고 깊이 사랑하며
소중히 돌보고 또 열과 성을 다해
한결같이 헌신함으로써 그녀를 응징하고 싶습니다.

엘리앙트

당신의 고통은 정말 마음 아프게 생각해요.
1260 제게 주시는 마음을 결코 가벼이 여기는 것도 아니고요.
하지만 일이 생각만큼 그리 크게 잘못된 건 아닐 거예요.
앙갚음하고 싶다는 생각을 버리시게 될 수도 있을 거고요.
아주 매력적인 사람에게 모욕을 당하면
실행도 못 할 계획을 잔뜩 세우게 되지요.
아무리 헤어질 수밖에 없는 이유가 있어도 소용없어요.
잘못한 게 사랑하는 사람이면 그 잘못은 금세 사라지지요.

그 사람의 불행을 바라던 마음도 쉽게 사그라들고요.
연인의 분노라는 게 어떤 건지는 다들 잘 알고 있지요.

알세스트

아니, 부인, 아닙니다. 너무도 치명적인 모욕을 당해서
절대 돌이킬 수가 없습니다. 저는 그녀와 결별할 겁니다.   1270
그 무엇으로도 제 결심을 돌려놓을 수는 없을 거예요.
혹여 셀리멘을 봐준다면 저 자신을 용서하지 않을 겁니다.
저기 그녀가 옵니다. 모습을 보니 더 화가 치미는군요.
그녀의 비열한 행동을 매섭게 질책해서
몸 둘 바를 모르게 만들고, 당신께 제 마음을 바치겠습니다.
그녀의 거짓 매력을 훌훌 털어 낸 연후에요.

제3장

셀리멘, 알세스트

알세스트

이런! 흥분한 마음을 가라앉힐 수 있을까?

셀리멘

아니! 왜 그리 심기가 불편해 보이시죠?
긴 한숨을 내쉬며 침울한 눈길로
저를 바라보시는 이유가 뭔가요?   1280

알세스트

사람이 할 수 있는 그 어떤 사악한 짓도
당신의 배신행위에 비길 수는 없어요.
어떤 운명도, 악마들도, 분노한 하늘도
당신같이 고약한 인간을 만들어 내진 않았을 겁니다.

셀리멘

제가 경탄해 마지않는 사랑이 바로 이런 거군요.

알세스트

아! 농담하지 마십시오. 웃을 때가 아니라고요.
오히려 얼굴을 붉히셔야 마땅하지요.
당신이 배신했다는 확실한 증거가 있단 말입니다.
바로 그 때문에 제 마음이 불편했던 겁니다.
1290 사랑하면서도 내내 불안하더니, 근거 없는 게 아니었어요.
제가 걸핏하면 의심한다고 당신은 불쾌해했지만
제가 찾아내려던 불행을 이 두 눈으로 똑똑히 확인했습니다.
당신은 아닌 척하려고 교묘히 갖은 노력을 다했지만,
무엇을 경계해야 하는지 제 별자리에 예고되어 있더군요.
하지만 분통이 터질 만한 모욕을 당해 놓고
앙갚음하지 않은 채 잠자코 있을 거라 생각지는 마십시오.
저도 알지요. 사랑이라는 게 사람 뜻대로 되는 게 아니고
어디서고 앞뒤 상관없이 생겨날 수 있다는 것,
억지로는 절대 사람 마음을 얻을 수 없고
1300 누구나 자유롭게 사랑하는 사람을 택할 수 있다는 것을요.
그러니 당신이 제게 숨김없이 말했더라면

아무것도 원망하지 않았을 겁니다.
당신이 처음부터 제 사랑을 거절했다면
그저 운명을 탓할 수밖에 없었을 거라고요.
하지만 거짓 고백에 뛸 듯이 기뻐했던 제 열정적인 사랑에
이것은 아무리 큰 벌을 내려도 시원치 않을
배신이고 배반입니다.
이리 한스러운데 제가 무엇인들 못 하겠습니까?
그래, 이리 모욕을 주었으니 이제 당신이 두려워하셔야죠.
나는 주체할 수 없을 정도의 분노에 사로잡혀 있습니다.   1310
당신의 치명타에 죽을 것같이 상처 입은 나는
더 이상 이성으로 내 감정을 다스릴 수 없습니다.
정당한 분노에 나를 그냥 내맡긴 터라
스스로 무슨 일을 저지를지 장담할 수 없다고요.

셀리멘

도대체 무슨 일로 이리 흥분하시는 건데요?
말씀 좀 해보세요. 판단력을 잃기라도 하신 건가요?

알세스트

그래요, 나는 그때 판단력을 잃었던 겁니다. 당신을 보고
불행히도 사랑이라는 치명적인 독을 들이켰을 때,
당신의 음흉한 매력에 눈이 멀어 놓고
진실한 사랑을 찾은 거라 믿었던 그때 말입니다.   1320

셀리멘

도대체 무슨 배신을 당했다고 이리 장탄식이세요?

알세스트

아! 어찌 저리 위선적인지! 속내를 잘도 감추는군!
하지만 그녀를 꼼짝 못 하게 할 방법이 다 있지.
이걸 좀 보세요. 부인의 필적을 알아보시겠죠.
이 편지를 들킨 것만으로도 충분히 당황스러우실 텐데요.
이런 증거를 두고 당신이 뭐라 반박할 수 있겠어요?

셀리멘

그래, 이것 때문에 그리 심란해하시는 건가요?

알세스트

이걸 보고도 얼굴을 붉히지 않는 건가요?

셀리멘

제가 왜 그것 때문에 얼굴을 붉혀야 하는 거죠?

알세스트

1330 뭐라고요? 위선적인 데다가 뻔뻔하기까지 하시군요.
서명이 없다고 당신이 쓴 게 아니라고 하시게요?

셀리멘

무엇 때문에 제가 쓴 편지를 아니라고 하겠어요?

알세스트

편지의 어조로 보아 당신이 내게 잘못한 게 분명한데도
이걸 아무렇지도 않게 볼 수 있으시다?

셀리멘

당신은 정말이지 도가 지나친 분이에요.

알세스트

아니, 이렇게 확실한 증거를 무시하시겠다?
오롱트에 대한 당신의 애정이 드러나 있는데
내게 모욕이 될 것도, 당신에게 수치가 될 것도 없다고요?

셀리멘

오롱트요? 이게 그 사람에게 쓴 편지라고 누가 그러던가요?

알세스트

오늘 내게 그 편지를 건네준 사람들이 그러더군요.　　　　1340
뭐 그게 다른 남자한테 쓰신 편지라 해드릴 수도 있습니다.
그렇다고 제가 당신 마음을 덜 탓하게 될까요?
당신이 제게 저지른 잘못이 덜어지기라도 하느냐고요!

셀리멘

하지만 만일 이 편지가 여자에게 쓴 거라면
당신이 상심할 게 뭐 있지요? 무슨 잘못이 있냐고요!

알세스트

아! 말을 참 잘 돌리시네요. 참 대단한 변명이에요.
솔직히 그 정도까지는 생각을 못 했는데
그러시는 걸 보니 이제 의심할 여지가 없군요.
감히 그렇게 치졸한 책략을 쓰시다니요!

1350 사람들이 그 정도로 무지하다고 생각하시나요?
도대체 당신이 무슨 핑계를 둘러대며 어떤 얼굴로
그리도 뻔한 거짓말을 우겨 대는지 어디 한번 봅시다.
구절구절마다 불같은 사랑이 드러나는데
이걸 어찌 여자에게 쓴 것이라 둘러댈 수 있는지.
제가 편지를 읽어 볼 테니 어디 바로잡아 보시지요.
당신이 신의를 저버린 일을 덮으시려거든 —

셀리멘

그렇게는 하고 싶지 않네요. 그리 도도하게 구시면서
제 면전에서 감히 그런 말씀을 하시다니 우스운 분이군요.

알세스트

그건 안 되죠. 화내지 마시고 애쓰는 척이라도 해보시죠.
1360 왜 이런 말을 쓰셨는지 제게 해명을 해보시란 말입니다.

셀리멘

아니요, 아무것도 하고 싶지 않아요.
어떻게 생각하시든 나와는 상관없는 일이에요.

알세스트

제발 부탁이니 이게 여자한테 쓴 편지라는 걸
입증해 보시란 말입니다. 그러면 저도 안심이 될 테니.

셀리멘

아니, 이건 오롱트 씨한테 쓴 거예요. 그렇게 믿으세요.

그분이 바치는 온갖 정성을 저는 아주 기쁘게 받지요.
그분 말씀에 감탄하고 그분의 됨됨이를 존경해요.
당신이 바라시는 대로 뭐든 부인하지 않겠어요.
마음대로 하세요. 절대 당신 뜻을 꺾지 마시고
더 이상 나를 괴롭히지 마세요.   1370

알세스트

맙소사! 이보다 더 잔인한 일이 있을까!
진심을 이렇게 대접한 적이 있던가!
뭐라? 그녀에 대한 나의 분노는 정당해.
충격을 받고 한탄하러 온 나를 오히려 책망하다니!
내 고통과 의심을 극단으로 몰아가는구나.
뭐든 마음대로 믿으라 하고 매사에 저리 당당하네.
그런데도 내 마음은 여전히 나약하여
마음을 붙들고 있는 사슬을 끊어 내지 못하고
저 배은망덕한 여인을 너무도 사랑하는 나머지
고고하게 마음을 다잡아 경멸하지도 못하는구나.   1380
아! 사랑을 배신한 당신, 당신은 내 치명적인 약점을
역으로 잘도 이용하시는군요!
당신의 위험한 시선에 사로잡혀 치명적인 사랑에 빠진 나,
이 넘치는 사랑을 당신 자신을 위해 잘도 요리하시네요!
내가 괴로워할 잘못을 하지 않았다 부인이라도 해보세요.
재미 삼아 내게 잘못한 척하는 건 그만두시란 말입니다.
할 수만 있다면 이 편지가 무고한 것임을 증명해 보라고요.
내 사랑으로 당신에게 화해를 청하겠습니다.
애써서 정숙한 모습을 보여 주세요.

1390 그러면 당신이 그렇다는 걸 애써 믿어 볼 테니.

셀리멘

가세요, 질투심에 흥분해서 제정신이 아니군요.
그런 분은 제게 사랑받을 자격이 없어요.
당신을 위해 비열하게도 내 감정을 속이라니,
누가 나를 그 지경까지 끌어내릴 수 있을지 알고 싶군요.
그리고 내 마음이 다른 사람에게 기운다면
그걸 솔직하게 말하지 않을 이유가 없잖아요.
당신에 대한 제 호감을 감사하며 확신하신다면
대체 왜 제게 그런 의심을 품으시는 거죠?
그런 보증이 있는데 의심이 무슨 힘을 쓰겠느냐고요.
1400 의심하는 쪽으로 기울어지는 건 나를 모욕하는 게 아닌가요?
여자가 사랑을 고백하기로 마음먹는 데는
정말 대단한 노력이 필요해요.
여자들의 명예가 사랑과는 상극인지라
그런 고백을 엄격히 금하기 때문이지요.
자신을 위해 그런 장애물을 뛰어넘는 것을 보고도
그 사랑을 의심한다면 벌을 받아 마땅하지 않을까요?
여자가 엄청난 갈등을 겪고 난 후에야 고백한 사랑을
믿지 못한다면 그 연인도 잘못한 게 아니냔 말입니다.
그러니 당신의 의심에 제가 화를 내는 건 당연하지요.
1410 당신은 제가 존경할 만한 분이 아니군요.
제가 어리석죠, 그래도 당신에게 일말의 호감을 품고 있는
제 순진함을 탓할밖에요.
이제 다른 데서 존경할 만한 분을 찾아야겠어요.

당신은 제 원망을 받아 마땅한 분이 되었으니까요.

알세스트

아! 배신자! 그런데도 당신에겐 어찌 이리 약해지는지!
분명 달콤한 말로 나를 속이는 것일 텐데.
그래도 제 운명을 따라야겠지요.
당신을 전적으로 믿어 보겠습니다.
당신의 마음이 어떻게 될지 끝까지 지켜보고 싶어요.
음흉하게 나를 배신할지 아닐지도 말이지요. 1420

셀리멘

아니요, 당신은 남들이 하는 식으로 나를 사랑하지 않아요.

알세스트

아! 내 지극한 사랑에 비길 수 있는 건 아무것도 없어요.
모두에게 이 사랑을 드러내 보이고 싶은 열망에
당신을 거스르는 소원마저 품게 되었답니다.
그래요, 누구도 당신을 사랑스럽게 여기지 않으면 좋겠어요.
당신이 가엾은 처지에 놓였으면,
태어날 때부터 가진 게 아무것도 없었으면,
지위도, 가문도, 재산도 없었으면 싶습니다.
그러면 내 마음을 헌신적으로 바쳐
당신을 그 부당한 운명에서 구해 주고 1430
내 사랑의 손길로 당신에게 모든 것을 베풀어 주는
기쁨과 영광을 누릴 수 있을 텐데.

셀리멘

정말 이상한 방식으로 제 행복을 바라시는군요.
제발 그런 일만은 면할 수 있기를……!
저기 뒤 부아 씨가 우스꽝스러운 표정으로 들어오네요.

제4장

알세스트

대체 그 차림새는 뭐냐? 그 얼빠진 표정은 또 뭐고?
무슨 일이야?

뒤 부아

나리…….

알세스트

뭔데?

뒤 부아

정말 알 수 없는 일이예요.

알세스트

뭐가?

뒤 부아

나리, 우리 일이 잘못되었어요.

알세스트

뮈라고?

뒤 부아

큰 소리로 말씀드려도 될까요?

알세스트

그래, 얼른 말해 봐라.

뒤 부아

혹시 누가 있는 건……?

알세스트

아! 웬 시간 낭비인지! 1440
말을 하긴 할 거냐?

뒤 부아

나리, 피하셔야 합니다.

알세스트

뮈라고?

뒤 부아

지체 없이 여기를 떠나셔야 한다고요.

알세스트

어째서지?

뒤 부아

글쎄, 여기를 떠나셔야 한다니까요.

알세스트

이유가 뭐야?

뒤 부아

나리, 작별 인사도 생략하고 떠나셔야 합니다.

알세스트

도대체 무슨 이유로 내게 그런 말을 하는 건데?

뒤 부아

나리, 짐을 꾸리셔야 하기 때문이지요.

알세스트

이런 빌어먹을 놈, 달리 설명하지 않으면
내 필히 네놈의 머리통을 부숴 버리겠다.

뒤 부아

나리, 검은 옷을 걸친 시커먼 얼굴의 남자가
우리 부엌까지 들어와서 서류 한 장을 놓고 갔는데,
얼마나 휘갈겨 썼는지

도저히 읽을 수 없을 지경이랍니다.
분명 나리의 소송 관련 서류 같은데
지옥의 악마라 해도 전혀 이해하지 못할 거예요.

알세스트

그래서? 뭐야? 네가 방금 나보고 떠나야 한다고 한 것과
그 서류가 무슨 상관이 있는데, 이 얼빠진 놈아!

뒤 부아

그건 서류를 받고 나서 한 시간 후에
가끔 나리를 찾아오시던 어떤 분이
급하게 나리를 찾으셨지만 만나지 못하시자
제가 나리를 성심껏 모신다는 것을 알고는
나리께 이 말씀을 전하라고 은밀히 부탁하셨거든요.
가만…… 그분의 성함이 뭐더라?

알세스트

이름은 됐고, 그분이 하신 말씀을 전해 봐라.

뒤 부아

어쨌든 나리 친구 중 한 분이세요. 그거면 됐죠 뭐.
그분 말씀이, 위험에 처했으니 이곳을 떠나셔야 한대요.
여기 계시면 체포될 운명에 있답니다.

알세스트

뭐라고? 더 자세한 말씀은 없으시더냐?

뒤 부아

더는 없으셨어요. 제게 잉크와 종이를 달라 하시더니
나리께 짧은 편지를 남기셨는데, 제 생각엔 나리께서
그걸 보시면 자초지종을 알 수 있으실 것 같습니다.

알세스트

그럼 그걸 다오.

셀리멘

그 편지에 무슨 내용이 있다는 거죠?

알세스트

저도 모르겠습니다만 무슨 일인지 꼭 알아내고 싶군요.
빌어먹을 녀석, 빨리 내놓지 못하겠느냐!

뒤 부아

(한참을 찾고 난 뒤에)
이런, 편지를 나리의 테이블에 놓고 왔습니다.

알세스트

내 이놈을 그냥 ―

셀리멘

흥분하지 마시고
어서 가셔서 무슨 일인지 해결을 하세요.

알세스트

내가 아무리 애를 써도 운명은
당신과의 대화를 방해하기로 작정한 것 같네요.
하지만 운명을 이겨 내기 위해서라도 오늘 해 지기 전에
당신을 다시 만나게 해주십시오. 제 사랑으로 청합니다. 1480

제5막

제1장

알세스트, 필랭트

알세스트
자네에게 말했잖아, 난 결심이 섰네.

필랭트
아무리 충격을 받았어도 그렇게까지 할 필요가 —

알세스트
자네가 아무리 애써 나를 타이르려 해봤자 소용없어.
내가 한 말을 눈곱만치도 취소할 수 없네.
우리가 사는 이 시대엔 사악한 짓이 너무도 팽배해서
나는 사람들과의 교제를 끊고 싶네.
무어라? 내 소송 상대가 명예나 정직함, 신중함 그리고
법에 어긋나는 인물이라는 건 천하가 다 아는 사실이네.

어딜 가나 내 주장이 옳다고들 하길래
내 권리를 믿고 안심하고 있었지.   1490
하지만 기대를 저버리는 재판 결과가 나왔어.
내가 정당한데도 재판에선 진 거야!
저 음흉한 자의 추잡한 소행이 익히 알려져 있는데도
악랄한 거짓말로 결국 저자가 이겼단 말이네!
모든 선의가 그자의 기만적 행동에 굴복한 셈이지!
그자는 나를 괴롭혀서 이길 방법을 찾아낸 거야!
위선으로 가득 찬 그 점잔 빼는 얼굴로
정당한 권리를 무너뜨리고 재판을 뒤집어 놓은 거라고!
법원의 결정으로 자신의 죄에 승리의 관을 씌운 거지!
그리고 내게 피해를 준 것으로도 모자라   1500
그것을 읽는 것만으로도 비난받아 마땅할,
혹평을 받아 마땅할,
끔찍한 책을 세상에 유포시키고 있네.
그 사기꾼은 뻔뻔스럽게도 내가 그 책을 썼다고 떠들지.
게다가 오롱트란 작자 역시 은밀히 떠들고 다니면서
악의적으로 그런 사기 행각을 도와주고 있단 말이네!
궁정에서 한자리한다는 그자에게
나는 진실하고 솔직하게 대한 것밖엔 없다네.
그자는 제멋대로 내게 와서
자기가 지은 시에 대한 내 생각을 알고 싶다고 졸라 댔지.   1510
그러고는 내가 정직하게 대했다는 이유로,
그자를 속이지도 진실을 왜곡하지도 않으려 했다는 이유로,
있지도 않은 죄를 내게 뒤집어씌우려 하는 거라네!
그렇게 그자는 나를 가장 적대시하게 된 거지!

자기가 지은 소네트를 좋게 봐주지 않았다고
나를 결코 용서하지 않겠다니!
빌어먹을! 인간들이란 왜 이렇게 생겨 먹은 건지!
자존심 때문에 이런 짓들을 하게 되거든!
인간들에게서 발견하게 되는 선의며 고결한 열망,
1520 정의며 명예라는 게 고작 이런 것들이라네!
자, 그들로 인해 끓어오르는 분노를 더는 참을 수가 없어.
이 숲에서, 이 위험한 곳에서 벗어나세나.
너희들이 진짜 늑대처럼 살고 있으니
이 비열한 인간들아, 내 평생 너희와 함께 살지 않을 게다.

필랭트

내가 보기엔 자네 계획이 좀 성급한 듯해.
모든 악행이 자네 생각만큼 그리 대단한 건 아니야.
자네 소송 상대가 자네에게 죄를 덮어씌우긴 했지만
자네가 체포될 정도의 영향력은 없지 않나.
그자의 거짓 승언 자체가 서로 어긋나는 게 뻔히 보이더군.
1530 그건 그자에게 손해가 될 수 있는 행동이라고.

알세스트

그런 짓으로 물의를 빚고도 전혀 개의치 않을 인간이야.
대놓고 간악한 짓을 해도 좋다는 허가라도 받은 것 같다고.
이번 일로 신임을 잃기는커녕
내일이면 더 나은 위치에 있는 걸 보게 될걸.

필랭트

그래도 그자가 자네를 상대로 퍼뜨린 악의적인 소문에
사람들이 넘어가지 않은 건 확실해.
그 점에 대해서는 이미 걱정할 게 없다네.
재판이야 자네가 불평할 만도 하지만
재심이 어려운 것도 아니고
또 판결에 불복해 —

알세스트

                아니, 난 그대로 내버려 둘 작정이네.   1540
그 때문에 아무리 큰 손해를 입는다 해도
절대 그 판결을 파기시키려 들지 않을 걸세.
그 판결에서 정당한 권리가 침해당했다는 건
누가 봐도 알 수 있거든.
나는 이 판결이 우리 시대의 악덕을
뚜렷이 드러내 주고 분명히 증언해 주는 것으로
후대에 남았으면 좋겠네.
이번 소송으로 나는 2만 프랑을 잃게 되겠지만
그 대가로 타락한 인간 본성을 통렬히 비난하고
영원히 증오할 수 있는 권한을 지니게 될 걸세.   1550

필랭트

하지만 어쨌든 —

알세스트

  하지만 어쨌든, 애써 봐야 소용없어.

자네가 내게 무슨 말을 할 수 있겠나?
지금 벌어지고 있는 이 끔찍한 일들을 모두 용서하라고?
내 면전에 대고 감히 그런 말을 할 수 있겠나?

필랭트

그게 아니야. 난 자네 생각에 전적으로 공감하네.
모든 일이 그저 이해관계와 작당으로 이루어지고 있지.
오늘날엔 계략을 써야만 이길 수 있어.
사람들이라는 게 다른 식으로 생겼어야 하는데 말이지
하지만 사람들이 공정하지 않다고 해서
1560 그게 사람 사는 세상을 떠날 이유가 될까?
사람들에게 이런 결점이 있기 때문에
우리는 살아가면서 생각이라는 걸 하게 되잖나.
미덕의 가장 훌륭한 쓰임새가 바로 여기 있는 거지.
만일 모든 사람이 성실하고
정직하고 올바르고 온순하다면
미덕이라는 건 별 소용이 없을 거야.
미덕이라는 건 남들이 부당하게 우리 권리를 침해할 때
담담하게 견뎌 낼 수 있으라고 있는 거니까.
그래서 남달리 덕이 높은 사람은 —

알세스트

1570 자네가 세상에서 가장 언변 뛰어나고
항상 논리적인 추론을 한다는 건 나도 알고 있네.
하지만 아무리 그럴듯한 이야기를 해도 시간 낭비야.
행복하기 위해서는 이 세상을 등져야 한다는 게

이성이 바라는 바거든. 나는 말을 잘 가려 하지 못해.
그러니 내가 하는 말을 책임질 수 없을 거고
그러면 수많은 일들을 떠안게 되겠지.
암말 말고 셀리멘을 기다리도록 해주게.
내 계획에 그녀가 동의를 해줘야 해.
그녀가 진심으로 나를 사랑하는지 알 수 있겠지.
지금이야말로 그걸 입증해 줄 때야. 1580

필랭트
셀리멘을 기다리는 동안 엘리앙트의 방으로 올라가세나.

알세스트
아닐세. 너무 걱정이 많다 보니 마음이 괴롭구먼.
자넨 엘리앙트를 보러 가게. 슬픔을 벗 삼아 혼자 있도록
이 어두운 방구석에 날 그냥 내버려 두게나.

필랭트
어찌 그리 이상한 걸 벗 삼아 있겠다고 하는가.
그럼 내 엘리앙트더러 내려오라 하지.

제2장

오롱트, 셀리멘, 알세스트

오롱트

달콤한 혼약으로 저와 온전히 맺어지길 원하시는지
이제는 부인께서 정하셔야 합니다.
부인께서 진심으로 저를 사랑하신다는 확증이 필요합니다.
1590 연인이라면 상대의 마음이 흔들리는 걸 좋아하지 않지요.
제 열정적인 사랑에 부인의 마음이 움직였다면
망설이지 마시고 제게 알려 주셔야 합니다.
어쨌든 제가 그 사랑의 증표로 요구하는 것은
더 이상 알세스트의 구애를 받아 주시지 말라는 겁니다.
제 사랑을 위해 그자를 버리시고
오늘 당장 부인 댁에서 쫓아내 주십시오.

셀리멘

아니, 무슨 일로 그분께 그리 화가 나신 거죠?
그분의 능력이 뛰어나다고 자주 말씀하셨잖아요.

오롱트

굳이 그 이유를 밝힐 것까지야 없겠지요.
1600 중요한 건 당신의 마음이 어떤지를 아는 겁니다.
제발 부탁이니 둘 중 누구를 곁에 두실 건지 선택하십시오.
저는 당신이 마음을 정해 주기만을 기다리고 있답니다.

알세스트

(숨어 있던 구석에서 나오면서)

그래요, 이 사람 말이 맞습니다. 부인, 선택하셔야 합니다.
이 사람이 청하는 게 바로 제가 바라는 바입니다.
사랑 때문에 초조하고 근심하기는 저도 마찬가지입니다.
저도 당신이 절 사랑한다는 확실한 표식을 원합니다.
더 이상 시간을 길게 끌 상황이 아닙니다.
지금이 바로 당신의 마음을 밝힐 때라고요.

오롱트

선생에겐 제 사랑이 성가시겠죠.
그것으로 선생의 행운을 뒤흔들 생각은 추호도 없습니다. 1610

알세스트

제가 당신을 질투하든 아니든, 저 역시 당신과
부인의 마음을 나눠 가질 생각은 조금도 없습니다.

오롱트

만일 부인께서 나보다 선생을 더 사랑하신다면……

알세스트

만일 부인이 당신에게 눈곱만치라도 애정이 있다면…….

오롱트

맹세컨대 저는 그다음부터 아무것도 바라지 않을 겁니다.

알세스트

저도 더 이상 부인을 만나지 않겠다고 굳게 맹세하지요.

오롱트

부인, 거리낌 없이 말씀해 주세요.

알세스트

마음 놓고 말씀해 주셔도 됩니다.

오롱트

부인 마음이 누구에게 있는지만 말씀해 주시면 된다고요.

알세스트

1620 우리 두 사람 중에서 딱 잘라 하나만 고르시면 됩니다.

오롱트

아니! 그 선택을 하기가 이리도 힘드신 건가요!

알세스트

아니! 마음이 흔들리고 확신이 없으신 것 같군요!

셀리멘

맙소사! 이리 부적절한 요구를 하시다니!
두 분 다 제정신이 아니군요!
두 분 중에서 선택이야 얼마든지 할 수 있죠.
지금 흔들리는 건 제 마음이 아니에요.

절대 두 분 사이에서 어쩔 줄 몰라 하는 것도 아니고요.
마음이 어느 분께 가는지야 금세 선택했지요.
하지만 솔직히 말씀드리면 두 분 면전에서
그런 고백을 한다는 게 너무 괴로워요.   1630
제 생각에 심기를 불편하게 만드는 이런 말은
절대 사람들 앞에서 해서는 안 될 것 같아요.
굳이 대놓고 말하지 않더라도
마음이 누구에게 기우는지는 충분히 알릴 수 있으니까요.
좀 더 유연한 방식으로 연인에게
실연당했다는 걸 알려 주기만 하면 되겠죠.

오롱트

아닙니다, 저는 솔직한 고백에 개의치 않습니다.
부인의 고백에 동의합니다.

알세스트

            저 역시 부인의 고백을 청합니다.
무엇보다 그 고백이 분명했으면 싶고,
감히 바라건대 당신이 아무것도 가리지 않았으면 합니다.   1640
당신은 세상 남자 모두를 거느리려고 고심하시지만
애매하게 굴며 즐기는 건 이제 그만두시지요.
이제는 분명하게 말씀하셔야 합니다. 그러지 않으면
당신이 나를 확실히 거절한 것으로 받아들이겠습니다.
침묵의 의미를 나 나름대로 해석해서
생각할 수 있는 최악의 것으로 받아들이지요.

오롱트

선생께서 이리 화를 내주시니 감사합니다.
저도 선생과 똑같은 말씀을 드리겠습니다.

셀리멘

어찌 그런 변덕으로 저를 피곤하게 하시는 거죠?
1650 두 분의 요구가 정당한 건가요?
제가 왜 주저하는지 말씀드렸잖아요.
저기 엘리앙트가 오니 판단해 달라고 해야겠네요.

제3장

엘리앙트, 필랭트, 셀리멘, 오롱트, 알세스트

셀리멘

엘리앙트, 지금 이 두 분이 나를 괴롭히고 있어.
그리하기로 작당이라도 한 모양이야.
두 분이 똑같이 열을 내며
내가 누구를 더 좋아하는지 분명히 말하라는 거야.
자기들 면전에서 결정해서 둘 중 한 사람은
더 이상 내게 공을 들이지 못하게 하라는 거지.
도대체 이래도 되는 건지 말 좀 해줘.

엘리앙트

1660 그 문제에 관해선 내게 묻지 말아 줘요.

아무래도 언니가 사람을 잘못 고른 것 같아요.
나는 자기 생각을 분명히 말하는 사람이 좋거든요.

오롱트

부인, 아무리 버티셔도 소용없는 일입니다.

알세스트

아무리 말을 돌리셔도 거들어 줄 사람이 없을 겁니다.

오롱트

애매하게 굴지 마시고 이젠 꼭 말씀을 해주셔야 합니다.

알세스트

침묵을 지키신다면 계속 당신을 따라다닐밖에요.

오롱트

우리의 다툼을 끝내시려면 제발 한마디만 해주세요.

알세스트

아무 말 안 하신다면 제 마음대로 받아들이겠습니다.

제4장

아카스트, 클리탕드르, 아르지노에, 필랭트,
엘리앙트, 오롱트, 셀리멘, 알세스트

아카스트

부인, 실례지만 저희 두 사람은
1670 아주 사소한 일을 밝히기 위해 왔습니다.

클리탕드르

마침 두 분도 여기 계시니 잘됐네요.
두 분도 이 일과 관계가 있으니까요.

아르지노에

부인께선 저를 보고 놀라시겠지만
제가 여기 온 것은 이 두 분들 때문입니다.
두 분께서 저를 찾아와
도저히 믿을 수 없는 어떤 일에 대해 하소연하시더군요.
저는 부인의 본바탕을 아주 높이 사고 있기에
그런 잘못을 저지를 분이라고는 절대 생각지 않았습니다.
두 분이 가져온 확실한 증거를 보고도 믿지 않았죠.
1680 사소한 불화보다는 우정이 중요하기에
저는 부인이 이런 중상모략에서 벗어나시는 걸 보기 위해
기꺼이 이분들과 동행해 부인 댁까지 왔습니다.

아카스트

그렇습니다, 부인께서 이 일을 어떻게 해명하시는지
침착하게 지켜보도록 하지요.
이 편지는 부인께서 클리탕드르에게 보낸 것이죠?

클리탕드르

이 연애편지는 부인께서 아카스트에게 쓰신 것이고요?

아카스트

두 분께서도 익히 알아보실 만한 필체일 겁니다.
예의 바른 부인께서는 충분히
자기 필체를 알아볼 수 있게 해주셨을 테니까요.
그런데 이 편지는 한번 읽어 볼 만하답니다.

1690

> 저의 명랑함을 탓하시고 제가 당신과 같이 있지 않을 때만 즐거워한다고 책망하시는 당신은 정말 이상한 분이세요. 세상에 이보다 더 부당한 말은 없답니다. 제게 이리 모욕을 주신 것에 서둘러 용서를 구하러 오지 않으신다면 당신을 영원히 용서하지 않을 겁니다. 당신은 그 키다리 자작 양반에 대해…….

그 분이 지금 이 자리에 계시지 않는 게 유감이네요.

> 당신은 그 키다리 자작 양반에 대해 제일 먼저 불평을 털어놓으셨는데 그분은 도저히 제가 좋아할 수 없는 분입니다. 그분이 45분 동안 우물에 침을 뱉어 동

그라미를 만들려는 모습을 본 다음부터는 그분을 결코 좋게 생각할 수 없었답니다. 어제 저를 졸졸 따라다니던 그 키 작은 후작 양반으로 말하자면…….

자랑은 아니지만 이건 제 얘기입니다.

어제 저를 졸졸 따라다니던 그 키 작은 후작 양반으로 말하자면, 그보다 볼품없는 사람은 없을 거예요. 그분의 능력이란 건 다 허울뿐이죠. 초록 리본을 한 양반은…….

(알세스트에게)
이번엔 당신 차례입니다.

초록 리본을 한 양반은 거침없는 행동과 변덕스러운 기질 때문에 가끔 기분 전환이 되기도 하지만 누구보다 성가실 때가 더 많아요. 앞이 트인 긴 웃옷을 입은 양반은…….

(오롱트에게)
이번엔 당신 얘기군요.

그 양반은 문사의 길에 투신하여 누가 뭐라 하든 작가가 되려 하지만, 저는 도저히 그 양반이 하는 말을 참고 들어 줄 수가 없어요. 산문이건 운문이건 피곤하기는 마찬가지랍니다. 그러니 제가 당신 생각처럼 항시 즐기고 있지는 않다는 걸 유념해 주세요. 사람들에게 이끌려 가는 곳에 늘 당신이 계시는 것이 아니라서 서운하다는 사실도요. 우리는 사랑하는 사람이 곁에 있을 때 최고의 기쁨을 느끼게 되니까요.

클리탕드르

이젠 제 차례군요.

당신께서 말씀하신 클리탕드르는 짐짓 상냥한 체하지만 제가 절대 애정을 가질 수 없는 사람이에요. 제가 그분을 사랑한다고 생각하시는 건 말도 안 돼요. 제가 당신을 사랑하지 않는다고 믿으시는 것도요. 그분과 생각을 맞바꾸세요. 그래야 이치에 맞거든요. 그리고 그분이 자꾸 찾아와서 괴로우니, 가능한 한 자주 저를 보러 와주세요. 제가 그 괴로움을 견딜 수 있도록 도와주실 마음이 있으시다면요.

정말이지 귀감이 될 만큼 훌륭한 분이시군요.
부인, 이런 걸 뭐라 하는지 아시나요?
이제 됐습니다. 우리 두 사람은 어딜 가든
당신의 그 영예로운 마음을 있는 그대로 보여 주겠습니다.

아카스트

부인께 할 말이야 있지요. 또 충분히 그럴 만한 일이고요.
하지만 부인은 제가 화낼 만한 가치도 없는 분입니다.
당신께 보여 드리지요. 아무리 보잘것없는 후작들이라도

서로를 위로할 만큼 더없이 고결한 마음을 지녔다는 것을요.

오롱트

아니, 제게 그런 편지를 보내시고서
제 마음을 이렇게 가리가리 찢어 놓으시다뇨!
부인께서는 그럴듯한 사랑으로 뭇 남성들에게
돌아가며 마음을 주겠다 약속하셨군요.
제가 너무 어리석었습니다. 앞으로는 그러지 않을 겁니다.
부인의 실체를 알게 해주셔서 고맙습니다.
당신께 드렸던 제 마음을 되찾는 것으로 득을 보았으니
당신께서 그걸 잃으시는 것으로 복수를 대신하지요.
(알세스트에게)
당신의 사랑을 더 이상 방해하지 않을 테니
부인과 결혼하셔도 됩니다.

아르지노에

정말이지 이건 세상에서 가장 음험한 짓이군요.
가슴이 떨려서 잠자코 있을 수가 없어요.
도대체 누가 부인처럼 행동할 수 있을까요?
다른 분들의 이해관계야 제가 상관할 바 아니지만
알세스트 씨처럼 능력 있고 신의 있는 분이
당신을 맹목적으로 사랑하셨는데
그런 분에게 사랑받는 행운을 누리셨으면서
꼭 이렇게까지 —

알세스트

부인, 제발 부탁이니
이 문제는 제가 스스로 해결하게 내버려 두시고
너무 신경 쓰지 말아 주십시오.
아무리 부인께서 제 편을 들어 주시는 걸 보아도
그 열의에 제가 마음으로 보답해 드릴 수는 없습니다. 1720
제가 다른 여인을 선택해 복수를 하려 한다 해도
부인을 그 상대로 생각하지는 않을 겁니다.

아르지노에

아니, 제가 그런 생각을 품고 있다 생각하시는 건가요?
알세스트 씨를 차지하고 싶어서 몸이 달았다고요?
혹시 그렇게 믿고 우쭐해하시는 거라면
알세스트 씨야말로 허영심으로 가득 찬 분이네요.
셀리멘에게 거절당한 변변치 않은 남자를 좋아한다니
그건 정말 말도 안 되는 일이에요.
제발 착각하지 마시고 자만심 좀 버리시지요.
당신에게 필요한 건 저 같은 사람이 아니랍니다. 1730
셀리멘에게 계속 구애하시는 게 낫겠어요.
하루빨리 두 분의 아름다운 결합을 보고 싶군요.
(퇴장한다)

알세스트

자, 방금 눈앞에서 벌어진 일을 보고도 저는 입을 다문 채
다른 모든 이들이 먼저 말하도록 내버려 두었습니다.
이 정도면 충분히 참은 거겠죠?

이제는 제가 —

셀리멘

예, 무슨 말씀이든 하셔도 됩니다.
당신은 한탄을 하며, 원하는 건 무엇이든
제게 책망하실 권리가 있습니다.
제가 잘못했습니다. 인정하지요. 너무 송구한 마음이라
1740 어떤 부질없는 변명도 하지 않겠습니다.
여기 계시던 다른 분들의 분노야 무시하지만
당신에 대한 잘못은 분명히 인정합니다.
당신이 화내시는 건 정말이지 당연해요.
당신께 얼마나 큰 잘못을 저질렀는지 잘 알고 있습니다.
제가 당신을 배신한 건 두말할 나위도 없는 사실입니다.
당신은 저를 미워할 만한 이유가 충분해요. 그렇게 하세요.
다 받아들일 테니.

알세스드

아, 부인이 배신했다고 제가 그럴 수 있을까요?
제가 어찌 제 사랑을 이겨 낼 수 있겠습니까?
아무리 당신을 증오하려 애를 써도
1750 제 마음이 제 뜻대로 따라 주기나 할까요?
(엘리앙트와 필랭트에게)
당치 않은 사랑이 어디까지 갈 수 있는지 아시겠죠.
두 분은 제 나약함을 지켜보신 분들입니다.
하지만 사실대로 말씀드리면, 아직 이게 다가 아닙니다.
제 나약함을 갈 데까지 밀고 나가 보려고요.

그래서 인간을 현명하다 하는 것은 잘못이며,
누구에게나 항시 인간적인 구석이 있음을 보여 드리지요.
예, 부인, 저는 당신의 모든 잘못을 잊도록 하겠습니다.
마음으로 당신의 모든 행실을 용서하고
아직 젊어서 나약한 당신이 이 시대의 악습에 휩쓸려
저지른 잘못이라 치고 덮어 두도록 하겠습니다. 1760
사람들을 피해 살겠다는 제 계획에
당신이 기꺼이 동의해 준다면 말이지요.
저는 외딴 시골에 내려가 살기로 마음먹었습니다.
지체 없이 결심해 주시지요. 저를 따라오겠다고요.
그리해야만 당신이 모든 사람들에게
편지로 저지른 잘못을 바로잡을 수 있고
고결한 이에겐 혐오의 대상이 될 이런 추문 후에도
제가 당신을 여전히 사랑할 수 있을 겁니다.

셀리멘

저더러 나이 들기도 전에 세상을 버리고
당신의 외딴 시골집에 가서 파묻혀 지내라고요! 1770

알세스트

당신이 제 사랑을 진심으로 받아들이신다면
세상 사람들이 무슨 상관이란 말입니까?
저와 함께 있는 것으로는 당신의 욕망이 충족되지 않나요?

셀리멘

스무 살 난 사람에게 고독이란 끔찍한 것이에요.

제가 그런 결심을 할 수 있을 만큼
굳세고 담대한 마음을 갖지는 못한 것 같네요.
그저 결혼으로 당신의 소망을 만족시킬 수 있다면
그건 결심할 수 있을 거예요.
그리고 결혼은 ―

알세스트
아니요, 이제 저는 당신을 증오합니다.
1780 시골에 가시지 않겠다니 됐습니다. 다른 건 필요 없어요.
결혼에 있어 제가 당신 하나로 충분하듯이
당신도 나 하나로 충분해야 하는데 그렇지 않다 하시니
이제는 당신을 거부합니다. 이리 심한 모욕을 당했으니
당신에 대한 가당치 않은 사랑 역시 영원히 접지요.
(셀리멘이 퇴장하자 알세스트가 엘리앙트에게 말한다)
부인, 당신은 미모에 온갖 미덕을 겸비하셨습니다.
유일하게 진실한 마음을 볼 수 있었던 분이지요.
오래전부터 당신을 대단히 존경해 왔습니다만
앞으로도 한결같이 그저 당신을 존경하도록 해주십시오.
마음이 너무도 혼란스러워 감히
1790 당신의 사랑을 청하지 못하는 저를 용서해 주십시오.
제겐 그럴 자격이 없는 것 같습니다. 이제 알겠네요.
태어날 때부터 전 당신과 결혼할 운명이 아니었다는 것을요.
당신에게 한참 못 미치는 여인으로부터 거절당한
저 같은 사람이야 당신께는 너무 하찮은 존재일 겁니다.
그러니 ―

엘리앙트

당신 생각대로 하셔도 됩니다.
저야 결혼 상대 걱정은 없으니까요.
여기 친구분이 계시잖아요. 저를 별로 근심케 하지 않으시고
제가 청하면 기꺼이 받아 주실 분이거든요.

필랭트

아! 부인, 그런 영예를 주시다니, 제가 진정 바라던 일입니다.
그런 영예를 위해서라면 목숨을 다 바칠 겁니다. 1800

알세스트

두 사람이 진정한 만족을 누릴 수 있도록
서로에 대한 이런 감정을 영원토록 간직하시기를!
도처에서 배신당하고 불의에 시달린 저는
악덕이 판치는 이 구렁텅이에서 벗어나
이 세상 어딘가 먼 곳을 찾아가겠습니다.
얼마든지 명예를 지킬 수 있는 그런 곳 말입니다.

필랭트

자, 부인, 가서 모든 수단을 강구해
저 친구의 마음을 돌려놓도록 합시다.

역자 해설
몰리에르의 작품 세계

 1610년 앙리 4세의 사망 후 루이 13세를 거쳐 1715년 루이 14세의 사망에 이르기까지의 프랑스 17세기는 지방 분권적인 중세의 봉건 사회에서 중앙 집권적인 절대 왕정으로의 이행이 완성되는 시기였다. 더불어 17세기 전반기의 미학적, 관념적, 정치적 격변 속에 프랑스 문학의 황금기 중 하나로 간주되는 고전주의 문학은 서서히 준비되고 무르익어 왔다.

 프랑스 고전주의 문학을 대표하는 극작품들은 코르네유 Pierre Corneille가 작품 활동을 시작한 1620년대 말부터 본격적으로 발표되기 시작한다. 고전극은 루이 14세의 친정(親政) 시기, 즉 몰리에르 극단La troupe de Molière이 파리에 정착하고 라신Jean Racine이 극작을 시작한 1660년대 이후에 절정에 달하며, 이 세 사람의 대작가가 모두 죽은 뒤 파리의 극단들이 통합되어 코메디프랑세즈Comédie-Française가 창설되는 1680년을 즈음하여 쇠퇴하게 된다.

 몰리에르는 프랑스 고전극을 대표하는 세 작가 중 한 사람이지만, 코르네유나 라신이 오로지 걸작의 집필에 몰두하는 부르주아 〈문사(文士)〉로서의 삶을 살았던 것과는 달리 극작가이자 배우이자 연출가이자 극단주로서 활동한, 말 그대로 〈총체적 연극인〉이었다. 그는 부유한 궁정 실내 장식업자의 맏아들이자 당대 최고의 교육을 받은 파리 상류층 부르주아의 자제로서 자신에게 보장되어 있던 안락한 삶을 포기하고 당시 천대받던 희극 배우, 즉 연극인의 길로 들어섰다. 당시로서는 거의 패륜에 가까운 파격적인 선택이었다. 그러나 1643년 유명 극단Illustre Théâtre 설립 후 채권자들에 의해 투옥되기까지 했던 어려운 시작, 12년에 걸친 지방 유랑 생활, 경쟁자들의 끈질긴 공격, 왕의 총애에 대한 질시, 나이 어린 부인과의 불행한 결혼 생활 그리고 육체적 질병과 우울증 등 고통과 투쟁의 연속이었던 삶의 여정에도 불구하고 그가 연극인으로서나 극작가로서 예외적인 성공을 거두었다는 평가에 대해서는 이론의 여지가 없다. 당시 점차 기울어 가고 있던 대작가 코르네유의 명성도, 짧은 기간 동안 눈부신 빛을 발했던 젊은 라신의 명성도 그의 영광에 그늘을 드리우지는 못했다. 몰리에르는 당대 최고의 희극 배우이자 가장 위대한 극작가로 간주되었다.

몰리에르의 사후, 그 시대 가장 통찰력 있는 작가 중의 한 사람인 라 퐁텐Jean de La Fontaine은 그에게 다음과 같은 비문을 헌정하였다.

<blockquote>이 무덤에 플라우투스[1]와 테렌티우스[2]가 잠들다.</blockquote>

---

1 Titus Maccius Plautus(B.C. 254?~B.C. 184). 고대 로마의 희극 작가. 다른 라틴 작가들과 마찬가지로 그리스 희극의 영향을 많이 받았으나 당시 로마 시민들의 요구를 반영한 극작으로 이름을 날렸다. 복잡한 줄거리와 기지를 살린 대화, 희극적인 힘, 성실과 조소 등이 공존하는 작품을 썼다. 대표작으로는 「포로Captivi」, 「밧줄Rudens」, 「암피트루오Amphitruo」 등이 있다.

그러나 이곳에 영면한 것은 오직 몰리에르뿐.
세 사람의 재능을 한데 지닌 그가
훌륭한 예술로 프랑스에 기쁨을 주었건만
그들은 떠났다! 그리고 그들을 다시 볼 수 있으리라는
희망도 없구나. 우리가 아무리 애를 쓴다 해도
영원히, 틀림없이,
테렌티우스와 플라우투스와 몰리에르는 죽었도다.

 사실 「인간 혐오자Le misanthrope」와 같은 고상한 도덕 희극의 작가 몰리에르가 민중적 전통의 소극(笑劇) 작가이기도 했다는 사실을 유감스럽게 여겼던 당대의 문학 이론가 부알로Nicolas Boileau와는 달리 그를 동시대의 플라우투스이자 테렌티우스로 간주한 라 퐁텐은, 몰리에르라는 작가가 희극 전체를 대표하고 표상한다는 사실을 꿰뚫어 보고 있었다. 다시 말해 몰리에르가 당시 프랑스와 이탈리아 소극 전통에 의해 대표되는 〈저속한 연극, 민중극〉의 — 즉 플라우투스의 — 계승자이자, 인간의 미덕과 악덕을 비추고 사회의 결점을 보여 주는 도덕극의 — 즉 테렌티우스의 — 계승자였다는 것이다.
 사실 웃음을 두려워할 수밖에 없었던 중세의 기독교적 사

---

2 Publius Terentius Afer(B.C. 195?~B.C. 159). 플라우투스와 더불어 고대 로마의 2대 희극 작가로 여겨지는 인물. 그리스 희극의 자유로운 번안 형태를 취한 작품을 썼으며 풍부한 독창성으로 상연 기술상 새로운 시도를 하기도 했다. 잘 다듬어진 문체에 우아한 내용과 주제의 작품으로 상류 계층 지식인들의 찬사를 받았으나 희극미가 결여되어 일반 대중으로부터는 그다지 갈채를 받지 못했다. 대표작으로는 「안드로스에서 온 아가씨Andria」, 「환관Eunuchus」, 「포르미오Phormio」 등이 있다.

고방식 속에서 희극은 민중의 저급한 오락거리로 전락했고, 몰리에르가 태어난 17세기 초에도 여전히 대중의 여흥거리에 지나지 않았다. 루이 13세의 재상 리슐리외Armand Richelieu 의 연극 부흥 정책에 의해 프랑스 희극은 눈부신 도약을 거듭하였지만, 1630~1650년 당시의 희극은 여전히 따귀 때리기나 몽둥이질, 저속한 대사를 통해 관객의 웃음을 불러일으키는 소극의 전통에 기대어 있었다. 프랑스 문학사상 연극이 가장 융성했던 루이 14세 시대에 비로소 희극이 비극에 버금가는 지위에 당당히 오르게 된 것은 바로 몰리에르의 공헌이라 할 수 있다. 당대 몰리에르가 희극의 혁신을 이루었던 것, 그리고 오늘날에 이르기까지 그의 희극이 살아남을 수 있게 된 것은 라 퐁텐이 암시한 두 가지 전통의 통합, 즉 민중극과 도덕극의 통합에 의한 것이었다. 그리고 이러한 통합은 몰리에르라는 인간 자체가 폭넓고 다양한 인문학적 교양을 지닌 지식인이면서 수많은 작품을 무대에 올린 배우이자 연출가, 즉 연극인이었기 때문에 가능했던 것이다.

다양한 희극적 전통의 통합은 몰리에르의 작품에 상당히 복합적인 양상을 부여한다. 그의 작품은 중세 이래 민중극의 전통을 이어받아 기괴하고 저속한 언행으로 관중을 웃기는 소극이면서, 인간의 본성이나 영원한 인간형을 탐구하는 성격희극인 동시에, 당대의 사회 현실을 날카롭게 관찰하여 그 시대의 풍속을 17세기의 현실 속에서 생생하게 그려 내는 풍속 희극이기도 하다. 그가 파리에 정착한 이후 최초로 큰 성공을 거둔 「우스꽝스러운 프레시외즈의 소극Les précieuses ridicules」은 그 제목에서 알 수 있듯 익살스러운 줄거리에 종종 몽둥이찜질 장면이 섞여 있는 소극이지만, 한편으로는 당시의 풍속을 그린 희극이면서 허영심, 교만함, 어리석음 같은 보편적인 인간의 결점을 고발하고 있다는 점에서는 성격희극이기도 한 셈이다. 사실 그의 작품에는 극적 필요성에 따라 이 세 가지 희극적 요소들이 갖가지 형태로 섞여 있기 때문에 그의 작품을 소극, 성격희극, 풍속 희극으로 분류하는 것은 대단히 부자연스러운 일이다. 다만 작품 세계의 전반적인 변천 과정에 따라 크게 다음과 같은 세 단계로 구분해 볼 수 있을 것이다.

우선 주로 그의 지방 유랑 극단 시기에 발표된 초기의 소극 단계. 이것은 넘어지고 때리고 기괴한 표정을 지음으로써 관중에게 폭발적 웃음을 유발시키는 연극이다. 당대의 예절과 사회 규범상 금기시되던 식욕이나 성욕 같은 기본적인 충동, 몽둥이찜질 같은 육체적이고 폭력적인 요소들은 그것의 비속성이 야기하는 폭발적 웃음을 통해 허위에 찬 사회 관습을 깨뜨리고 무거운 이성의 굴레에서 정신을 해방시키는 작용을 하게 된다. 이는 작품의 주요 인물들이 드러내 보여 주게 될 원초적 본능의 존재를 일깨우려는 시도라 할 수 있을 것이다.

그러나 인간의 본성적 욕망은 사회적 존재인 인간의 공동체적 삶에 의해 불가피하게 제한되기 마련이다. 그의 작품에서 그려지는 것은 주로 사회적 제도나 이념에 의해 가려지고 왜곡된 본성, 사회의 억압에도 불구하고 다스려지지 않고 솟아나는 본성이다. 몰리에르는 이 같은 사회적 일탈자들을 작품의 중심에 떠올리고 여기에 사회적 정상성을 대변하는 추론가들을 등장시킴으로써 일탈자들을 살피는 한편 이들에게 어떻게 대응해야 하는가를 탐색하는 동시에, 그 과정을 통해 사회에 대한 반성을 추구하는 것이다. 이처럼 본성과 사회의 관계를 본격적으로 탐구하는 것이 몰리에르 희극의 두 번째 단계인 〈대희극grande comédie〉이다.

마지막으로 〈일탈자들을 그렇게 만든 사회는 과연 정당한가〉라는 반성이 대희극을 통해 이루어지면서 이들을 교화시키기보다는 사회의 억압적 성격을 완화시키고 본성의 해방 공간을 마련해 주어야 할 필요성이 부각될 때 등장하는 것이 후기의 〈발레 희극comédie-ballet〉이다. 몰리에르는 이러한 일탈자들을 지혜로 이끌거나 그들의 맹목을 벌함으로써 도덕적 교훈을 세우는 대신, 그들이 자신들의 본성과 환상에 마음껏 빠져 즐길 수 있는 축제의 장을 마련해 주면서 그것이 희극과 같은 예술이 맡아야 할 몫임을 표명하고 있는 것이다.

여기에 번역된 「타르튀프Le Tartuffe ou L'imposteur」, 「동 쥐앙Dom Juan」, 「인간 혐오자」는 몰리에르의 대희극에 속하는 작품들이다. 「동 쥐앙」의 경우, 5막 운문으로 쓰인 다른 두 작품과는 달리 산문으로 쓰인 데다가 기계극적인 요소들이 가미됨으로써 일반적인 〈대희극〉의 전형에서 벗어나 있긴 하지만, 「아내들의 학교L'école des femmes」로부터 시작되어 「타르튀프」에서 정착된 후 「인간 혐오자」에서 그 정점을 찍게 되는 대희극의 구도 안에 편입되는 작품이다. 이제 이 작품들을 하나씩 살펴보도록 하자.

「타르튀프」

「타르튀프」는 전작인 「아내들의 학교」에서 현실의 관찰 및 성격 묘사에 토대를 두고 본성과 사회의 관계에 대해 본격적으로 탐구하는 대희극 형식을 선보인 이후 두 번째로 내놓은 대희극이다. 「우스꽝스러운 프레시외즈의 소극」이래로 작품에 부르주아 사회를 등장시키고 이 사회를 지탱하는 퇴행적 도덕에 대한 풍자를 가함으로써 엄청난 논란을 불러일으켰던 몰리에르는 이후 그를 비판하는 여러 적대적 세력에 둘러싸이게 된다. 1664년 5월 베르사유 궁 축성을 기념하는 〈열락의 섬 축제Les plaisirs de l'île enchantée〉에서 처음으로 공연된 「타르튀프」는 「아내들의 학교」 논쟁 이후 침묵하던 몰리에르가 자신의 적수들 중 하나인 독신자들의 모임, 〈성체회La Compagnie du Saint-Sacrement〉에 대한 반격의 의미로 써낸 작품이다. 그러나 국왕이 경고한 대로 작품은 무대에 오르자마자 독신자들의 격렬한 비난에 휩싸이며 공연 금지 조치를 당하게 되고, 결국 5년에 걸친 부단한 투쟁과 몇 차례의 수정을 거친 후 1669년에 가서야 마침내 공연과 출판의 권리를 획득하게 된다.

사실 작품의 공연을 방해하기 위한 시도는 이미 공연 한 달여 전부터 있어 왔다. 당시의 관례대로 공연 이전에 대본의 독회(讀會)가 이루어졌고 이를 통해 자신들이 풍자와 비판의 대상이 되고 있음을 인지한 급진 가톨릭 비밀 결사 〈성체회〉의 일원들은 작품 공연을 중단시키기 위해 여러 방법을 모색하고 있었다. 국왕은 이 독회에서 이미 몰리에르가 독신자들의 공격으로 곤경에 처할 것임을 경고한 바 있다. 그렇다면 이러한 논란을 충분히 예상하면서도 이 작품을 무대에 올린 몰리에르의 의도는 무엇이며, 이를 허락한 국왕의 의도는 또 무엇이었을까? 그리고 공연 직후 공연 금지 조치를 얻어 낸 이 〈성체회〉는 어떤 성격의 집단이었을까?

치세 초기 두 차례에 걸친 〈프롱드의 난La Fronde〉(1648~1653)은, 1643년 5세의 어린 나이에 즉위하여 재상 마자랭 Jules Mazarin의 조력과 모후 안 도트리슈Anne d'Autriche의 섭정으로 왕권을 유지하고 있던 루이 14세에게 커다란 위협이었다. 이 난은 중앙 집권적인 왕정에 반발하는 상층 귀족들의 적대적 반응의 표현이었다. 난이 진압되고 사회 질서가 회복되자 젊은 왕은 프롱드 난의 주역이었던 반항적인 귀족 계급과 동요를 일으키기 쉬운 고등 법원의 힘을 약화시키기 위한 정책을 펴게 된다. 1661년 마자랭의 사후 마침내 친정을 시작하게 된 루이 14세의 치세를 떠받치는 것은 다음 세 가지 세력의 연대였다. 우선 모든 반대 세력을 제압하고 절대 권력을 확고히 하려는 국왕, 정치는 왕에게 일임하고 개인의 계발과 〈교양honnêteté〉이라는 새로운 도덕적 이상을 빚어내려던 궁정과 사교계의 젊은 그룹, 마지막으로 중용의 이상을 설파하는 이 사회의 울타리 안에서 왕의 후원을 받으며 새로운 황금시대가 도래했다고 믿었던 인문주의자 문인들. 그런데 이들 세 가지 세력에 있어 공통된 적은 반(反)종교개혁에서 유래된 가톨릭적 질서였다. 이러한 가치의 수호자들은 기독교의 모든 교훈을 엄격히 준수해야 한다는 억압적 도덕을 설파하였는데, 〈성체회〉는 바로 그러한 흐름을 대변하는 단체였다. 1627년 독립령 방타두르Ventadour의 공작과 성 프란체스코파 수도회 수사에 의해 조직된 급진 가톨릭 비밀 결사 성체회는 루이 13세 시대를 거쳐 루이 14세 통치 초기까지도 프랑스 전역에 걸쳐 그 영향력을 발휘하고 있었다. 이들은 〈영혼 지도자*directeur de la conscience*〉라는 이름으로 가정에 상주하며 가족 구성원의 사생활까지 간섭할 만큼 사회적인 영향력을 행사하고 있었는데, 오르공의 집에 기식하는 타르튀프가 바로 이 〈영혼 지도자〉를 빗댄 인물이다. 구(舊)귀족을 주축으로 하는 이들 가톨릭 세력은 젊은 루이 14세의 도덕적·종교적 방종에 대해 우려의 눈길을 보내고 있었지만, 그 이면에는 국왕의 절대 권력을 견제하는 세력으로서 자신들의 건재함을 과시하고 잃어버린 권력을 되찾으려는 정치적 의도가 숨어 있었다. 「타르튀프」 공연 후 이들은 모후 안 도트리슈를 앞세워 친정을 시작한 지 3년 밖에 되지 않은 젊은 국왕을 압박함으로써 그의 총애를 받고 있던 몰리에르의 작품에 대한 공연 금지 처분을 얻어 낸다. 몰리에르의 이어지는 항소와 「사기꾼 파뉠프Panulphe ou L'imposteur」라는 이름으로의 개작(1667)에도 불구하고 그가 최종적으로 공연 허가를 얻게 되는 것은 국왕이 스페인과의 원정 전쟁에서 승리를 거두면서 왕권이 공고해지게 된 이후인 1669년 2월의 일이다.

그렇다면 이렇게 논란에 휩싸이게 될 것을 알면서도 몰리에르가 작품의 공연을 강행한 이유는 무엇일까? 이는 몰리에르의 전반적인 작품 세계의 변천 과정 속에서 이해할 수 있다. 사실 희극이라는 장르에 대한 몰리에르의 주요한 공헌 중 하나는 그가 현실에서 빌려 온 유형을 무대 위에 창조했다는 점이다. 몰리에르는 귀족, 의사, 현학자 등의 인물들에 동시대 사회에서 차용한 특성들을 부여함으로써 희극을 완전히 혁신하였다. 그의 대희극에 등장하는 부르주아들을 대상으로 하는 풍자는, 물론 부르주아의 돈에 대한 욕심이나 터무니없는 신분 상승의 욕구 등에 대한 사회적인 비판의 성격을 지니기도 하지만 다른 한편으로는 도덕적이라 할 수 있다. 왜냐하면 작품의 주요 인물들을 공통적으로 특징짓는 요소가 그들의 맹목적인 강박 관념, 편집증이기 때문이다. 이러한 편집증적 인물은 사실 소극의 맹목적이고 오쟁이 진 남편을 옮겨 놓은 것이다. 하지만 오쟁이 진 남편의 맹목이 그저 인물 유형에 부여된 의미 없는 요소에 불과한 소극에서와는 달리 몰리에르 극의 인물들은 명백한 성격적 요인, 즉 자신이 소중히 여기는 것을 남에게 빼앗길지 모른다는 피해 의식과 강박 관념에 의해 맹목적이 된 인물들이다. 「타르튀프」에서 무슨 수를 써서라도 자신의 강박 관념을 만족시켜 줄 수 있는 사람과 자기 딸을 결혼시키려 드는 오르공이 바로 이런 인물의 전형이라 할 수 있다. 또한 추론가로서의 클레앙트가 오르공의 〈맹목〉과 대비되는 명민함과 양식과 사회적 정상성을 대변하는 인물이라면, 타르튀프는 오르공의 〈맹목〉을 이용하는 〈협잡꾼imposteur〉이다. 「타르튀프」는 사실 이 〈협잡〉이라는 테마가 정치적 관건이 될 수 있음을 보여 주는 작품이기도 하다.

이처럼 「타르튀프」는 〈위선〉이라는 보편적인 악덕을 비판하는 성격희극이지만 더불어 이제 막 친정을 시작한 국왕을 중심으로 한 젊은 세대와, 모후를 중심으로 종교적·도덕적 질서의 수호를 내세우며 자신들의 권력을 유지하고자 했던 구세대의 대립이라는 당대의 정치적 상황 속에서 이해되어야 하는 작품이기도 하다. 작품의 배경이 된 부르주아 가정에서 왕국 전체에 이르기까지 종교적 헌신의 이름으로 권력을 탐하는 도당의 대표자격인 「타르튀프」의 공연을 국왕이 궁정 축제 한가운데서 용인한 것은 바로 이 같은 정치적 이유에서였다. 작품의 금지에서 최종적인 공연 허가에 이르는 과정은 바로 이 두 세력 간의 대결 구도가 어떻게 변화되어 가는지를 보여 준다.

사기꾼의 완전한 승리로 끝날 수밖에 없는 상황에서 집행관을 통해 개입한 왕에 의해 모든 갈등을 해소하는 「타르튀프」의 결말은 지나치게 인위적이라는 비판을 받기도 했다. 그러나 이러한 결말은 작가가 의도한 것이며 〈세상이라는 거대한 연극 le grand théâtre du monde〉의 관점에서 이해되어야 하는 것이다. 〈세상이란 신이 지켜보는 가운데 인간들이 자신들의 역을 맡아 하고 있는 연극〉이라는 테마는 르네상스 말기부터 유럽 문학에 광범위하게 유포되어 있었다. 1630년 이래 프랑스 극작품의 본질로 자리 잡았던 가면과 얼굴, 꿈과 현실, 맹목과 명민함 사이의 유희 또한 이 테마의 변주라 할 수 있을 것이다. 몰리에르 역시 이러한 테마를 취하지만 전 세대 극작가들처럼 모호함에 안주하는 대신 가면을 보여 주고 환상을 흩어 버리며 눈먼 자들을 깨우쳐 주려 했다. 「타르튀프」의 경우 결말 부분에서 개입하는 왕은 바로 이 테마를 발전시켰던 작가들이 〈신〉에게 부여했던 특성을 지니고 있는 것이다. 언급했듯이 「타르튀프」에는 오르공이라는 맹목적인 배우, 클레앙트라는 명민한 배우와 더불어 가면을 쓰고 오르공을 기만하는 타르튀프라는 배우가 등장한다. 왕은 세속화된 형태의 신으로서 세 배우가 극의 시작에서부터 내내 갈등하고 있는 사이 〈극의 하늘〉에 자리 잡고 그들의 역할이 끝나기를 기다렸다가 비로소 개입하는 것이다. 실질적으로 신적 차원의 개입이라고도 할 수 있는 왕의 개입은, 그러나 작품의 사회적이고 정치적인 성격과 맞물려 몰리에르가 아직 〈즐거움을 주고 가르침을 준다〉는 연극의 효용성에 대한 믿음을 고수하고 있음을 보여 준다.

「동 쥐앙」

「동 쥐앙」은 1665년 2월 15일 루아얄 극장Théâtre du Palais Royal에서 초연되어 큰 성공을 거둔다. 그러나 두 번째 공연에서부터 동 쥐앙이 숲 속에 은둔하는 걸인을 상대로 하느님을 모독하라고 다그치는 장면이 삭제되는 등 우여곡절을 겪은 끝에 15회 공연으로 막을 내리게 된다. 「동 쥐앙」은 실상 「타르튀프」의 공연 금지를 당한 몰리에르가 다시 공연 허가를 얻기 위한 투쟁의 일환으로 써낸 작품이지만, 종교계의 반발로 인해 이 역시 몰리에르 생전에는 더 이상 무대에 오르지 못한다. 몰리에르 사후인 1677년 게네고 극단Hôtel de Guénégaud 배우들이 토마 코르네유Thomas Corneille에게 의뢰, 문제가 되는 장면들을 수정하고 운문으로 개작한 「동 쥐앙」을 무대에 다시 올린다. 몰리에르가 쓴 산문본 「동 쥐앙」의 공연은 1841년에 가서야 재개될 것이다.

몰리에르 사후인 1682년에 출판된 「동 쥐앙」의 초판본 역시 검열을 피하기 위해 원본을 순화시킨 형태로 출판되었다. 아마도 몰리에르가 최초에 공연했던 상태 그대로일 것으로 추정되는 판본은 1683년 암스테르담에서 출판되었다(여기서 번역의 판본으로 사용한 것은 조르주 쿠통Georges Couton이 1682년 초판본을 근간으로 하고, 암스테르담 판본을 참조하여 초연에서 누락된 부분을 복원시킴으로써 완성한 텍스트이다).

사실 「동 쥐앙」은 여러 가지 면에서 몰리에르 작품의 전형으로부터 벗어나 있다. 「아내들의 학교」에서부터 「타르튀프」를 거치면서 현실의 관찰 및 성격 묘사에 토대를 두고 본성과 사회의 관계에 대해 본격적으로 탐구하는 5막 운문의 대희극을 잇달아 발표하던 몰리에르는 이듬해 발표한 이 산문극에서 움직이는 석상과 유령과 벼락, 그리고 결말에서 갑자기 사라져 버리는 동 쥐앙 등 당시 고전극에서 용인되지 않던 초자연적인 요소들을 등장시킨다. 또한 대표적인 고전극 작가로 불리는 그의 작품 가운데 「동 쥐앙」은 유일하게 바로크 미학에 근접해 있는 작품이다. 우선 구조적인 면에서 고전극의 구성 원칙인 〈삼단일(三單一) 법칙 trois unités〉이 준수되지 않았다. 또 고전극의 어느 범주로도 분류할 수 없을 정도로 소극, 풍속 희극, 비극, 기계극의 요소들을 두루 지니고 있다. 주인공인 동 쥐앙 역시 바로크가 융성했던 스페인 〈황금시대〉의 연극에서 취한 인물인 만큼, 유동성과 불안정성을 옹호하는 인물이다. 그렇다면 몰리에르가 이같이 예외적인 형식을 취한 이유는 무엇일까? 그리고 그의 작품 세계의 변화 속에서 이 작품이 갖는 의미는 무엇일까?

작품 속에 등장하는 동 쥐앙은 상당히 복잡하고 난해한 형상을 지닌 인물이다. 타락하고 관능적이며 경박한 대(大)귀족, 가면을 쓰고 남들을 능란하게 기만하는 자, 권위와 죽음에는 무심한 청년, 자신의 신분에 걸맞은 용기를 과시하는 귀족, 빈자들의 종교적 확신에 대해서는 가혹한 무신론자, 무감각하고 잔인한 유혹자 등등. 이는 사실 당대 사회에서

〈리베르탱*libertin*〉이라 지칭되던 사람들의 모습을 형상화한 것이다. 17세기 당시에는 과학과 이성에 근거를 두고 종교와 신앙에 대해 거리를 두며 기존 도덕의 준수를 거부하고 분방한 삶을 즐기던 이들을 〈리베르탱〉 혹은 〈자유사상가〉라 지칭하였다. 혼인의 서약을 무시하고 오로지 여인에 대한 호기심에서 출발하여 그녀를 정복하고 쾌락을 맛본 연후에는 가차 없이 그 여인을 내버리는 잔인한 유혹자 동 쥐앙은 감정적·풍속적인 차원에서 리베르탱이라 불릴 만한 인물이다. 또한 신을 믿지 않고 오로지 산술만을 믿는다고 주장하며 불경한 언사를 일삼는다는 점에서 사상적·지적 차원의 리베르탱이기도 하다. 그러나 동 쥐앙에게서 가장 두드러지게 나타나는 것은 전작의 주인공 타르튀프와 마찬가지로 〈위선자〉로서의 형상이다.

사실 위선자 동 쥐앙은 극의 시작에서부터 등장한다. 제1막에서 자신이 엘비르를 떠나는 이유가 그녀를 유혹하여 수녀원에서 나오게 한 데 대한 뒤늦은 〈양심의 가책〉 때문이라며 종교적인 용어로 자신의 행위를 정당화하는 동 쥐앙의 모습은 동일한 종교적 언사로 엘미르를 유혹하는 타르튀프의 모습을 연상시킨다. 그러나 위선자로서의 동 쥐앙의 모습이 극명하게 드러나는 것은 아버지 앞에서 종교적 회심을 〈연기〉하고 난 이후 그것이 거짓이었으며 〈위선이란 유행하는 악덕이고, 무슨 악덕이든 유행하기만 하면 미덕〉이라며 위선의 〈서원〉을 하는 제5막에서이다. 그는 이 시대에 특별 대우를 받는 악덕인 위선의 추종자로서, 똑같이 종교적 가면을 쓴 자들의 〈도당〉에 들어가 그들의 보호하에 절대적인 면책권을 누리면서 무엇이든 원하는 대로 할 수 있다고 이야기한다.

위선과 관련한 당대 사회의 현실적·종교적 실상을 이처럼 엄정하고 명석하게 분석하고 있는 「동 쥐앙」은 여러 측면에서 공연 금지를 당한 전작 「타르튀프」를 위한 청원서이자 진정서 격인 작품이다. 공연 허가를 얻기 위한 투쟁은 다른 작품의 창작을 통해서도 계속 진행 중이었던 것이다. 이제 위선자는 더 이상 부르주아 가정에 기식하는 빈자가 아니라 대귀족, 그것도 위기에 처한 귀족을 구하기 위해 용맹하게 몸을 던짐으로써 귀족으로서의 고결함을 보여 주는, 그래서 그저 비난할 수만은 없는 일견 매력적이고 공감할 만할 인물로 모습을 드러낸다. 당대 위선적인 대귀족들의 여러 초상을 겹쳐 놓은 듯한 이 인물이 이처럼 상반된 느낌을 주는 것은 어떤 이유에서일까? 몰리에르는 한편으로 인문주의 전통의 담지자로서 세상이라는 연극 뒤에 가려진 진실을 꿰뚫어 보지 못하는 이 인물을 비난하는 동시에, 다른 한편으로는 신자들이 화형대로 보내고 싶어 하는 리베르탱으로서 천벌을 받아 마땅할 이 인물에 자신을 투사하고 있는 것이다.

동 쥐앙은 사실 몰리에르의 여타 작품의 주인공들과 마찬가지로 〈맹목적〉인 인물이다. 몇몇 학자들은 동 쥐앙이 신의 경고와 현시에 대해 취하는 태도를 통해 몰리에르가 〈죄인의 완고함〉이라는 신학적 통념을 완벽하게 구현했다고 보았다. 동 쥐앙은 하늘이 보내는 경고를 듣지 않으며 하늘이 보내는 신호를 해독하지 못한다. 이러한 주인공에게 신이 징벌을 내리는 결말은 이 작품이 〈세상이라는 거대한 연극〉의 테마를 취한 이전 작품의 계열에 속한다는 사실을 확인시켜 준다. 전작에서 위선자를 벌하는 것이 〈세속 차원의 신〉인 왕이었다면 이 작품에서 위선자 동 쥐앙에게 벼락을 내리는 것은 초월적인 신이다. 이로써 몰리에르는 사회적이고 정치적인 비난에서 도덕적이고 형이상학적인 비난으로 넘어간다. 사실 「타르튀프」에서는 사회 규제의 힘이 위선자의 가면을 벗겨 내고 벌할 수 있었지만 「타르튀프」의 공연이 금지됨으로써 당대 현실 속에서 세속적 관객, 신으로서의 왕이 어떤 다른 힘에 예속되어 있음이 드러났기 때문이다.

그런데 몰리에르가 「동 쥐앙」에서 신의 징벌에 의한 결말을 택한 것은 단지 왕의 무력함을 강조하기 위한 것만은 아니었다. 그는 타르튀프와는 다르게 위험한 유형의 인물을 무대에 올렸다. 다른 인물들과 마찬가지로 동 쥐앙은 자기 운명을 마음대로 하지 못하며 〈세상이라는 거대한 연극〉에서 자신이 맡은 역할을 알지 못한다. 그러나 그는 인생이 역할 수행의 장(場)에 지나지 않는다는 것, 자신이 연기를 하고 있다는 것을 알고 있으며 타인들의 연기를 훤히 들여다보고 있다. 이러한 지식을 클레앙트처럼 남들을 돕는 데 쓰는 게 아니라 그들을 기만하기 위해 쓸 뿐이다. 엘미르가 연기로 자신을 속일 수 있음을 파악하지 못했던 타르튀프와 동 쥐앙의 차이점은 여기에 있다.

동시에 동 쥐앙이란 인물은 몰리에르를 지지하는 이성적인 사람들에게 진짜와 가짜 리베르탱의 차이, 지혜와 불경한 언사 사이의 차이를 보여 줄 수 있어야 했다. 매사에 정도를 넘어선 동 쥐앙은 인간들과 신이 보기에 모두 우스꽝스럽고 저주받은 자이다. 그렇다면 그를 반대편 극단에 선 타르튀프류의 위선적 독신자들과 같은 부류의 인물로 보아야 할까?

여기서 우리는 스가나렐의 역할에 주목하게 된다. 수년 전부터 금전적 보상에 대한 기대와 주인에 대한 두려움에서 동 쥐앙을 모셔 온 하인 스가나렐은 신앙의 측면에서 동 쥐앙과 대척점에 놓여 있는 인물이다. 그는 신을 믿고 악마의 존재를 믿을 뿐만 아니라 홀로 여행하는 길손을 해친다는 귀신과 늑대 인간도 믿는다. 기독교 신앙에 더해진 이런 미신은 당대 신학자들의 사고 속에서도 죄가 되지는 않았다. 다만 대단히 칭송할 만한 〈소박한 신앙〉에서 허용하기 어려운 일면이긴 했다. 이러한 신앙을 지닌 스가나렐의 도덕 또한 단순해서 혼인 성사를 지켜야 한다든가, 성스러운 신비와 하느님을 농락하거나 조롱해서는 안 된다든가 하는 정도였다. 동 쥐앙 곁에서 그가 맡은 역할 역시 죄인을 꾸짖는 〈영혼 지도자〉와는 거리가 먼 것이지만, 주인이 〈위선자의 서원〉을 하는 제5막 제2장에서 스가나렐은 이 죄인에게 영벌이 내릴 것이라 꾸짖으며 교화적인 담론을 쏟아 낸다. 그렇다면 지극히 칭송할 만한 소박한 신앙을 지닌 하인과 신앙마저도 위선으로 가장한 주인의 대비, 그리고 회심을 재촉받고도 은총을 거부한 이 주인이 지옥으로 떨어지는 결말은 나무랄 데 없이 교화적이라 할 수 있지 않겠는가.

그러나 제3막 제4장과 제5막 제2장에서 신을 입증하고자 하는 스가나렐의 담론은 사실 그와 같이 단순한 자, 믿고자 하는 자에게만 설득력을 발휘한다. 결국 스가나렐의 이러한 추론을 통해 드러나는 것은 신이 결코 이성에 의해 입증될 수 없다는 것, 이 하인과 같이 단순한 자들에게만 받아들여질 수 있다는 것이다.

작품에서 그려지는 신앙의 양상이 이러하건대 독신자들로 이루어진 사회는 결국 위선에 침잠된 사회일 수밖에 없다. 이러한 상황에서 동 쥐앙은 정당화되지는 못할지언정 적어도 나름 변명할 수 있는 입지를 확보하게 된다. 그는 경멸할 만한 위선적 세상을 있는 그대로 파악하고 경멸하며 이용하는 것이다. 〈어리석은 인간들이 신앙을 갖고 있다. 그렇다면 이 어리석음에 적응하고 그것을 최대한 이용하여 조용하게 살자.〉 동 쥐앙의 우아한 견유주의는 이리하여 지고의 지혜가 된다. 그는 물론 위선자이다. 그러나 그가 위선자가 되도록 허락하고 부추긴 사회 역시 이 위선에 대해 절반의 책임은 있다. 이러한 작품 구성은 작품에 대한 이중의 독서를 가능하게 하며, 독자로 하여금 교화적 차원에 머물지 않게 하고 동 쥐앙이라는 리베르탱의 불경을 다소간 너그러이 바라볼 수 있게 해준다.

「인간 혐오자」

「인간 혐오자」는 「아내들의 학교」로부터 시작된 〈대희극〉 형식이 완전히 정착된 단계에 속하는 작품으로 1664년부터 준비되어 1666년 6월에 초연되었다. 「인간 혐오자」라는 제목 때문에 흔히 성격희극으로 간주되지만 「타르튀프」와 「동 쥐앙」에서 종교적 위선을 공격한 이후 당대의 사회적 위선을 신랄하게 묘사한 풍속 비판적인 작품이기도 하다.

타협을 모르는 데다 까다로운 성격의 주인공 알세스트는 이 시대의 악덕과 보편화된 위선을 견뎌 내지 못한다. 일견 중세적이고 기사도적인 윤리의 추종자로서 그는 완벽한 진정성과 솔직함을 주장하는 인물이다. 그러나 그의 주변에 있는 인물들은 온갖 형태의 위선을 드러낸다. 모든 것이 도당들의 이해관계에 의해 좌지우지되는 것을 알면서도 사회의 위선적 예절 규범에 순응하는 필랭트, 자신의 구애자들을 환대하다가도 돌아서면 험담을 일삼는 셀리멘, 의례적인 방문을 구실 삼아 셀리멘의 행실을 비난하며 신앙을 과시하되 실천하지 않는 아르지노에, 그리고 셀리멘이 어려운 상황에 놓이자 그녀를 버리고 가버리는 구애자들의 비겁함에 이르기까지 알세스트를 둘러싼 인물 군상들은 당대 사회에 만연한 온갖 위선의 양상을 드러내 보여 준다. 사실 알세스트의 지극히 염세적이고 〈인간 혐오적〉인 태도는 그 당시 유행하던 〈체액 이론*la théorie des humeurs*〉에 따르자면 〈흑담즙*bile*〉이라는 체액이 지배적이라서 〈우울한〉 그의 성격에서 비롯된 것이기도 하다. 몰리에르가 한때 작품의 제목을 「사랑에 빠진 우울한 사람L'atrabilaire amoureux」으로 하려고 했다는 사실은 작품이 지닌 성격희극적 특성을 뒷받침해 준다. 그러나 알세스트의 태도는 작품에서 그려지는 암울한 세상에 대한 지극히 논리적인 판단에서 나온 것이기도 하다.

알세스트는 앞선 두 작품의 주인공들과 마찬가지로 〈맹목석〉인 인물이다. 이 작품의 새로움은 이같이 맹목적인 인물에게서 소극적인 양상을 덜어 냈다는 점이다. 알세스트는 교양 있고 지적이며 주변 사람들이 고약한 연기를 펼치고 있다는 사실을 명민하게 인식하고 있는 인물이다. 그러나 이러한 태도에 인간 혐오적인 성격이 더해지면서 극단까지 치달아 모든 세상 사람들을 견딜 수 없을 지경이 된 알세스트는 극의 도입부에서부터 추론가 필랭트와의 대비를 통해 맹목적이고 우스꽝스러운 인물로 제시된다. 그의 맹목적 양상은 무엇보다 연인 셀리멘과의 관계를 통해 분명하게 드러난다.

필랭트가 제1막 제1장에서부터 지적하고 있는 바와 같이 알세스트-셀리멘은 참으로 어울리지 않는 한 쌍이다. 〈남자들에게 교태를 부리고 남을 헐뜯기 좋아하는〉 셀리멘은 그 누구보다도 알세스트가 지극히 혐오하는 당시 세태에 푹 빠져 있는 인물이다. 그런 여인을 알세스트가 사랑한다는 설정 자체가 이 인물의 맹목성을 드러내는 셈이다. 더군다나 작품의 시작부터 결말에 이르기까지 끝없이 반복되는 그녀의 배신에도 불구하고 자신의 사랑이라면 〈시대의 악덕에 물든 그녀의 영혼을 정화시킬 수 있을 것〉이라는 믿음을 저버리지 못하는 알세스트야말로 몰리에르가 창조해 낸 가장 맹목적인 인물 중 하나라고 할 수 있을 것이다.

사실 이 작품의 근본적인 독창성은 사랑에 빠진 주인공과 그의 사랑을 방해하는 우스꽝스러운 장애 인물 간의 대립이 없다는 것이다. 물론 셀리멘에게 구애를 하면서 알세스트와 경쟁 관계를 이루는 몇몇 귀족들이 등장하긴 하지만, 실상 알세스트와 셀리멘의 사랑을 방해하는 것은 다른 누구도 아닌 알세스트 자신이다. 제5막 제4장에서 셀리멘이 언급하는 바와 같이 그는 〈거침없는 행동과 변덕스러운 기질 때문에 가끔 기분 전환이 되기도 하지만 누구보다 성가실 때가 더 많은〉 인물이다. 결국 알세스트 자신이 사랑을 하는 인물이면서 그 성격으로 인해 스스로의 사랑을 가로막는 내재화된 장애물이 되는 것이다.

이같이 내재화된 장애물로 인해 그가 맞부딪치게 되는 또 다른 난관은 소송 사건이다. 그의 소송 상대는 자기 패거리를 통해 출세한 자이며, 더러운 짓거리를 해서 사교계에 들어왔고, 중상모략을 퍼뜨리는 데 둘째가라면 서러울 자이다. 전작들과 관련시켜 볼 때 이 인물은 결국 타르튀프에서 동 쥐앙을 거쳐 이어지는 위선자의 계보에 속하는 인물이라 할 수 있다. 특히 그가 알세스트를 파멸시킬 작정으로 〈가증스러운 책〉의 저자라 떠들고 다닌다는 대목은 당시 공연 금지 상태에 있던 「타르튀프」를 암시하는 것으로, 「인간 혐오자」 역시 당시 진행되고 있던 「타르튀프」 논쟁의 연장선상에 놓이는 작품임을 짐작할 수 있다.

알세스트는 〈흑담즙〉이 지배적인지라 우울한 그의 성격 때문에, 그리고 지나치게 까다로운 그의 가치관 때문에 예절이라는 이름의 위선이 보편화된 이 세상살이가 힘겨운 인물이다. 그와 대비되는 〈점액질flegme〉의 필랭트는 기질적으로 행복한 인물이다. 그 역시 세상이 잘못 돌아가고 있다는 것은 알고 있지만 그렇기 때문에 풍자적인 감각만 있으면 이 세상이 흥미로운 관찰 대상이 된다는 것도 알고 있다. 세상이 악덕에 빠져 있다 비판하면서도 그런 악덕에 빠져 있는 연인을 사랑으로 교정할 수 있으리라는 믿음을 끝까지 쉽게 포기하지 못하는 알세스트와는 달리 이 타락한 세상을 있는 그대로 받아들이고 이에 순응하고 살아가는 필랭트는, 이 세상의 교정을 애초부터 불가능한 것으로 치부하고 있다는 의미에서 알세스트보다 더한 〈인간 혐오자〉라고도 볼 수 있을 것이다.

「인간 혐오자」는 결국 「타르튀프」의 금지와 「동 쥐앙」의 억압을 겪으며 몰리에르가 다다르게 된 창작의 위기 상황을 드러낸다. 세상이라는 연극이 끝날 것을 기다렸다가 신이 인간이라는 배우들에게 보상과 징벌을 나누어 주는 것을 본 자에게 무슨 할 일이 남아 있겠는가? 몽테뉴Michel Eyquem de Montaigne의 가르침과 같이 자아를 보존하기 위해 가면 쓴 인간들과 어울리고 즐기며 필랭트처럼 이 세상에 익숙해질 것인가, 아니면 세상을 교정할 수 있는 모든 가능성이 사라진 후 알세스트처럼 이 세상에서 벗어날 것인가. 적어도 「동 쥐앙」에 이르기까지 몰리에르는 세상에 대해 비판적인 시각을 지닌 알세스트, 언제나 스스로가 옳다고 믿었던 알세스트였다고 할 수 있다. 하지만 「타르튀프」와 「동 쥐앙」의 수난이 끝나지 않을 듯 이어지면서 몰리에르는 그러한 스스로가 괴상하고 부조리한 인간임을 인식하게 된다. 사회의 모든 오류를 바로잡을 수는 없다. 그리하겠다고 고집을 부리는 것은 틀린 것이고 자신을 광인 취급당하게 만드는 것이다. 이제 남은 것은 여흥을 즐기는 것, 공연으로 남들을 즐겁게 해주는 것뿐이다.

 이 같은 새로운 태도는 몰리에르 극작의 마지막 단계인 〈발레 희극〉, 특히 「서민 귀족Le bourgeois gentilhomme」과 「상상으로 앓는 환자Le malade imaginaire」에서 분명히 드러난다. 사실 몰리에르의 파리 시절 후반기의 작품들에 등장하는 가정 내 폭군들은 모든 권력자의 형상에 걸맞게 세상과 자신들에 대해 맹목적이고 무지하다. 세상의 연극성을 분별할 줄 모르는 오만한 이 존재들은 연극의 광기에 사로잡힌 배우들이다. 여기 번역된 세 편의 〈대희극〉을 창작하는 과정에서 몰리에르는 자신이 사회의 악덕을 교정하겠다는 것이 이룰 수 없는 환상이었음을 깨닫고 이 같은 역할을 포기할 수 있었던 것이다. 그러나 이후 발표된 발레 희극들을 통해, 우리는 그가 인간들의 광기를 이용하여 인간들에게 즐거움을 주는 동시에 인간 스스로의 광기를 인식시키는 일을 포기하지 않았음을 알 수 있다. 온갖 우여곡절에도 불구하고 몰리에르는 인문주의의 본질적인 교훈에 충실한 위대한 작가였던 것이다.

신은영

몰리에르 연보

1622년 출생 1월 15일 파리에서 아버지 장 포클랭Jean Poquelin과 어머니 마리 크레세Marie Cressé 사이에서 태어남. 본명 장바티스트 포클랭Jean-Baptiste Poquelin.

1631년 9세 아버지가 궁정 실내 장식업자의 직위를 얻고, 장바티스트는 당시 파리에서 최고의 명성을 자랑하던 클레르몽 학교Collège de Clermont에서 인문학 공부를 시작함. 이 시기에 에피쿠로스 철학에 동조하는 가상디Gassendi와 교류한 것으로 추정됨.

1632년 10세 어머니 마리 크레세 사망. 아버지는 이듬해 재혼하지만 새어머니도 3년 후 사망함. 외조부 루이 크레세Louis Cressé는 부르고뉴 극단Hôtel de Bourgogne를 비롯해 파리의 여러 공연장으로 손자를 데려가 장바티스트가 연극에 관심을 갖는 데 중요한 계기를 제공했다고 함.

1637년 15세 아버지가 자신의 직책에 대한 승계권을 획득하고, 장바티스트는 아버지의 가업을 승계하기로 서약함.

1640년 18세 오를레앙에서 법학을 공부하여 변호사 자격을 취득하고 파리에서 잠시 변호사 일을 한 것으로 전해지지만 몰리에르의 수학 사실을 입증하는 자료는 거의 남아 있지 않음.

1643년 21세 연극인 집안이었던 베자르Béjart 집안 사람들을 알게 된 장바티스트는 가업의 승계를 포기하고 여배우 마들렌 베자르 Madeleine Béjart의 주도로 창단된 유명 극단Illustre Théâtre에 참여. 이 시기의 장바티스트는 극단의 평범한 일원이었던 것으로 보임.

1644년 22세 유명 극단의 초연. 처음으로 몰리에르Molière라는 예명을 사용함. 극단이 재정적으로 위기에 처한 이 시기부터 몰리에르가 극단의 주도적인 인물 중 하나로 나서면서 극단 명의의 공증 문서에 서명을 하기 시작함.

1645년 23세 파리의 공연 무대를 양분하고 있던 부르고뉴 극단과 마레 극단Théâtre du Marais의 벽을 넘지 못하고 유명 극단이 파산함. 몰리에르는 나흘간 감옥에 수감되었다가 아버지에 의해 보석으로 풀려남. 이 돈은 몰리에르가 어머니로부터 물려받은 재산이었음. 아버지는 자신의 나머지 상속권을 몰리에르의 동생에게 넘겨줌. 몰리에르는 극단의 잔여 인력으로 유랑 극단을 꾸려 파리를 떠나 지방으로 감.

1646년 24세 에페르농 공작Duc d'Épernon의 후원을 받고 있던 샤를 뒤프렌Charles Dufresne의 극단에 합류.

1646~1650년 24~28세 알비, 카르카손, 낭트, 툴루즈, 나르본 등지에서 공연. 「어릿광대의 질투La jalousie du barbouillé」, 「날아다니는 의사Le médecin volant」 등의 소극을 공연함.

1650년 28세 에페르농 공작이 극단에 대한 후원을 철회함. 몰리에르는 샤를 뒤프렌으로부터 극단의 책임자 자리를 넘겨받음.

1653년 31세 랑그독 지방 총독인 콩티Conti 공의 후원을 받게 됨. 콩티 공은 관대하고 식견 있는 후원자로서 항시 재기 있는 사람들에 둘러싸여 지내기를 즐겼으며 몰리에르의 지성과 교양에 매료되었다고 함. 이후 1657년까지 리옹을 거점으로 삼아 랑그독 지방을 오가며 공연함.

1655년 33세 리옹에서 「덤벙대는 청년L'étourdi」 공연.

1656년 34세 베지에에서 「사랑의 원한Le dépit amoureux」 공연.

1657년 35세 독실한 신앙인으로 회심한 콩티 공이 몰리에르 극단에 대한 후원을 철회함. 이후에도 리옹과 프랑스 남동부 지방에서 공연을 계속하던 극단은 1658년 북쪽으로 방향을 튼 후, 파리 재입성을 목표로 일단 루앙에 자리를 잡음.

1658년 36세 봄에 루앙에 정착했던 몰리에르 극단은 왕제 오를레앙 Orléans 공의 후원을 받게 되고 그의 주선으로 10월 루브르 궁에서 최초의 왕실 공연을 하게 됨. 그들이 공연한 코르네유의 「니코메드Nicomède」는 그저 무난한 정도였으나 이어서 공연한 짤막한 여흥극 「사랑에 빠진 의사Le docteur amoureux」가 왕과 궁정 인사들의 열렬한 반응을 이끌어 내면서 루이 14세로부터 프티부르봉Petit-Bourbon의 무대를 이탈리아 극단과 함께 사용하도록 윤허받음.

1659년 37세 코르네유의 오래된 비극들의 공연이 연달아 실패하며 위기에 처했던 극단은 몰리에르의 결단으로 무대에 올린 「사랑의 원한」이 큰 성공을 거두면서 위기에서 벗어남. 이어 공연한 「사랑에 빠진 의사」 역시 적지 않은 관객을 모음. 11월 「우스꽝스러운 프레시외즈의 소극 Les précieuses ridicules」이 큰 성공을 거두면서 관객들의 경탄과 경쟁자들의 분노를 동시에 사게 됨.

1660년 40세 5월 「스가나렐Sganarelle ou Le cocu imaginaire」 공연. 프티 부르봉 공연장이 폐쇄됨. 부르고뉴와 마레 극단이 몰리에르의 단원들을 빼내려고 시도하며 강력한 경쟁사인 그를 제거하러 들지만, 몰리에르는 국왕으로부터 과거 리슐리외Armand Richelieu 추기경이 건립한 루아얄 극장Théâtre du Palais-Royal을 사용하도록 윤허받음. 단원들도 몰리에르를 중심으로 단합하면서 석 달간의 공백 후 공연 재개.

1661년 41세 루아얄 극장에 정착. 개관 공연으로 「사랑에 빠진 의사」 공연. 「나바르의 동 가르시Dom Garcie de Navarre」, 「남편들의 학교L'école des maris」 공연. 8월에는 보르비콩트 성Château de Vaux-le-Vicomte의 축제를 위해 재무상 푸케Nicolas Fouquet가 주문한 「귀찮은 사람들Les fâcheux」 공연.

1662년 42세 2월 마들렌 베자르의 여동생인 스무 살 연하의 여배우 아르망드 베자르Armande Béjart와 결혼하여 적지 않은 파장을 일으킴.

그녀가 몰리에르의 딸이라는 적대자들의 주장, 마들렌과 다른 남자 사이에서 태어난 딸이라는 주장에다 그들의 순탄하지 않은 결혼 생활에 대한 여러 가지 풍문이 있으나 확인된 것은 없음. 그들 사이에는 세 자녀가 태어나지만 아들 루이Louis와 피에르Pierre는 어려서 죽고 딸 에스프리 마들렌Esprit Madeleine만이 몰리에르보다 오래 삶. 이해 12월에 공연된 「아내들의 학교L'école des femmes」는 몰리에르 자신에 대한 조롱으로 해석되기도 하는데, 그의 작품 중 가장 많은 관중을 동원한 성공작이었음. 그때까지 민중들의 저급한 오락거리로 취급당하던 희극을 〈위대한〉 비극의 형식인 운문 5막극으로 써냈을 뿐만 아니라 동시대의 풍속을 소재 삼아 개인의 자유와 존엄성을 희생시키는 지배 이데올로기에 대한 비판적 시각을 담아낸 이 작품은 코르네유Pierre Corneille의 「르 시드Le Cid」 이후로 가장 심각한 연극 논쟁에 휘말림. 「우스꽝스러운 재녀들」의 성공 이후 몰리에르에 대한 질시를 삭이지 못하던 기존 극단과 연극인들은 이 작품에 대해 갖은 비난을 쏟아부음.

1663년 43세 경쟁자들에 대한 반응을 자제하던 몰리에르는 1663년 「아내들의 학교」 재공연을 끝낸 직후 비난에 대한 답변으로 「아내들의 학교 비판La critique de l'école des femmes」을 공연함. 그로부터 4개월 후에는 실질적으로 이 논쟁을 마무리하는 「베르사유 즉흥극L'impromptu de Versailles」을 무대에 올림.

1664년 44세 루브르 궁에서 「강제 결혼Le mariage forcé」 공연. 첫아이 루이의 세례식에 루이 14세가 대부를 맡음. 5월 8일 베르사유에서 열린 〈열락의 섬 축제〉에서 「엘리드 공주La princesse d'Élide」 공연. 5월 12일 같은 축제에서 3막으로 된 「타르튀프Le Tartuffe」 공연. 반종교개혁의 선봉에 있던 성체회의 행태를 풍자한 이 작품에 대한 반대 세력의 저항은 거셌고 몰리에르의 확실한 후원자였던 루이 14세마저도 미온적 태도를 보이면서 작품의 상연이 금지됨. 몰리에르는 이의 해제를 위해 소송을 걸고 왕에게 여러 차례 청원서를 제출함으로써 1669년에 공연 허가를 얻어 냄. 6월 라신Racine의 처녀작 「라 테바이드La Thébaïde」 공연. 아들 루이 9개월 만에 사망.

1665년 45세 2월 「동 쥐앙Dom Juan」 공연. 이 작품 역시 종교계를 자극하여 15회 공연에 그침. 부활절 이후 공연이 중단되고 이후 8월까지 또다시 논쟁이 이어짐. 딸 에스프리 마들렌 출생. 8월 극단이 왕실의 공식적인 후원을 받게 됨. 「사랑에 빠진 의사L'amour médecin」 공연. 12월 라신의 두 번째 작품 「알렉상드르 대왕Alexandre le Grand」 공연. 라신과의 불화.

1666년 46세 악화된 건강에도 불구하고 「인간 혐오자Le misanthrope」 공연. 이로써 「타르튀프」, 「동 쥐앙」과 더불어 성격희극의 3대 걸작을 완성. 「억지 의사Le médecin malgré lui」 공연. 생제르맹 축제 기간에 「멜리세르트Mélicerte」 공연.

1667년 47세 생제르맹 축제에서 「전원 희극La pastorale comique」, 「시실리아 사람Le Sicilien ou L'amour peintre」 공연. 3월 말 극단의 대표적인 여배우 뒤 파르크Du Parc가 부르고뉴 극단으로 자리를 옮김. 건강이 악화된 몰리에르는 6월까지 휴식기를 보냄. 「타르튀프」의 초연 텍스트를 수정한 「사기꾼L'imposteur」을 공연하지만 하루 만에 공연 금지를 당함. 2주 후 「희극〈타르튀프〉에 관한 서한」 발표.

1668년 48세 1월 「앙피트리옹Amphitryon」 공연. 콩데 공을 위해 「타르튀프」 비공식 공연. 7월 베르사유에서 「조르주 당댕Georges Dandin」 공연. 9월 「수전노L'avare」 공연.

1669년 49세 「타르튀프」 공연 허가. 2월에는 왕비 앞에서, 8월에는 왕 앞에서 공연되는 등 44회에 걸친 연속 공연. 몰리에르의 부친 사망. 샹보르에서 「푸르소냐 씨Monsieur de Pourceaugnac」 공연.

1670년 50세 1월 샬뤼세Le Boulanger de Chalussay가 몰리에르를 격렬하게 비난하는 극 「우울한 엘로미르Élomire hypocondre」를 공연함. 2월 「멋진 연인들Les amants magnifiques」 공연. 10월 샹보르에서 「부르주아 귀족Le bourgeois gentilhomme」 공연. 이 작품에는 이탈리아 출신 음악가 륄리Jean-Baptiste Lully가 배우로 참여해 발레 희극의 정수를 보여 줌.

1671년 51세 튈르리에서 발레 비희극 「프시케Psyché」 공연. 이 작품에서도 륄리와의 공동 작업은 계속됨. 「스카팽의 간계Les fourberies de Scapin」, 「에스카르바냐 백작부인La Comtesse d'Escarbagnas」 공연.

1672년 52세   2월 마들렌 베자르 사망. 연극에서 오페라의 독립을 꿈꾸던 륄리는 왕으로부터 공연 중 사용되는 모든 음악에 대한 독점권을 획득함으로써 몰리에르의 발레 희극 공연에 심대한 지장을 초래하고, 두 사람은 결별함. 3월 「학식을 뽐내는 여인들Les femmes savantes」 공연.

1673년 53세   2월 10일 루아얄 극장에서 「상상으로 앓는 환자Le malade imaginaire」 공연. 2월 17일 4회 공연 후 쓰러져 집에 돌아온 후 피를 토하고 숨을 거둠. 사제는 그의 임종에 입회를 거부하였는데, 이는 배우들을 종교의 가르침에 어긋나는 자들로 규정한 교회법을 엄격히 적용한 것이기도 하지만, 「타르튀프」를 통해 반종교적인 태도를 드러낸 몰리에르에 대한 반감 역시 작용한 것으로 보임. 결국 부인 아르망드의 청원을 받아들인 국왕의 권유로 파리 주교는 사제가 주관하는 장례식을 허용하시만 오식 사제 두 명만 입회하여 밤에 장례를 치르도록 명령. 이리하여 2월 21일 밤 몰리에르는 생조제프 묘지에 안장됨. 몰리에르 사망 후 그의 극단은 마레 극단과 합병하고 루아얄 극장을 떠나 게네고 극장으로 옮기면서 게네고 극단Hôtel de Guénégaud으로 개명.

1680년   부르고뉴 극단과 게네고 극단이 통합되어 코메디프랑세즈 Comédie-Française가 창설됨. 오늘날까지 프랑스 국립 극장의 위상을 유지하고 있는 코메디프랑세즈는 〈몰리에르의 집Maison de Molière〉라는 별칭을 지니고 있음.

1682년   〈몰리에르 전집〉이 처음으로 출간됨.

열린책들 세계문학 207 타르튀프

옮긴이 신은영 1963년 서울에서 태어났다. 서울대학교 불어불문학과를 졸업하고 동 대학원에서 석사 학위 취득 후 프랑스 빠리 4대학(쓰르본 대학)에서 라신 비극에 관한 논문으로 박사 학위를 받았다. 현재 서울대학교 불어불문학과 교수로 재직 중이다. 지은 책으로 『라신을 어떻게 읽을 것인가』(공저), 『프랑스, 하나 그리고 여럿』(공저), 『스무 살, 인문학을 만나다』(공저)가 있고, 옮긴 책으로 미셸 푸코의 『성의 역사』 중 제2권 『쾌락의 활용』(공역), 몰리에르의 『수전노』 등이 있다.

지은이 몰리에르 **옮긴이** 신은영 **발행인** 홍예빈·홍유진
발행처 주식회사 열린책들 **주소** 경기도 파주시 문발로 253 파주출판도시
전화 031-955-4000 **팩스** 031-955-4004 **홈페이지** www.openbooks.co.kr
Copyright (C) 주식회사 열린책들, 2012, *Printed in Korea.*
ISBN 978-89-329-1207-3 04860 **ISBN** 978-89-329-1499-2 (세트)
발행일 2012년 8월 5일 세계문학판 1쇄 2024년 6월 20일 세계문학판 8쇄

이 도서의 국립중앙도서관 출판예정도서목록(CIP)은 서지정보유통지원시스템 홈페이지(http://seoji.nl.go.kr)와 국가자료공동목록시스템(http://www.nl.go.kr/kolisnet)에서 이용하실 수 있습니다.(CIP제어번호: CIP2012003368)

열린책들 세계문학
Open Books World Literature

001 **죄와 벌** 표도르 도스또예프스끼 장편소설 | 홍대화 옮김 | 전2권 | 각 408, 498면

003 **최초의 인간** 알베르 카뮈 장편소설 | 김화영 옮김 | 382면

004 **소설** 제임스 미치너 장편소설 | 윤희기 옮김 | 전2권 | 각 280, 362면

006 **개를 데리고 다니는 부인** 안똔 빠블로비치 체호프 소설선집 | 오종우 옮김 | 362면

007 **우주 만화** 이탈로 칼비노 장편소설 | 김운찬 옮김 | 334면

008 **댈러웨이 부인** 버지니아 울프 장편소설 | 최애리 옮김 | 286면

009 **어머니** 막심 고리끼 장편소설 | 최윤락 옮김 | 538면

010 **변신** 프란츠 카프카 중단편집 | 홍성광 옮김 | 452면

011 **전도서에 바치는 장미** 로저 젤라즈니 중단편집 | 김상훈 옮김 | 424면

012 **대위의 딸** 알렉산드르 뿌쉬낀 장편소설 | 석영중 옮김 | 232면

013 **바다의 침묵** 베르코르 소설선집 | 이상해 옮김 | 256면

014 **원수들, 사랑 이야기** 아이작 싱어 장편소설 | 김진준 옮김 | 318면

015 **백치** 표도르 도스또예프스끼 장편소설 | 김근식 옮김 | 전2권 | 각 500, 520면

017 **1984년** 조지 오웰 장편소설 | 박경서 옮김 | 384면

019 **이상한 나라의 앨리스** 루이스 캐럴 환상동화 | 머빈 피크 그림 | 최용준 옮김 | 324면

020 **베네치아에서의 죽음** 토마스 만 중단편집 | 홍성광 옮김 | 424면

021 **그리스인 조르바** 니코스 카잔차키스 장편소설 | 이윤기 옮김 | 484면

022 **벚꽃 동산** 안똔 체호프 희곡선집 | 오종우 옮김 | 328면

023 **연애 소설 읽는 노인** 루이스 세풀베다 장편소설 | 정창 옮김 | 184면

024 **젊은 사자들** 어윈 쇼 장편소설 | 정영문 옮김 | 전2권 | 각 414, 406면

026 **젊은 베르테르의 슬픔** 요한 볼프강 폰 괴테 장편소설 | 김인순 옮김 | 232면

027 **시라노** 에드몽 로스탕 희곡 | 이상해 옮김 | 252면

028 **전망 좋은 방** E. M. 포스터 장편소설 | 고정아 옮김 | 342면

029 **까라마조프 씨네 형제들** 표도르 도스또예프스끼 장편소설 | 이대우 옮김 | 전3권 | 각 496, 492, 446면

032 **프랑스 중위의 여자** 존 파울즈 장편소설 | 김석희 옮김 | 전2권 | 각 344, 338면

034 **소립자** 미셸 우엘벡 장편소설 | 이세욱 옮김 | 438면

035 **영혼의 자서전** 니코스 카잔차키스 자서전 | 안정효 옮김 | 전2권 | 각 352, 396면

037 **우리들** 예브게니 자먀찐 장편소설 | 석영중 옮김 | 240면

038 **뉴욕 3부작** 폴 오스터 장편소설 | 황보석 옮김 | 474면

039 **닥터 지바고** 보리스 빠스쩨르나끄 장편소설 | 박형규 옮김 | 전2권 | 각 400, 506면

041 **고리오 영감** 오노레 드 발자크 장편소설 | 임희근 옮김 | 448면

042 **뿌리** 알렉스 헤일리 장편소설 | 안정효 옮김 | 전2권 | 각 398, 448면

044 **백년보다 긴 하루** 친기즈 아이뜨마또프 장편소설 | 황보석 옮김 | 552면

045 **최후의 세계** 크리스토프 란스마이어 장편소설 | 장희권 옮김 | 262면

046 **추운 나라에서 돌아온 스파이** 존 르카레 장편소설 | 김석희 옮김 | 360면

047 **산도칸 — 몸프라쳄의 호랑이** 에밀리오 살가리 장편소설 | 유향란 옮김 | 428면

048 **기적의 시대** 보리슬라프 페키치 장편소설 | 이윤기 옮김 | 416면

049 **그리고 죽음** 짐 크레이스 장편소설 | 김석희 옮김 | 224면

050 **세설** 다니자키 준이치로 장편소설 | 송태욱 옮김 | 전2권 | 각 390, 382면

052 **세상이 끝날 때까지 아직 10억 년** 스뜨루가츠끼 형제 장편소설 | 석영중 옮김 | 224면

053 **동물 농장** 조지 오웰 장편소설 | 박경서 옮김 | 196면

054 **캉디드 혹은 낙관주의** 볼테르 장편소설 | 이봉지 옮김 | 222면

055 **도적 떼** 프리드리히 폰 실러 희곡 | 김인순 옮김 | 256면

056 **플로베르의 앵무새** 줄리언 반스 장편소설 | 신재실 옮김 | 314면

057 **악령** 표도르 도스또예프스끼 장편소설 | 김연경 옮김 | 전3권 | 각 322, 394, 484면

060 **의심스러운 싸움** 존 스타인벡 장편소설 | 윤희기 옮김 | 338면

061 **몽유병자들** 헤르만 브로흐 장편소설 | 김경연 옮김 | 전2권 | 각 526, 474면

063 **몰타의 매** 대실 해밋 장편소설 | 고정아 옮김 | 298면

064 **마야꼬프스끼 선집** 블라지미르 마야꼬프스끼 선집 | 석영중 옮김 | 320면

065 **드라큘라** 브램 스토커 장편소설 | 이세욱 옮김 | 전2권 | 각 340, 332면

067 **서부 전선 이상 없다** 에리히 마리아 레마르크 장편소설 | 홍성광 옮김 | 328면

068 **적과 흑** 스탕달 장편소설 | 임미경 옮김 | 전2권 | 각 376, 366면

070 **지상에서 영원으로** 제임스 존스 장편소설 | 이종인 옮김 | 전3권 | 각 396, 378, 388면

073 **파우스트** 요한 볼프강 폰 괴테 희곡 | 김인순 옮김 | 560면

074 **쾌걸 조로** 존스턴 매컬리 장편소설 | 김훈 옮김 | 316면

075 **거장과 마르가리따** 미하일 불가꼬프 장편소설 | 홍대화 옮김 | 전2권 | 각 362, 328면

077 **순수의 시대** 이디스 워튼 장편소설 | 고정아 옮김 | 434면

078 **검의 대가** 아르투로 페레스 레베르테 장편소설 | 김수진 옮김 | 296면

079 **예브게니 오네긴** 알렉산드르 뿌쉬낀 운문소설 | 석영중 옮김 | 318면

080 **장미의 이름** 움베르토 에코 장편소설 | 이윤기 옮김 | 전2권 | 각 440, 442면

082 **향수** 파트리크 쥐스킨트 장편소설 | 강명순 옮김 | 370면

083 **여자를 안다는 것** 아모스 오즈 장편소설 | 최창모 옮김 | 278면

084 **나는 고양이로소이다** 나쓰메 소세키 장편소설 | 김난주 옮김 | 538면

085 **웃는 남자** 빅토르 위고 장편소설 | 이형식 옮김 | 전2권 | 각 472, 486면

087 **아웃 오브 아프리카** 카렌 블릭센 장편소설 | 민승남 옮김 | 464면

088 **무엇을 할 것인가** 니꼴라이 체르니셰프스끼 장편소설 | 서정록 옮김 | 전2권 | 각 358, 402면

090 **도나 플로르와 그녀의 두 남편** 조르지 아마두 장편소설 | 오숙은 옮김 | 전2권 | 각 328, 308면

092 **미사고의 숲** 로버트 홀드스톡 장편소설 | 김상훈 옮김 | 416면

093 **신곡** 단테 알리기에리 장편서사시 | 김운찬 옮김 | 전3권 | 각 290, 294, 320면

096 **교수** 샬럿 브론티 장편소설 | 배미영 옮김 | 368면

097 **노름꾼** 표도르 도스또예프스끼 장편소설 | 이재필 옮김 | 312면

098 **하워즈 엔드** E. M. 포스터 장편소설 | 고정아 옮김 | 506면

099 **최후의 유혹** 니코스 카잔차키스 장편소설 | 안정효 옮김 | 전2권 | 각 406, 398면

101 **키리냐가** 마이크 레스닉 장편소설 | 최용준 옮김 | 460면

102 **바스커빌가의 개** 아서 코넌 도일 장편소설 | 조영학 옮김 | 264면

103 **버마 시절** 조지 오웰 장편소설 | 박경서 옮김 | 398면

104 **10 1/2장으로 쓴 세계 역사** 줄리언 반스 장편소설 | 신재실 옮김 | 454면

105 **죽음의 집의 기록** 표도르 도스또예프스끼 장편소설 | 이덕형 옮김 | 524면

106 **소유** 앤토니어 수전 바이어트 장편소설 | 윤희기 옮김 | 전2권 | 각 440, 480면

108 **미성년** 표도르 도스또예프스끼 장편소설 | 이상룡 옮김 | 전2권 | 각 510, 540면

110 **성 앙투안느의 유혹** 귀스타브 플로베르 희곡소설 | 김용은 옮김 | 528면

111 **밤으로의 긴 여로** 유진 오닐 희곡 | 강유나 옮김 | 240면

112 **마법사** 존 파울즈 장편소설 | 정영문 옮김 | 전2권 | 각 510, 542면

114 **스쩨빤치꼬보 마을 사람들** 표도르 도스또예프스끼 장편소설 | 변현태 옮김 | 412면

115 **플랑드르 거장의 그림** 아르투로 페레스 레베르테 장편소설 | 정창 옮김 | 512면

116 **분신** 표도르 도스또예프스끼 장편소설 | 석영중 옮김 | 272면

117 **가난한 사람들** 표도르 도스또예프스끼 장편소설 | 석영중 옮김 | 248면

118 **인형의 집** 헨리크 입센 희곡 | 김창화 옮김 | 262면

119 **영원한 남편** 표도르 도스또예프스끼 장편소설 | 정명자 옮김 | 440면

120 **알코올** 기욤 아폴리네르 시집 | 황현산 옮김 | 352면
121 **지하로부터의 수기** 표도르 도스또예프스끼 장편소설 | 계동준 옮김 | 252면
122 **어느 작가의 오후** 페터 한트케 중편소설 | 홍성광 옮김 | 152면
123 **아저씨의 꿈** 표도르 도스또예프스끼 장편소설 | 박종소 옮김 | 304면
124 **네또츠까 네즈바노바** 표도르 도스또예프스끼 장편소설 | 박재만 옮김 | 316면
125 **곤두박질** 마이클 프레인 장편소설 | 최용준 옮김 | 528면
126 **백야 외** 표도르 도스또예프스끼 소설선집 | 석영중 외 옮김 | 400면
127 **살라미나의 병사들** 하비에르 세르카스 장편소설 | 김창민 옮김 | 296면
128 **뻬쩨르부르그 연대기 외** 표도르 도스또예프스끼 소설선집 | 이항재 옮김 | 294면
129 **상처받은 사람들** 표도르 도스또예프스끼 장편소설 | 윤우섭 옮김 | 전2권 | 각 294, 392면
131 **악어 외** 표도르 도스또예프스끼 소설선집 | 박혜경 외 옮김 | 312면
132 **허클베리 핀의 모험** 마크 트웨인 장편소설 | 윤교찬 옮김 | 408면
133 **부활** 레프 똘스또이 장편소설 | 이대우 옮김 | 전2권 | 각 306, 406면
135 **보물섬** 로버트 루이스 스티븐슨 장편소설 | 머빈 피크 그림 | 최용준 옮김 | 352면
136 **천일야화** 앙투안 갈랑 엮음 | 임호경 옮김 | 전6권 | 각 334, 326, 372, 392, 342, 304면
142 **아버지와 아들** 이반 뚜르게네프 장편소설 | 이상원 옮김 | 318면
143 **오만과 편견** 제인 오스틴 장편소설 | 원유경 옮김 | 472면
144 **천로 역정** 존 버니언 우화소설 | 이동일 옮김 | 420면
145 **대주교에게 죽음이 오다** 윌라 캐더 장편소설 | 윤명옥 옮김 | 348면
146 **권력과 영광** 그레이엄 그린 장편소설 | 김연수 옮김 | 380면
147 **80일간의 세계 일주** 쥘 베른 장편소설 | 고정아 옮김 | 334면
148 **바람과 함께 사라지다** 마거릿 미첼 장편소설 | 안정효 옮김 | 전3권 | 각 552, 566, 560면
151 **기탄잘리** 라빈드라나트 타고르 시집 | 장경렬 옮김 | 216면
152 **도리언 그레이의 초상** 오스카 와일드 장편소설 | 윤희기 옮김 | 364면
153 **레우코와의 대화** 체사레 파베세 희곡소설 | 김운찬 옮김 | 276면
154 **햄릿** 윌리엄 셰익스피어 희곡 | 박우수 옮김 | 242면
155 **맥베스** 윌리엄 셰익스피어 희곡 | 권오숙 옮김 | 164면
156 **아들과 연인** 데이비드 허버트 로런스 장편소설 | 최희섭 옮김 | 전2권 | 각 464, 428면
158 **그리고 아무 말도 하지 않았다** 하인리히 뵐 장편소설 | 홍성광 옮김 | 264면
159 **미덕의 불운** 싸드 장편소설 | 이형식 옮김 | 238면
160 **프랑켄슈타인** 메리 W. 셸리 장편소설 | 오숙은 옮김 | 310면

161 **위대한 개츠비** 프랜시스 스콧 피츠제럴드 장편소설 | 한애경 옮김 | 270면
162 **아Q정전** 루쉰 중단편집 | 김태성 옮김 | 310면
163 **로빈슨 크루소** 대니얼 디포 장편소설 | 류경희 옮김 | 450면
164 **타임머신** 허버트 조지 웰스 소설선집 | 김석희 옮김 | 292면
165 **제인 에어** 샬럿 브론테 장편소설 | 이미선 옮김 | 전2권 | 각 390, 380면
167 **풀잎** 월트 휘트먼 시집 | 허현숙 옮김 | 274면
168 **표류자들의 집** 기예르모 로살레스 장편소설 | 최유정 옮김 | 204면
169 **배빗** 싱클레어 루이스 장편소설 | 이종인 옮김 | 514면
170 **이토록 긴 편지** 마리아마 바 장편소설 | 백선희 옮김 | 186면
171 **느릅나무 아래 욕망** 유진 오닐 희곡 | 손동호 옮김 | 156면
172 **이방인** 알베르 카뮈 장편소설 | 김예령 옮김 | 196면
173 **미라마르** 나기브 마푸즈 장편소설 | 허진 옮김 | 280면
174 **지킬 박사와 하이드 씨** 로버트 루이스 스티븐슨 소설선집 | 조영학 옮김 | 314면
175 **루진** 이반 세르게예비치 뚜르게네프 장편소설 | 이항재 옮김 | 258면
176 **피그말리온** 조지 버나드 쇼 희곡 | 김소임 옮김 | 244면
177 **목로주점** 에밀 졸라 장편소설 | 유기환 옮김 | 전2권 | 각 334, 330면
179 **엠마** 제인 오스틴 장편소설 | 이미애 옮김 | 전2권 | 각 336, 354면
181 **비숍 살인 사건** S. S. 밴 다인 장편소설 | 최인자 옮김 | 452면
182 **우신예찬** 에라스무스 풍자문 | 김남우 옮김 | 286면
183 **하자르 사전** 밀로라드 파비치 장편소설 | 신현철 옮김 | 478면
184 **테스** 토머스 하디 장편소설 | 김문숙 옮김 | 전2권 | 각 392, 332면
186 **투명 인간** 허버트 조지 웰스 장편소설 | 김석희 옮김 | 280면
187 **93년** 빅또르 위고 장편소설 | 이형식 옮김 | 전2권 | 각 288, 352면
189 **젊은 예술가의 초상** 제임스 조이스 장편소설 | 성은애 옮김 | 370면
190 **소네트집** 윌리엄 셰익스피어 연작시집 | 박우수 옮김 | 194면
191 **메뚜기의 날** 너새니얼 웨스트 장편소설 | 김진준 옮김 | 274면
192 **나사의 회전** 헨리 제임스 중편소설 | 이승은 옮김 | 252면
193 **오셀로** 윌리엄 셰익스피어 희곡 | 권오숙 옮김 | 210면
194 **소송** 프란츠 카프카 장편소설 | 김재혁 옮김 | 366면
195 **나의 안토니아** 윌라 캐더 장편소설 | 전경자 옮김 | 362면
196 **자성록** 마르쿠스 아우렐리우스 명상록 | 박민수 옮김 | 228면

197 **오레스테이아** 아이스킬로스 비극 | 두행숙 옮김 | 336면
198 **노인과 바다** 어니스트 헤밍웨이 소설선집 | 이종인 옮김 | 320면
199 **무기여 잘 있거라** 어니스트 헤밍웨이 장편소설 | 이종인 옮김 | 464면
200 **서푼짜리 오페라** 베르톨트 브레히트 희곡선집 | 이은희 옮김 | 320면
201 **리어 왕** 윌리엄 셰익스피어 희곡 | 박우수 옮김 | 224면
202 **주홍 글자** 너새니얼 호손 장편소설 | 곽영미 옮김 | 360면
203 **모히칸족의 최후** 제임스 페니모어 쿠퍼 장편소설 | 이나경 옮김 | 512면
204 **곤충 극장** 카렐 차페크 희곡선집 | 김선형 옮김 | 360면
205 **누구를 위하여 종은 울리나** 어니스트 헤밍웨이 장편소설 | 이종인 옮김 | 전2권 | 각 416, 400면
207 **타르튀프** 몰리에르 희곡선집 | 신은영 옮김 | 416면
208 **유토피아** 토머스 모어 소설 | 전경자 옮김 | 288면
209 **인간과 초인** 조지 버나드 쇼 희곡 | 이후지 옮김 | 320면
210 **페드르와 이폴리트** 장 라신 희곡 | 신정아 옮김 | 200면
211 **말테의 수기** 라이너 마리아 릴케 장편소설 | 안문영 옮김 | 320면
212 **등대로** 버지니아 울프 장편소설 | 최애리 옮김 | 328면
213 **개의 심장** 미하일 불가꼬프 중편소설집 | 정연호 옮김 | 352면
214 **모비 딕** 허먼 멜빌 장편소설 | 강수정 옮김 | 전2권 | 각 464, 488면
216 **더블린 사람들** 제임스 조이스 단편소설집 | 이강훈 옮김 | 336면
217 **마의 산** 토마스 만 장편소설 | 윤순식 옮김 | 전3권 | 각 496, 488, 512면
220 **비극의 탄생** 프리드리히 니체 | 김남우 옮김 | 320면
221 **위대한 유산** 찰스 디킨스 장편소설 | 류경희 옮김 | 전2권 | 각 432, 448면
223 **사람은 무엇으로 사는가** 레프 똘스또이 소설선집 | 윤새라 옮김 | 464면
224 **자살 클럽** 로버트 루이스 스티븐슨 소설선집 | 임종기 옮김 | 272면
225 **채털리 부인의 연인** 데이비드 허버트 로런스 장편소설 | 이미선 옮김 | 전2권 | 각 336, 328면
227 **데미안** 헤르만 헤세 장편소설 | 김인순 옮김 | 264면
228 **두이노의 비가** 라이너 마리아 릴케 시선집 | 손재준 옮김 | 504면
229 **페스트** 알베르 카뮈 장편소설 | 최윤주 옮김 | 432면
230 **여인의 초상** 헨리 제임스 장편소설 | 정상준 옮김 | 전2권 | 각 520, 544면
232 **성** 프란츠 카프카 장편소설 | 이재황 옮김 | 560면
233 **차라투스트라는 이렇게 말했다** 프리드리히 니체 산문시 | 김인순 옮김 | 464면
234 **노래의 책** 하인리히 하이네 시집 | 이재영 옮김 | 384면

235 **변신 이야기** 오비디우스 서사시 | 이종인 옮김 | 632면

236 **안나 카레니나** 레프 톨스토이 장편소설 | 이명현 옮김 | 전2권 | 각 800, 736면

238 **이반 일리치의 죽음·광인의 수기** 레프 톨스토이 중단편집 | 석영중·정지원 옮김 | 232면

239 **수레바퀴 아래서** 헤르만 헤세 장편소설 | 강명순 옮김 | 272면

240 **피터 팬** J. M. 배리 장편소설 | 최용준 옮김 | 272면

241 **정글 북** 러디어드 키플링 중단편집 | 오숙은 옮김 | 272면

242 **한여름 밤의 꿈** 윌리엄 셰익스피어 희곡 | 박우수 옮김 | 160면

243 **좁은 문** 앙드레 지드 장편소설 | 김화영 옮김 | 264면

244 **모리스** E. M. 포스터 장편소설 | 고정아 옮김 | 408면

245 **브라운 신부의 순진** 길버트 키스 체스터턴 단편집 | 이상원 옮김 | 336면

246 **각성** 케이트 쇼팽 장편소설 | 한애경 옮김 | 272면

247 **뷔히너 전집** 게오르크 뷔히너 지음 | 박종대 옮김 | 400면

248 **디미트리오스의 가면** 에릭 앰블러 장편소설 | 최용준 옮김 | 424면

249 **베르가모의 페스트 외** 옌스 페테르 야콥센 중단편 전집 | 박종대 옮김 | 208면

250 **폭풍우** 윌리엄 셰익스피어 희곡 | 박우수 옮김 | 176면

251 **어센든, 영국 정보부 요원** 서머싯 몸 연작 소설집 | 이민아 옮김 | 416면

252 **기나긴 이별** 레이먼드 챈들러 장편소설 | 김진준 옮김 | 600면

253 **인도로 가는 길** E. M. 포스터 장편소설 | 민승남 옮김 | 552면

254 **올랜도** 버지니아 울프 장편소설 | 이미애 옮김 | 376면

255 **시지프 신화** 알베르 카뮈 지음 | 박언주 옮김 | 264면

256 **조지 오웰 산문선** 조지 오웰 지음 | 허진 옮김 | 424면

257 **로미오와 줄리엣** 윌리엄 셰익스피어 희곡 | 도해자 옮김 | 200면

258 **수용소군도** 알렉산드르 솔제니찐 기록문학 | 김학수 옮김 | 전6권 | 각 460면 내외

264 **스웨덴 기사** 레오 페루츠 장편소설 | 강명순 옮김 | 336면

265 **유리 열쇠** 대실 해밋 장편소설 | 홍성영 옮김 | 328면

266 **로드 짐** 조지프 콘래드 장편소설 | 최용준 옮김 | 608면

267 **푸코의 진자** 움베르토 에코 장편소설 | 이윤기 옮김 | 전3권 | 각 392, 384, 416면

270 **공포로의 여행** 에릭 앰블러 장편소설 | 최용준 옮김 | 376면

271 **심판의 날의 거장** 레오 페루츠 장편소설 | 신동화 옮김 | 264면

272 **에드거 앨런 포 단편선** 에드거 앨런 포 지음 | 김석희 옮김 | 392면

273 **수전노 외** 몰리에르 희곡선집 | 신정아 옮김 | 424면

274 **모파상 단편선** 기 드 모파상 지음 | 임미경 옮김 | 400면
275 **평범한 인생** 카렐 차페크 장편소설 | 송순섭 옮김 | 280면
276 **마음** 나쓰메 소세키 장편소설 | 양윤옥 옮김 | 344면
277 **인간 실격·사양** 다자이 오사무 소설집 | 김난주 옮김 | 336면
278 **작은 아씨들** 루이자 메이 올컷 장편소설 | 허진 옮김 | 전2권 | 각 408, 464면
280 **고함과 분노** 윌리엄 포크너 장편소설 | 윤교찬 옮김 | 520면
281 **신화의 시대** 토머스 불핀치 신화집 | 박중서 옮김 | 664면
282 **셜록 홈스의 모험** 아서 코넌 도일 단편집 | 오숙은 옮김 | 456면
283 **자기만의 방** 버지니아 울프 지음 | 공경희 옮김 | 216면
284 **지상의 양식·새 양식** 앙드레 지드 지음 | 최애영 옮김 | 360면
285 **전염병 일지** 대니얼 디포 지음 | 서정은 옮김 | 368면
286 **오이디푸스왕 외** 소포클레스 비극 | 장시은 옮김 | 368면
287 **리처드 2세** 윌리엄 셰익스피어 희곡 | 박우수 옮김 | 208면
288 **아내·세 자매** 안톤 체호프 선집 | 오종우 옮김 | 240면
289 **폭풍의 언덕** 에밀리 브론테 장편소설 | 전승희 옮김 | 592면
290 **조반니의 방** 제임스 볼드윈 장편소설 | 김지현 옮김 | 320면